o espírito d@ coisa

LIBER MATTEUCCI

PRUMO
leia

Copyright © 2013 Liber Matteucci

Todos os direitos reservados. Nenhuma parte desta obra pode ser reproduzida ou transmitida por qualquer forma ou meio eletrônico ou mecânico, inclusive fotocópia, gravação ou sistema de armazenagem e recuperação de informação, sem a permissão escrita do editor.

Direção editorial
Jiro Takahashi

Editora
Luciana Paixão

Editora assistente
Anna Buarque

Assistência editorial
Roberta Bento

Preparação de texto
M.T. Soares

Revisão
Dida Bessana
Rinaldo Milesi

Capa
Andrea Pedro

Produção e arte
Marcos Gubiotti

CIP-Brasil. Catalogação na fonte
Sindicato Nacional dos Editores de Livros, RJ

M387e   Matteucci, Liber
O espírito da coisa / Liber Matteucci. - São Paulo: Prumo, 2013.
320 p.: 21 cm

Inclui bibliografia
ISBN 978-85-7927-250-9

1. Romance brasileiro. I. Título.

13-1597.

CDD: 869.93
CDU: 821.134.3(81)-3

Direitos de edição: Editora Prumo Ltda.
Rua Júlio Diniz, 56 – 5º andar – São Paulo – SP – CEP: 04547-090
Tel.: (11) 3729-0244 – Fax: (11) 3045-4100
E-mail: contato@editoraprumo.com.br
Site: www.editoraprumo.com.br
facebook.com/editoraprumo | @editoraprumo

Uma dedicatória e um agradecimento

Espero que gostem deste livro, porque eu mesmo, quando encontro um livro de que gosto, posso dizer que já ganhei o dia (e se tiver mais de trezentas páginas, a semana). Devo esta paixão ao meu pai, Henrique Matteucci, jornalista, autor de dez livros e possuidor de centenas de livros alheios, que eu tirava das estantes, curioso, estimulado por ele. O velho era tão chegado em livros que me deu o nome de Liber, palavra latina para "livro" e "livre", sendo que esta era a outra paixão do meu pai, a liberdade, de que foi um grande defensor. Por esse idealismo, ele foi preso em 1948 quando eu estava na barriga da minha mãe, e cumpriu pena no presídio Tiradentes (repórter do jornal comunista *Hoje*, nos tempos da ilegalidade do PCB, foi detido ao cobrir uma greve de estivadores no porto de Santos). Enfim, foi o Matt, esse homem "com H maiúsculo", como ele gostava de dizer, antes de completar "H de Henrique", com seu maravilhoso senso de humor, quem me incentivou a escrever livros, dizendo que eu levava jeito para a coisa. Se estava de gozação ou não, digam vocês depois, mas devo a ele ter descoberto também o prazer que é, além de ler, escrever livros. Portanto, se me permitem, duas palavrinhas para o velho:

– Querido Matt, pai meu que está no céu, dedico este livro a você, que merecia uma biblioteca inteira, com o meu imenso amor filial.

Bem... passo agora ao agradecimento, justíssimo e devido, ao meu "mano" Fernando Nuno Rodrigues, a quem chamo de Fernão, por causa dos seus antepassados portugueses. O Nando, outra variante, é escritor com nome na praça, além de tradutor e editor consagrado (antes no Círculo do Livro, por longos anos, e atualmente no Estúdio Sabiá, onde trabalha como um mouro com a mulher, minha amiga Silvana Salerno, autora de muitos e bons livros). O incentivo de meu pai não seria o bastante para fazer de mim um escritor se o Fernando, com enormes boa vontade e paciência, não tivesse lido o original do meu primeiro livro e riscado de alto a baixo, a começar pelo título, dizendo-me que aquela infinidade de correções eram só "pequenas observações". Assim refiz um terço da obra e só depois disso o *Sangue bom* foi levado pelo próprio Fernando para várias editoras, sendo aprovado pela Prumo, nas pessoas da Luciana Paixão e do Jiro Takahashi, que Zeus os guarde e proteja. Quanto a este segundo, novo em folha, também passou pelo crivo do Nuno, que me deu copiosas e preciosas dicas, mas desta vez riscou menos, acho que estou começando a pegar o espírito da coisa. Com a vossa licença, vou ser curto e fino:

– Mil vezes obrigado, Fernão querido.

"Estamos todos presos no mundo livre."

Z

1

Sou cuidador. Tomo conta de gente velha e carcomida, que não se aguenta em cima das pernas ou tem alguma doença senil: Alzheimer, mal de Parkinson, artrite reumatoide, demência, lumbago, qualquer dessas maleitas que vêm com a idade, agravadas pela incontinência urinária e pelo intestino solto. É um trabalho merdoso, mas paga bem, porque os filhos dos pacientes, endinheirados (de pobre ninguém cuida), fazem qualquer negócio para não ter de limpar a bunda dos pais. Eu próprio enjoo com o vudum e, no início, não tinha habilitação para lidar com metade dos problemas que afligem um ser humano em vias de extinção, o que gerava um certo descontentamento. Felizmente, não chegou a interferir na minha carreira: se alguém pedia referências, eu podia sempre dar a desculpa de que a clientela tinha morrido, dado que, em pouco tempo, vinha a ser verdade, pois morriam em pencas, contorcendo-se de dor, como se a Grande Ceifeira, também decrépita e com as falanges trêmulas, errasse os golpes da foice, fatiando a carne a esmo antes de acertar nalgum órgão vital. Eu teria sido mais útil aos doentes se tivesse frequentado uma escola de enfermagem, coisa de que abdiquei. Por preguiça e falta de disciplina, fui aprender tudo na prática, à custa de muito sofrimento, claro que não o meu.

A lista dos matusaléns que passaram pelas minhas mãos é maior do que as Páginas Amarelas, mas tenho boa memória, guardo lembranças precisas de todos como se eu fosse uma amostra do seu DNA. Examinem-me ao microscópio e verão esses candidatos a cadáver, um a um, encolhidos na cama, sem grandeza, gemendo baixinho, finando-se aos poucos. A julgar pelo que presenciei, posso deduzir como vocês — sim, vocês que me leem — vão morrer um dia. Não tenham ilusões. Já os vejo mastigando, sem dentes, um fim amargo, com dispepsia, pedras nos rins, hérnias, varizes, osteoporose, gota, hipotiroidismo, bicos de papagaio, tromboses, diabetes, aterosclerose, câncer, além de arrotos e flatulências que irão empestear o vosso quarto até o derradeiro instante. Tudo acrescido de remorsos, que nunca faltam, por tudo e por nada, esses tristes companheiros de agonia.

Como posso eu saber?

Ora, meus caros! Sou formado, pós-graduado e Ph.D. na Faculdade Superior de Cuidação Humana. Quando defendi a tese de mestrado "Sobre a decadência física, moral e espiritual do homem e o caráter vil da decrepitude", fui aplaudido pela banca examinadora e tirei a nota máxima, aprovado *Summa Cum Laude*. E daí que os eméritos professores estivessem gagás? No mundo acadêmico, que é uma espécie de Conselho de Anciões, ninguém liga para isso.

Cuidar é a palavra certa, porém depende da interpretação e do contexto. Por exemplo, cuidei de uma senhora fazendo pressão com um travesseiro sobre a cara dela, e tal foi o meu zelo que sua maquiagem transformou a fronha no "Retrato de Dora Maar", do Picasso, enquanto a velha morria sem conseguir dar o último suspiro. Acham que fiz mal? Eis aí: questão de interpretação. Do meu ponto de vista, fiz bem, tanto que a família não suspeitou de nada nem o médico se deu ao trabalho de fazer autópsia, limitando-se a declarar causas naturais no atestado de óbito. Mas vejam, tendo lido esta confissão, e já prontos a me rotular como fora da lei, não façam o meu julgamento sem antes avaliar o contexto: é que se tornou insuportável ver o sofrimento daquela alma, depois que os filhos dela ficaram dois meses sem me pagar. Agi dentro da lei mais antiga que conheço, a *Lex talionis*, um mês por um olho, outro por um dente. E, se não for bastante o milenar preceito do Código de Hamurabi, encontram justificativas para o meu ato também no Novo Código Civil e Direito do Trabalho, segundo o qual, bem lidas as suas leis, parágrafos e alíneas, fica claro que os deveres de um cuidador para com patrões incontinentes não são extensíveis aos inadimplentes. O empregado, tal como o seu empregador, também tem o direito de sobreviver até uma idade provecta. Foi a consciência desse fato que me levou a abreviar o fardo da minha ex-patroa, Deus a tenha!, e sair à procura de um cliente melhor.

Assim é que chegamos ao fio condutor desta história, o tal cliente melhor, sobre quem pretendo me alongar nas páginas vindouras. Encontrei-o num anúncio classificado, que escolhi pelo tamanho, visto que são pagos, e muito bem pagos, por centímetro. Se uma família é capaz de bancar um quarto de página de jornal para achar um cuidador para o avô, então há de ter um quarto com vista para acomodar o empregado, bem como prover as condições adequadas ao exercício de suas funções e um salário à altura. Com a vantagem de que os anúncios caros, só acessíveis aos estratos socioeconômicos mais elevados, equivalem a uma apólice de seguro contra a inadimplência ou, por outra ótica, a um seguro de vida, dependendo de que lado do travesseiro está o titular.

Esse meu melhor cliente, eu diria quase perfeito, é um velho singular e plural ao mesmo tempo, conforme terão oportunidade de constatar. Antes, porém, da descrição pormenorizada do senhor, permitam-me esclarecer que nem sempre pratiquei a atual profissão, e que a referida Faculdade de Cuidação Humana era só uma blague. Na verdade, formei-me em jornalismo pela universidade estadual e, mesmo sem ter padrinhos nos jornalões, pude trabalhar nas melhores folhas desta terra, durante quase uma década, com razoável sucesso, até que nos Estados Unidos estourou a crise do *subprime*, que suprimiu — ou subprimiu? — as garantias ao crédito no setor imobiliário, levando alguns bancos americanos à falência. Agora vejam vocês: a globalização, que nunca antes me tinha proporcionado nada, desta vez funcionou, juntando causa e efeito, causa e efeito, até que a fileira de dominós veio atingir o jornal onde eu trabalhava, na capital paulista, desabando sobre a minha cabeça. Foi um duro golpe. A cabeça, que antes atraía *headhunters* e tinha tido dias tranquilos, profissionalizada, bem informada, valorizada, de repente ruiu com a pancada dos dominós, metáfora à medida para *Dominus*, o Senhor. O desemprego zerou minha poupança, que gerou insegurança, que minou minha autoestima, que afetou a libido, que azedou meu casamento, que acabou em divórcio, que deflagrou uma depressão, que me levou a um psiquiatra, que me fodeu a alma. Nem calculam por quanto tempo eu perdi o rumo depois que esse cura-louco me fez engolir quilos de ansiolíticos, antidepressivos e antipsicóticos, com efeitos secundários que baralhavam meu cérebro, que era incapaz de raciocínios coerentes, que viravam ideias de jerico, que... bem, ando confuso, sei lá se não matei a velha por causa disso.

A propósito, também não sei se a matei de fato, é um ponto dúbio. Pois há a hipótese de que eu apenas tenha tido o desejo de acabar com ela, impulso tão avassalador e violento que, advinda sua morte por causas naturais, fui levado a fantasiar a mórbida cena de asfixia sem jamais ter empunhado o travesseiro assassino. Um delírio, portanto, mera obra ficcional da minha mente enferma.

Mas voltemos ao meu cliente, o do anúncio: se afirmei que era um velho singular, foi porque nunca encontrei alguém tão culto, sagaz e inspirado; e, se disse que era plural, foi porque esse senhor gostava de se travestir intelectualmente. Explico: ele agia como se fosse uma espécie de Fernando Pessoa, desdobrando-se noutras *personas*, e chegou mesmo a adotar, em momentos distintos, dois heterônimos adulterados do poeta português — Ricardo de Campos e Álvaro Reis —, na pele de quem se pôs a ditar poemas bem razoáveis, uns em estilo clássico-impulsivo, outros pejados de onomatopeias epicuristas, acreditem ou não. O modo como isso se dava é que era esquisito, porque ele dirigia as sessões do Centro Espírita Ariel, na Pompeia, onde se fingia de médium, e só recebia os espíritos que lhe aprouvessem, desde que fossem de literatos. Para tornar a fraude crível, ajudou muito o dom que o velho tinha de imitar vozes, o que fazia com grande facilidade, bastando para isso ouvir algum antigo programa ou entrevista com o escritor escolhido. Depois, na sessão, logo que encarnava um espírito, como o de José Saramago, por exemplo, este começava a falar pela sua boca, com a voz original, enquanto alguém à mesa, caprichando na letra, função que veio a ser minha só porque tenho boa caligrafia, passava o discurso para o papel. Há uma pilha de manuscritos dando testemunho dessa atividade nos arquivos do Centro Ariel, os mais recentes anotados por mim e outros anteriores à minha chegada. Posso mostrar-lhes, a título de curiosidade, a prosa do Nobel português, que o velhote simulou receber do além, não do além-mar, mas do outro, se quiserem ver com os seus próprios olhos um excerto dessa literatura psicografada ou, para ser mais correto, psicoditada:

"Sou o José Saramago e estou no limbo. Este céu dos cristãos não se parece nem de perto nem de longe com os afrescos de brancas nuvens sobre azul-cobalto onde uma doce brisa embala os anjos mas, antes, faz lembrar o árido e calcinado relevo de um inexpugnável deserto que se apodera do círculo inteiro do horizonte. Por este oceano de rudes encostas pedregosas que se erguem sobre um emaranhado de vales, na face dos quais nenhuma vegetação medra nem se conhece vida de qualquer espécie, de nada serve andar um homem em vestes de gala, como se à festa do céu tivesse sido convidado, de modo que me dispo e sigo nu, qual Adão fora do Éden, a caminho de nada e menos do que nada. Já não digo que vou ao encontro do Senhor, que é como quem diz, pois velhos de barbas brancas aqui não se veem, nem, em havendo algum, que se anunciasse como o Todo-Poderoso, eu acreditaria nele, ateu que sempre fui e continuo a ser, também deste lado que é lado nenhum. Mas eis que meus pés já não tropeçam na atribulada superfície das pedras nem se afundam nas falhas e fissuras que enrugavam o solo, subitamente liso, agora que a paisagem hostil se transformou num enorme círculo de areia, sobre o qual uma espiral de fumo gira sem pressa, até pousar no exato centro. Sem precisar de voz que se conheça, a nuvem ordena-me, Ajoelha-te José, e pede perdão pelos teus pecados, ao que respondo, Nem agora nem nunca, pois ainda não nasceu o dia em que me verá de joelhos quem julga ser Deus ou o Diabo, autoridade que não me diz respeito, ao que o fumo, girando mais rápido, como certos ciclones capazes de engolir rebanhos inteiros de inocentes borregos, replica tonitruante, Cala-te e obedece, não vês que tirei a tua vida, infeliz, e que te trouxe de volta ao pó de que são feitos todos os desertos? Mas, digo à nuvem enraivecida, Não creio em ti, sou comunista ateu como o meu avô era camponês alentejano, abraço as minhas ideias como ele, à vista da eternidade, em gesto de despedida abraçava o tronco das suas oliveiras, e Deus, Hoje não és comunista nem ateu nem neto do teu avô, porque tu já não és nada, alma sem corpo de um desalmado, só poeira que se mistura à poeira, espírito deserto, por dentro e por fora, perdido na imensidão circular que sou, sempre fui e serei Eu."

Esse texto, que meu cliente fazia passar por um original póstumo do laureado escritor, como certos escritos apócrifos que circulam na internet pretendendo ser o que não são, é um entre muitos com que ele se divertia à custa dos crédulos. Um charlatão, portanto, tremendo cara de pau. Com a ressalva de que nunca se aproveitou do logro para obter ganhos materiais ou prejudicar terceiros, e podendo-se mesmo afirmar que, salvaguardada a falsidade ideológica de seus espíritos, era um tipo honesto, com um senso de ética desenvolvido. Ora, se digo que era singular e plural ao mesmo tempo, vê-lo simultaneamente ético e charlatão, com fingidos poderes mediúnicos, resulta num enigma difícil de destrinchar. Pode parecer que lhe faltava um parafuso, mas não é por aí. Eu, que cuidava dele, me sentia mais perdido do que ele, que acabou por cuidar melhor de mim. Mas lúcido, lúcido, o velho também não era, porque às vezes rateava como um motor rodado, desarticulando frases e trocando letras, a ponto de dizer estranhezas como esta: "Pernando Fessoa, esse trande poega!". Faço notar que nem sua disfunção tatibitate significava dano cerebral nem a personalidade múltipla era indicativa de alguma tendência à esquizofrenia, longe disso, eram só dois modos de expressão peculiares, e bastante saudáveis, creio eu.

Outra característica do meu cliente, que dava na vista, se é que posso dizer assim, e devido à qual ele se fazia passar também por Homero ou Jorge Luís Borges, era que, tal como o grego antigo e o argentino moderno, o velho tinha perdido a visão, ficando totalmente cego. Isto, no que se refere ao mundo físico, pois espiritualmente enxergava mais longe do que o comum dos mortais.

Pronto. No capítulo das idiossincrasias, julgo que não há mais nada a acrescentar sobre o homem, e ainda bem, pois já era bastante vê-lo no Centro Espírita com um sem-número de nomes artísticos, de escritores desencarnados, mais os seus heterônimos, pseudônimos, *short names*, apelidos e alcunhas, que ele escolhia conforme a lua, não obstante haver, oficialmente, nos arquivos do 19º Cartório de Registro Civil, uma certidão de nascimento que o identificava como José Antônio de Souza, vulgar selo cristão de pia batismal, que as pessoas da família reduziam drasticamente para Zé, ou tio Zé, quando se referiam a ele. Enquanto cuidei desse senhor, e dos outros todos que frequentavam a sua mente, sempre fiz questão de chamá-lo de Seu Zé, em sinal de respeito aos oitenta e tal anos que o afligiam, e porque eu não era sobrinho nem nada. A mim, ele chamava invariavelmente de "fiel secretário".

2

Permitam-me dar marcha à ré na narrativa.

Ao ler aquele classificado – PROCURA-SE CUIDADOR –, fixei-me no rodapé que dizia: Rua Turiassu, 111, Perdizes. O endereço, tal qual o tamanho do anúncio e a verba paga por ele, era mais um indicador valioso para os meus fins, pois o bairro em questão abriga a fina flor da classe média alta, da média média e da média remediada. Isso foi num domingo e liguei imediatamente para marcar entrevista. Na segunda, logo cedo, segui a passos largos para o ponto final do ônibus Vila Albertina, na Zona Norte, dez minutos a pé da pensão onde me escondo, e, após furar a fila, passando aos empurrões pela catraca, disputei um lugar sentado com uma velha aleijada, que não foi páreo para mim. O conforto durou pouco, só até o metrô, que estava lotado de paulistanos do Ceará, de Pernambuco, do Piauí e do Oiapoque ao Chuí. Havia até paulistanos de São Paulo, como eu próprio, mas nós não éramos páreo para os outros, a maioria esmagada, cerca de setenta por cento do total. Por mim, tudo bem, não discrimino quem construiu esta cidade com o suor do seu sovaco, até porque o metrô é espaçoso e democrático: agarrado ao balaústre, eu não teria porque reclamar, não fosse dar-se o caso do meu nariz, com as suas papilas olfativas, estar à altura dos sovacos supracitados, honestos, mas sudoríferos. Nessas condições, até para um intelectual sem preconceitos, é um sufoco estar vivo: inspirar, expirar, inspirar... tortura que, no meu caso, só terminou no Terminal da Barra Funda, onde me retirei indignado.

Ainda tive de enfrentar outros dez minutos de caminhada, mas estes valeram a pena, através do ecológico parque da Água Branca, bela amostra da São Paulo antiga no coração da nova. O sol já estava encorpado e batia forte, só vencido pelas grandes copas que faziam sombra à serpente dos caminhos. Pequenos lagos refrescavam os patos, como este que vos fala, além de carpas, girinos, pererecas e tartarugas. Num atalho, havia um exemplar da *Caesalpinia echinata*, é o que dizia a placa, ou pau-brasil, e refreei o passo, pois estava ali a origem do meu país. Tudo explicado: era um pau mais espinhento do que a coroa de Cristo, e nem sei como os portugueses conseguiram extrair algum benefício daquilo, pois o tronco inóspito e afiado devia espetar, rasgar e furar qualquer ousadia das mãos. Talvez o corante que dava vida às vestes da corte lusitana não viesse do lenho, mas do sangue de quem operava nele. Vai saber...

Vencida a arena oval onde se exibia gado Nelore, de que me ficou um cheiro de estrume melhor que o dos sovacos, e, tendo já cruzado o parque inteiro, da saída da Água Branca ao 111 da Turiassu foi um pulinho. Deparei-me com um casarão vistoso e atraente, ao menos na fachada, e gostei de seu aspecto austero, conferido por pontiagudas grades de proteção, mas acolhedor ao mesmo tempo, devido a uma frondosa goiabeira que havia na entrada. De que cor seria a polpa das goiabas? Não gosto das brancas, só das vermelhas, mais doces e sumarentas, mas isso eu podia verificar depois. Olhei para o relógio, nove horas. Meti o dedo na campainha, que era do tipo Avon, ding--dong, e veio de lá uma bela mulata, roliça, as formas explicitadas pelo uniforme justo. Ela não andava, ondulava. Mal fiz contato com os seus olhos, um relâmpago atravessou os meus, gravando a fogo na minha retina o letreiro promissor: *Um Belo Dia Vou Ser Tua!* Ah, sonhar mais um sonho impossível... Seria essa a luminosa manifestação da vontade divina? Mas Deus é pequeno, e posso adiantar sem constrangimento para a história, que tal dia nunca chegou. A musse, aliás, a moça de chocolate limitou-se a dizer:

— É o cuidador? Faça o favor de entrar.

De modo que fui conduzido para o interior da casa e instalado no sofá da sala, onde fiquei à espera do patrão. Deixaram-me sozinho tempo suficiente para que pudesse ver a mobília, de apurado gosto, que incluía um antigo piano em madeira de lei, e alguns quadros na parede à minha frente, assinados por nomes sonantes, onde penso ter reconhecido um Aldemir Martins e dois Clóvis Graciano, além de uma raridade curiosa, o desenho de dois pugilistas no ringue, feito pelo Eder Jofre, o primeiro campeão mundial de boxe do Brasil, se minha vista não falhou. Depois, surgiu a patroa, uma balzaquiana simpática, que, tendo oferecido o regular cafezinho, gentileza recusada com simétrica polidez, deu início a um interrogatório alegre, fazendo *hum-hum!* a cada resposta minha, até que os seus olhos brilharam quando soube que eu era ex-jornalista:

— Ah, o meu pai vai gostar disso! Ele já leu muito e é um conversador de primeira. Mas, como deve calcular, nem sempre os cuidadores têm condições de manter uma conversação inteligente com ele. Quer conhecê-lo?

Eu disse que sim, claro, até porque a pergunta era retórica. Se ela tinha concluído que valia a pena me apresentar ao pai, é porque eu estava aprovado em primeira instância. Segui-a por um pequeno corredor que acabava na cozinha, saímos para o quintal, e nos fundos fomos dar noutra casinha, metida dentro da maior, como as *matrioskas*, aquelas bonecas russas que parem umas às outras. A porta estava entreaberta. A patroa pôs os dedos nos lábios em forma de *psiu* e fez um gesto para que eu a acompanhasse, entrando na ponta dos pés.

Algum de vocês já leu a descrição que Monteiro Lobato faz de Cronos, o mais velho dos deuses gregos, pai de Poseidon, adormecido numa gruta no fundo do mar, em Atlantis? Pois esse era o Seu Zé, no quarto dele. Barba e cabelos brancos, os pelos de cima como estalactites que descessem do teto, os de baixo como estalagmites que se erguessem do chão, o porte de um deus no ocaso, num sono eterno povoado de antiquíssimas lembranças. A patroa cutucou-o com jeitinho, dizendo "Pai... pai!", até que o cego abriu os olhos e não me viu:

— É o cuidador, minha filha? — intuiu, com um bocejo.

— Está aqui comigo, paizinho. Chama-se Júlio.

Exato, é como me chamo e mandara a empregada anunciar, Júlio, de sobrenome d'Ercole, com ascendência italiana, mas já abrasileirado, senão seria Giulio, como Cezare, o imperador romano. De maneira que, se não se importam, aproveito este momento da história para me apresentar também a vocês — os que leem isto —, pois até agora eu não tinha dito o meu nome, dado que os narradores costumam ficar ocultos atrás da sua modéstia. Sucede que, na particular circunstância deste parágrafo, um homem com a minha formação e civilidade não poderia se furtar a estender a mão para os outros, sob pena de ser desacreditado para sempre. Faço com vocês o que fiz com o velho, que retribuiu o meu aperto de mão com firmeza e caráter, para depois perguntar, brincalhão:

— Júlio? Como Júlio Dinis ou Julio Cortázar?

— Como Júlio Ribeiro, ao seu dispor! — Citei o escritor naturalista, de que tinha lido *A Carne*, ainda na adolescência, livro inspirador de muitas idas ao banheiro, onde descobri o prazer de uma boa leitura.

O velho sorriu, parecendo satisfeito com a resposta. A filha interpôs-se:

— O meu pai depois vai-lhe dizer o nome dele e muitas outras coisas, mas agora deve descansar, porque não dormiu bem esta noite, não é papai?

Cronos limitou-se a fechar os olhos, tranquilamente, enquanto nós nos retirávamos da casinha. Lá fora, a mulher quis saber quando eu podia começar, ao que respondi:

— Ainda não falamos dos meus honorários...

— Creio que isso não será problema, senhor Júlio.

E pouco mais foi dito, salvo que eu começaria no dia seguinte.

Uma hora e meia mais tarde, já de volta à pensão, recordei a última parte daquele diálogo com grande prazer, porque, se os honorários não eram problema para a família, eu é que não ia ser otário de criar impedimentos ou dificuldades.

3

Tomei o café da manhã com o cego, mas não em sua casa.

Fomos a uma padaria tradicional de Santana, e só fiquei incomodado com o meu próprio sentimento de frustração ao ver que íamos de ônibus para um bairro popular, na direção de onde eu tinha vindo, quando eu esperava, daqueles empregadores, no mínimo um BMW turbo com chofer transitando pela Zona Sul. Engano meu, que seria esclarecido aos poucos no período em que convivi com o Seu Zé, a quem a partir de agora chamarei de Z, não confundir com a marca do Zorro. Era curioso: segundo vim a descobrir, a mesma família para quem o salário de um cuidador não era problema fazia questão de poupar em tudo, especialmente no supérfluo, e até as crianças, duas netinhas do velho, mostravam-se moderadas nos pequenos gastos a que tinham direito. O avô, outra espécie de infante, a espécie octogenária, que não se cansava de brincar com as meninas, é que lhes tinha ensinado o valor do dinheiro, assim como fizera um dia com a filha e, hoje, ia fazer também comigo. Mas já falaremos disso, por enquanto convém tomar o café, antes que esfrie:

— O senhor vem aqui sempre?

— O senhor está no céu.

— Você...

— Venho sim, meu caro Júlio, mas há dias em que prefiro comer esfiha e tomar coalhada fresca no restaurante Almanara do centro. Aqui, sou amigo de um velho garçom, se não fosse um paradoxo haver *garçons* velhos, passe a falha do francesismo. Hoje é a folga dele, noutro dia faço as apresentações.

— Ficarei honrado.

— Olhe, já que vamos trabalhar juntos — ele disse com naturalidade, como se não fosse meu patrão e sim um colega —, eu gostaria que você tivesse lápis e papel sempre à mão, para anotar uma ou outra ideia que nos ocorrer durante o dia. É bom exercitar a cabeça, senão enferruja.

— Por acaso, trago comigo uma agenda, que já vem com caneta.

— Ah, nem se podia esperar outra coisa de um jornalista de formação! O bom repórter nunca deve confiar na memória, essa esposa infiel do Joaquim Silvério dos Reis. Mas, com uma Bic nas mãos, nada se perde, tudo se anota...

Como o cego sabia que a caneta era Bic? Bem, ele devia calcular que um tipo que já foi jornalista e agora é cuidador não tinha tido vida fácil.

— Já tive uma Montblanc, mas foi antes da crise financeira internacional.

— A internacional ou a pessoal?

— As duas.

— Se quiser contar o que se passou, posso não ver, mas sou todo ouvidos.

Dei uma mordida no pão com manteiga, mastiguei devagar, engoli com o café e contei tudo a Z, desde o A, excetuando o meu crime, tão perfeito que nem eu tenho certeza de que o cometi. Quando terminei, já éramos quase amigos:

— Vida dura! — ele exclamou, de forma sincera.

— A agenda eu uso para fazer a minha contabilidade diária e ver se não sobra mês, como diria o Millôr, no fim do dinheiro. As contas têm de bater certo, porque eu mesmo já não bato bem.

— Quer aprender um método infalível para poupar uma fortuna?

— O meu salário não chega a ser uma fortuna...

— Mais um motivo para aprender, certo? Vamos até um centro comercial que eu explico como a coisa funciona. Mas, antes, pague o café — ele tirou umas notas do bolso e passou para as minhas mãos —, que eu vou fazer xixi.

O cego se virava bem, para sorte minha, que não tive de acompanhá-lo ao banheiro nem segurar nada, a exemplo do seu, como direi, bem... o seu blusão. Quando voltou, fomos a pé até o Center Norte, com um sol que me cegava e ele sentia na pele, o que é outro modo de ver.

— Do que é que você precisa? — Z quis saber. — Falo de objetos, roupas, livros, as coisas que se encontram num centro comercial...

— Para começar, um par de sapatos. O meu gastou a sola e o couro está no bagaço, não vai durar muito.

— Então vamos à procura de uma loja de calçados.

A primeira que apareceu foi a Timberland, que Z considerou ideal:

— Excelente marca, alta qualidade. Aqui você poupa mais do que numa loja de segunda, porque o calçado é bem-feito e durável. Experimente as botas que eles fabricam e, se servirem, anote o preço no seu caderno. Mas não compre já. Pelo meu método, temos de ver tudo antes de pôr a mão no bolso.

Fiz como ele sugeriu e, terminada a prova, Z voltou à carga:

— Precisa de roupa?

— Um blusão, talvez, do gênero do seu. As noites têm sido frias.

Entramos na Benetton, onde havia muita variedade, inclusive de preços:

— Não pegue os mais baratos — alertou-me —, escolha só couro legítimo, porque o sintético acaba logo. O courvin ordinário no fim sai muito mais caro.

Escolhi um que ficou perfeito, apesar do preço astronômico ou justamente por isso, que anotei na agenda, como o velho queria. Pelo seu método, porém, não poderíamos comprar na hora, por impulso. Por isso pedi ao vendedor para reservar aquele e saímos dali. Ainda havia muito a fazer:

— Livros? — ele prosseguiu.

— *Ética prática*, do Peter Singer. Um amigo me recomendou.

— Boa dica. O Singer é um pensador fantástico, atual, que reflete sobre a importância de um mundo mais ético e coloca a responsabilidade nos ombros do indivíduo. Mas olhe, esse eu tenho e posso te emprestar. Diga outro.

— Hum... *Sexta-feira ou os limbos do Pacífico*, do Michel Tournier. Foi editado há muito tempo, mas podem ter algum exemplar na Saraiva.

— Então vamos lá.

Fomos, repetimos o sistema e, preço devidamente anotado, seguimos em frente, percorrendo o circuito das lojas onde havia produtos de que eu precisava. No final, cansados os dois, sentamo-nos num banco da praceta interior.

— Agora pegue outra vez o caderno, a caneta e faça as contas — pediu o velho. — Quanto é que dá tudo isso?

Somei os preços que tinha alinhado numa página, de alto a baixo, ao lado de indicações como "botas Timberland", "blusão Benetton", etcétera, e a cifra atingiu um valor superior a dois salários meus:

— Dá exatamente três mil, oitocentos e quarenta e dois reais.

O velho ficou um tempo com o olhar baço no infinito, como se avaliasse a quantia. Depois ergueu-se de chofre, pôs a mão no meu ombro e terminou de explicar seu método infalível:

— Agora vamos sair do Shopping sem levar nada.

— O quê? Ir embora sem comprar, depois de todo esse trabalho?

O meu melhor cliente, calculando que eu devia ter a boca aberta, fechou-a com chave de ouro:

— Assim você vai poupar uma fortuna, vai por mim...

4

Na noite desse mesmo dia, tendo já quitado a pensão, dormi na casa dos patrões, num cômodo do andar de cima, bastante cômodo por sinal, pois pela primeira vez em meses tive lençóis limpos e banheiro privativo, com uma ducha Lorenzetti. Além disso, alegria das alegrias!, descobri que da minha janela, com o braço esticado, podia alcançar a goiabeira, carregada de frutos maduros. Conferi: as goiabas eram das vermelhas, de miolo mole como o meu. Uma delícia.

Na hora do jantar, convidado para me sentar à mesa da família, mas cioso da minha privacidade e respeitador da deles, arranjei uma desculpa para comer na cozinha, onde esperava ter a companhia da mulata, de preferência em uniforme, a carne apertada querendo saltar para fora dos panos. Foi, de fato, o que aconteceu, não a carne a saltar, mas nós a jantarmos juntos, em dois banquinhos, os pratos postos num tampo de fórmica preso à parede da cozinha. Confesso que dei em cima dela desde a entrada até a sobremesa, sutil mas fervorosamente, com esperança no coração. Foram vãos esforços, como já adiantei, os primeiros de uma série de tiros n'água das minhas aspirações carnais. Vendo em retrospectiva, porém, não me arrependo do que fiz, pois Sônia, esse era o nome dela, nunca se chateou com as minhas investidas, nem riu das tolas cantadas, nem me odiou pela insistência, nem me diminuiu pelo fracasso. Só uma vez, a única, num mau dia, vi aquela mulher virar bicho, pois me mostrou os dentes, onde se destacavam dois caninos afiados, e babou e espumou e rosnou como se estivesse hidrófoba:

— Está olhando o quê, seu desavergonhado? Que pouca vergonha é essa?

Acho que corei como não fazia há anos. Apanhado de surpresa, confesso que me senti, mais do que ela, numa saia justa. Tentei não perder o rebolado:

— Como assim, olhando? Eu não estou olhando nada!

Ela mostrou o garfo:

— É bom mesmo, seu marica, senão, em vez de um, serão dois cegos nesta casa! Está avisado? Olhe que você não tem dinheiro para arranjar cuidador...

Foi um sufoco acalmar a fera. Mas, ufa!, escapei por pouco... E como ela não era de guardar rancor, pelo contrário, nunca encontrei temperamento mais afável e cordato que o de Sônia, a bela mulata chegou mesmo a ter por mim, com o passar do tempo, se não amor platônico, uma sincera amizade, o que não é pouco; na verdade é bem mais do que eu merecia.

Nessa primeira noite, terminamos o jantar sem incidentes.

Enquanto eu lavava os pratos, fazendo média com ela, as meninas, que eram gêmeas, ali entre os nove, dez anos, apareceram com o avô pelo braço, ou pelos braços, uma de cada lado. Sônia levou-as para provar o doce de abóbora que esfriava na panela, enquanto Z foi se sentar num canto da cozinha que mais parecia um... aliás, era um bar! O cego tinha mandado decorar aquele ângulo como um boteco dos anos 50, com mesinhas de tampo de mármore, velhas cadeiras de madeira escura e uma coluna suportando antigo rádio de válvulas. Nas paredes em L, mais três peças selecionadas a dedo: uma piazinha de metal em forma de concha para se lavar as mãos, a clássica prateleira de vidro com as garrafas de cachaça e, no alto, uma foto do Getúlio com a faixa presidencial. Um bar a domicílio! O velho sentou-se ali, único freguês da casa, com um digestivo de cana já circulando nas veias, as bochechas vermelhas e pálpebras a meio pau. Fui até ele, sentindo seu bafo de Baco, e tirei um discreto sarro:

— Cara alegre, Seu Zé! Queria eu estar assim também. Mas, graças a seu método infalível, o meu sapato continua furado e vou passar frio, sem blusão...

— Não vai não, caro Júlio —, ele soou mais sóbrio do que eu esperava — porque tenho dois blusões, e se lhe servirem quero que use um deles. Já o seu pisante, em dois minutos a sapataria do bairro pode deixá-lo como novo.

— Não vai me dizer que consertam de graça?

— Não, mas é um décimo do preço da bota Timberland. E enquanto não fica pronto, você pode ler o meu exemplar da "Ética Prática", do Singer, que empresto sem juros. O livro do Tournier é só uma questão de paciência até você achar nalgum sebo, onde custa menos do que na Saraiva...

— E foi só para dizer isso que o senhor me levou ao Centro Comercial?

— Mais ou menos. Foi para mostrar que roubam mais no Centro do que na periferia, ao contrário do que se diz...

— Ok, mas o sapateiro e o sebo exigem pagamento à vista. No Shopping eu posso pagar em trinta e seis meses e levo na hora, sem entrada.

— Ai, pobre do meu cuidador, quem cuida dele? Você acredita em Papai Noel, Julinho? Nem chaminé as nossas casas têm...

— Não vejo a relação.

— Você disse que se deu mal com a crise financeira e agora vem dizer que acredita no sistema de crédito? — O velho rateou... — Janta insenuidade! — ...mas logo voltou a dominar a língua: — Pobres dos que compram em prestações, meu caro, porque se tornam escravos, acorrentados às taxas de juros, trabalhando de graça para engenhosos senhores.

Z tinha razão, mas eu estava cansado do longo dia de labuta em que não sobrara espaço para aquela didática paternalista misturada com gagueira. Não consegui evitar um sonoro bocejo, que ele apanhou no ar:

— Já é hora de dormir, não espere mamãe mandar...

As netas, ouvindo a cantoria com que o avô costumava fazê-las dormir, completaram do outro lado da cozinha:

— ... um bom sono pra você e um alegre despertar!

Lembrei do cobertor felpudo que me esperava e saí de fininho:

— Então boa noite, Seu Zé...

Ainda tive de levar com uma imitação perfeita da minha própria voz:

— Então boa noite, Seu Júlio!

5

Segundo dia com Z. Na padaria popular de Santana, onde a coxinha tinha mais frango que batata e custava só dois reais, fui apresentado a seu amigo, o velho garçom paradoxal, que se chamava Luís de Almeida Pinto, e não Prado, sobrenome de melhor cotação, porque este o remeteria para a linhagem dos quatrocentões, ao passo que o primeiro era uma verdadeira cruz que ele tinha de carregar com a bandeja, enquanto os fregueses habituais, como artistas de *stand-up comedy*, ficavam na gozação:

— Olhem lá o Seu Pinto, que colosso!

— O Seu Pinto é o maior...

— O Seu Pinto tem um metro e oitenta...

— As mulheres ficam loucas com o Seu Pinto...

Imaginem ouvir as mesmas piadas todos os dias de uma vida, trabalhando em pé em turnos de dez horas, equilibrando louça e ouvindo risotas, contração de risos idiotas, e no entanto manter a serenidade. Claro, ninguém que tenha sangue na guelra consegue essa proeza, o mais certo é perder diariamente o tino. De modo que o coitado vivia tenso, com a cabeça quente...

À parte ser infernizado por causa do nome, o garçom levava vida normal: era casado, com família numerosa, mulher na ativa, filhos, netos, gato, cachorro e um papagaio. Descobri que a amizade entre os dois, ele e Z, não nascera na padaria, mas numa garagem de Pinheiros, onde integravam um regional de choro, ensaiando às sextas e tocando aos sábados para o público, num boteco da Vila Madalena. O instrumento do Seu Pinto era o pandeiro, espécie de bandeja com senso de ritmo, enquanto Z mandava ver no clarinete, que chamava de "meu pau preto", completados pelo Nilo Peçanha no violão, Pedro Paulo no cavaco, Tonico Sete Cordas no violão do mesmo nome, e o Garcia do Bandolim, que, na juventude, tinha dado uma canja memorável ao lado do legendário Jacob, num programa de auditório da Rádio Nacional.

Mas essa é uma outra história.

Para a nossa narrativa, o que interessa é o fato de o garçom ser espírita kardecista, e ter sido ele quem pela primeira vez levou Z ao Centro Ariel, na Vila Pompeia, apresentando-o aos outros frequentadores e convidando-o a participar de uma sessão. Na época, o Pinto não sabia onde se estava metendo. Nem poderia imaginar que, com o tempo, o cego iria galgar a hierarquia do Centro, tornando-se sua figura de proa e líder dos trabalhos espirituais, ou que Z, uma vez chegado ao topo, passasse a exercer uma mediunidade fraudulenta. O fato é que ninguém jamais soube disso, pois o cego era um ator nato, refinado pela leitura em braille do método Stanislawsky e a ida regular ao teatro. Além disso, como já foi dito, era capaz de mimetizar qualquer timbre de voz, se bem que nem sempre precisasse usar esse recurso, como quando recebia espíritos que desencarnaram antes da invenção do fonógrafo. Reservava-o apenas aos que vieram depois, como o citado Saramago, de quem sabia papaguear o sotaque com perfeição. Fossem escritores antigos ou novos, o velho ainda enriquecia a conversa com trechos extraídos cirurgicamente de suas obras, num esforço adicional para garantir a verossimilhança. Ou seja: compunha a farsa completa. Mas é preciso convir que, apesar de farsante, nem por isso o meu cliente deixava de defender a liberdade religiosa, respeitador das crenças alheias, sendo também muito cioso do valor das amizades, pelo que jamais se permitiria magoar o Seu Pinto, expondo-o a um vexame público. Z preferia rir-se por dentro, de tudo e de todos, até de si mesmo, enquanto transformava a mesa do Centro em palco iluminado e encenava ali a arte do engano, servindo-se da luz de grandes literatos e do seu próprio brilho, artista polivalente que era, além de polígamo, amante de todas as musas.

Nas primeiras sessões de que Z tinha participado, segundo me revelou quando ganhei sua confiança, ele entrava quieto e saía calado, apenas ouvindo o que era dito na sala, sem se pronunciar. Mas, à medida que dominava o ritual, e o germe do exibicionismo ganhava corpo no seu espírito, a passividade inicial foi dando lugar a uma participação cada vez mais ativa nos trabalhos, pondo-se a serviço da dona Nelma, alma iluminada e comandante do Centro Ariel. Tudo o que ele observava dos bastidores servia-lhe de aprendizado para avançar em direção ao palco, devagar e sempre, até que finalmente pudesse enfrentar a plateia, no papel principal. Em parte por esse esforço consciente, em parte por contingências da sorte, não teve de esperar muito: o trânsito foi facilitado pela própria dona Nelma, quando a velha senhora declarou diante de todos, segura de si, que Z era um espírito forte, com poderes mediúnicos iguais aos dela. Isso porque a presença dele nas sessões tinha atraído entidades adversas à que ela estava recebendo, o que, como sabem os iniciados, podia redundar num grave conflito com consequências trágicas. Sendo assim, a mulher deixou claro que os dois não deveriam participar das sessões ao mesmo tempo, mas, por outro lado, sugeriu que ele poderia substituí-la sempre que ela não pudesse estar presente. Ah, que dia glorioso foi esse para o cego! O meu cliente, ansioso como um futebolista na reserva que espera a vez de entrar em campo, não poderia ter ouvido nada que o deixasse mais inchado. Chegou mesmo a fazer algumas sessões, na qualidade de médium interino. Mas, poucos meses depois, o velho recebeu um telefonema do Pinto que mudou tudo. O garçom mal conseguia falar, como se o celular tremesse em suas mãos:

— Zé, sou eu... nem sei como vou dizer isto...

— Nossa! Que voz é essa, amigo? Nunca vi o Seu Pinto tão desconsolado...

— Sem brincadeira, Zé, por favor. A hora é imprópria: lamento informar que a nossa querida irmã Nelma desencarnou.

6

O meu terceiro dia com o cego foi tomado por vários preparativos, pois era às quintas que se realizavam as sessões do Centro Espírita Ariel, e seria a minha *avant-première* como calígrafo de Z, que me incumbira dessa missão, pedindo que eu o acompanhasse depois do meu horário de trabalho. Claro, eu receberia as horas extras de lei, com remuneração em dobro, o que, já se sabe, não seria problema para a família. Mas nem era preciso tanto. Era a folga da Sônia, que deixara o uniforme lavado, secando no varal, e sumira no mundo. Eu não ia mesmo ter nada melhor para fazer.

Isso de preparação é necessário porque o exercício da mediunidade não é espontâneo, a menos que a pessoa tenha o dom, o que não era o caso do cego. Ele apenas se fingia de médium. Para que um espírito qualquer encarnasse nele, Z tinha primeiro de encarnar um personagem, coisa que nenhum ator profissional, que dirá um amador, ousa fazer sem os devidos preâmbulos. Algum de vocês já tentou interpretar Hamlet sem ensaiar? Ter ou não ter... não: ser ou nascer... não... qual é mesmo a questão? A memória falha, o tom de voz soa falso, todo o sentimento shakespeariano se perde. Se o ator é bissexto e não está concentrado, com mão firme, pode até deixar o crânio cair no chão. Ôps! Triste cena seria essa: o gesso espatifado e a produtora-executiva com a mão no crânio, o dela, tendo de usar a renda da bilheteria para comprar outra caveira.

Enfim, faço notar que nessa particular quinta-feira não fomos à padaria de Santana. O velho chamou-me logo cedo à sua casinha e começou a dar as coordenadas do dia ainda em jejum. Fez até uma prévia, que consistiu em segurar a minha mão e disparar duas perguntas:

— Você acredita em Deus?

— Não — respondi com a verdade, — fui criado por um pai ateu, de quem herdei a descrença, e uma mãe católica que não convencia ninguém.

— E em vida depois da morte, reencarnação, mediunidade, você crê nalguma destas coisas ou em coisa parecida?

— Eu? Ué, que diabo de ateu o senhor pensa que eu sou?

Calculo que segurar as minhas mãos, para ele, equivalia a olhar-me nos olhos, porque pareceu acreditar na sinceridade das respostas:

— Está bem. Então, vou contar um segredo e pedir que você jure, com a mão sobre a Bíblia, que nunca vai revelar nada para ninguém...

O cego tinha uma maneira engraçada de demonstrar confiança. Alinhei:

— Juro por Deus.

— Eu não sou médium, mas os frequentadores do Centro Ariel pensam que sim. Já participei de várias sessões, tremendo, babando e recebendo espíritos diante deles, sem que jamais descobrissem nada...

— É tudo enganação?

— É tudo encenação. Faço o papel de Machado de Assis ou de José de Alencar ou de Olavo Bilac ou de qualquer escritor que me dê na telha, mas isso só porque são os mortos que conheço melhor. O importante é que o pessoal acredite, o que tem acontecido até o momento, e eu quero que continue assim, certo? Posso confiar em você?

— Nenhuma alma saberá disso por mim — garanti. — Sou um túmulo!

O velho sorriu:

— Então me acompanhe, que nós temos muito o que fazer.

Saímos e rodeamos a casinha até as traseiras, onde ajudei Z a descer uma escada que eu desconhecia, dando num porão atípico, com pé-direito alto e muita luz, incidindo por largas claraboias ao rés do chão, mesmo que isso, para o cego, não fizesse diferença. O piso era de cerâmica e tinha sido lavado recentemente. As paredes eram de uma tijoleira furada, de desenho hexagonal, que servia como adega, abrigando tudo quanto é marca de cachaça.

— Parece uma colmeia — comentei.

— Exatamente — gozou o velho —, é onde eu guardo o "mé"...

Num canto, empilhadas, vi algumas caixas de plástico transparente que pareciam conter livros, o que se confirmou num instante:

— Vê os meus livros? — perguntou o cego. — Quero que você me separe a caixa com o rótulo "Ficção Brasileira".

Era a que estava por cima. Tentei tirá-la da pilha mas, com o peso, por pouco não provoquei uma avalanche literária para cima do velho. A caixa caiu de pé, a um milímetro dos pés dele, com estrondo:

— Cuidado, rapaz! — Ele assustou-se. — Você quer me derrubar?

— Desculpe, Seu Zé! Não imaginei que fosse tão pesada...

— São livros, meu filho: têm o peso do saber. Mas era para pôr em cima da carteira, não no chão...

Por trás da pilha de caixas vi uma carteira escolar, em tudo igual às do meu tempo de ginásio, com a escrivaninha e o assento presos a uma base dupla, como sobre um par de esquis. Tinha sido comprada num antiquário, segundo Z, mas o fato é que nalguma velha escola, com falhas de vigilância, uma sala de aula tinha sido vandalizada, perdendo aquela carteira e boa parte das suas memórias, desde as marcas de canivete feitas na madeira aos palavrões rasgados com ponta de esferográfica, dos corações vermelhos onde se lia *fulano ama sicrana* à tinta indelével por baixo com a cola $x2 + 2xy + y2 = 0$, e tudo acrescido, como não podia deixar de ser, pelo clássico aviso ao público *beltrano é viado*. Diante dessa relíquia, tive um rápido *flashback* da minha professora de português declamando os versos do Casimiro de Abreu: "Oh! que saudades que tenho/ Da aurora da minha vida, / Da minha infância querida/Que os anos não trazem mais!".

Mas vamos lá! Peguei a caixa, na pose do halterofilista que vai bater o recorde olímpico e, com aquela careta que eles fazem, UUuuhhh!, consegui, com esforço, levantar o peso todo de uma vez, jogando-a sobre o tampo da carteira:

— Pronto — gemi e bufei —, está feito...

— Ótimo! — exclamou Z —. Fique descansado que agora vem a parte fácil: é só você abrir a caixa, tirar um livro de cada vez e ler os títulos para mim.

Não foi preciso raciocinar muito:

— Depois o senhor escolhe um e o espírito do autor baixa lá no Centro?

— Exato, Júlio, matou a charada. Como já li esses livros, só preciso de uma releitura rápida para preparar um discurso coerente. Vamos começar?

Peguei o primeiro:

— *Vidas secas*, de Graciliano Ramos.

— É bom, mas o Graciliano já baixou duas semanas atrás. Próximo...

— *Macunaíma*, de Mário de Andrade.

— Excelente, mas esse vamos deixar para mais tarde. Outro...

— *1968, o ano que não terminou*, de Zuenir Ventura.

— Quem não terminou foi o Zuenir, que está vivinho da Silva. Continue...

— *Incidente em Antares*, Erico Verissimo.

— Perfeito! Pode parar! É com esse que eu vou sambar até cair no chão...

Dei-lhe o livro, que o cego folheou como quem acaricia um rosto:

— Que maravilha! Já leu? — E, sem esperar resposta: — Eu já, este mesmo exemplar, quando ainda podia ver. Se não me falha a memória, foi o último livro que o Verissimo escreveu. E para o meu gosto, é o melhor dele.

— Até concordo mas, desculpe eu mudar de assunto, Seu Zé, posso saber como o senhor perdeu a visão?

— Pode sim. Foi por culpa da genética: há um gene mau na minha família que despoleta a cegueira. Eu tive sorte, no meu caso só se manifestou aos 27 anos. A minha irmã ficou assim aos 6, pobrezinha... E agora, já podemos trabalhar?

Eu também disse que sim e ele deu meia-volta, caminhando sozinho até a escada com grande senso de direção. Pensei que, por ter visto até a idade adulta, Z estivesse em vantagem em relação aos cegos de nascença, pois tinha noção de espaço, ideia de cor, conhecia a luz e pudera ver o rosto de pessoas queridas, como a mãe da filha dele, por exemplo, tendo tido até a oportunidade de ler livros, muitos, ao que tudo indicava.

Nesse dia, almoçamos em casa. Depois, no seu quarto, passei a tarde lendo em voz alta o *Incidente...*, romance satírico sobre uma greve de coveiros que deixa os defuntos indignados, de que eu pouco me lembrava, enquanto o velho ouvia atento e, vez por outra, repetia as frases pelas quais se enamorava. Alguém pode achar que tive tarefa fácil, mas precisei beber quase um litro d'água nessa brincadeira, porque a garganta arranha, a boca seca e uma pessoa sensível chega a sentir falta de ar, já não digo com o esforço, mas de tanto rir com a graça de certas passagens. A páginas tantas, Z considerou-se satisfeito e, tendo em conta o meu estado precário, sugeriu uma hora de folga:

— Vá se deitar um pouco. Relaxe. Esta noite quero você bem descansado.

Antes que eu deixasse o seu quarto, entrou a filha dele, minha patroa, trazendo um CD, que lhe entregou em mãos:

— Está aqui o que pediu, papai. Encontrei na internet um antigo programa que o Erico Verissimo fazia na Rádio Farroupilha, chamado o "Amigo Velho", onde ele improvisava histórias infantis ao microfone. Fez muito sucesso na época e o estúdio vivia cheio de crianças que queriam vê-lo, mas depois deu problemas com a censura do Estado Novo, que pretendia submeter os contos a uma leitura prévia. O Verissimo não aceitou a imposição e chegou a fazer no ar um discurso indignado contra o tolhimento da liberdade do cidadão, acabando por se retirar do programa. Ele era dos seus, papai! Bom proveito...

Ela saiu e eu fui atrás, eu para descansar e ela para cuidar da vida. A essa altura, Sônia já me segredara que a patroa, que se chamava Patrícia, estava separada, e que o ex-marido só vinha às sextas-feiras, para buscar as filhas, e aos domingos, para trazê-las de volta. Mas de nada me valia a informação. Se a empregada já não era para o meu bico, que dirá tão distinta, doce e melíflua empregadora.

Ainda tive tempo de ver o velho abrir um walkman da Sony, meter lá o CD e ajustar os auscultadores, ligando o aparelho para ouvir a voz do Verissimo.

7

Às 20h saímos de casa. Fomos de ônibus e chegamos antes que alguém pudesse dizer anticonstitucionalissimamente, porque a Pompeia fica logo depois de Perdizes, no sentido oeste, só com o Sumaré pelo meio, um tirico antes da Lapa, beirando a Freguesia do Ó, não longe de Pirituba, faltando uma merreca para o ponto culminante da região metropolitana de São Paulo, o belo pico do Jaraguá, como podem ver nos *Google Maps*, se tiverem apetite turístico.

O Centro Espírita Ariel ficava na própria avenida Pompeia, a principal, numa pequena vila protegida, altura do número 200. Tinha uma placa na porta que o identificava com todas as letras mas, de tão discreta e apagada pelos anos, um espírito mais desavisado podia não dar por ela.

Mal toquei a campainha, um membro do centro abriu a porta, pondo a cabeça para fora. Era o Pinto:

— Vamos entrando, senhores!

Obedecemos, enquanto o velho garçom pandeirista kardecista nos recebia com amistosos tapas nas costas:

— Amigo Zé! Caro Júlio! Muita paz e muita luz...

Passamos pelo pequeno hall e entramos numa grande sala, que se poderia dizer de espera, com dois sofás forrados de tecido verde-escuro, com um padrão art-nouveau, um de frente para o outro, onde já se apertavam vários *habitués* das sessões. Notei que saudavam o cego com reverência, ele que agora era recebido ali na qualidade de médium titular e comandante-chefe do Centro Espírita Ariel; ou pista de aterrissagem e torre de controle do aeroporto Ariel, para o pouso de entidades em trânsito pelo éter; ou ainda antena receptora da Rádio Clube Ariel, para sintonizar os espíritos em OM e FM; ou mesmo... bem, deixa para lá. Resumindo e concluindo, Z tornara-se o herdeiro, se não a versão masculina, da finada dona Nelma.

De modo que, chegados os últimos participantes, foi o próprio Z quem pediu ao grupo para se dirigir à sala menor, no fundo do corredor, destinada às sessões propriamente ditas. Fomos em fila indiana, com o Pinto a conduzir o cego pela mão, o que soa melhor do que o contrário, e ao entrarmos na salinha senti-me no jazigo de família onde enterrei os meus. O ambiente tinha um aspecto lúgubre, era mais frio que o resto da casa, estava mal iluminado e quase não tinha mobília: a decoração se resumia a uma mesa redonda e nove cadeiras, feitas de madeira tão rija que um cupim podia quebrar os dentes. Sentamo-nos em oito, incluindo Z, pois alguém tinha telefonado para dizer que não vinha, e perdemos algum tempo até ajeitar os traseiros nos assentos, procurando a posição menos desconfortável. À falta de lugares marcados, escolhi o meu de frente para o cego, enquanto uma das participantes, de nome Amandi Dietz, a Didi, acendia no centro da mesa uma vela azul besuntada com incenso. Não foi boa ideia. Ao chamamento do fogo, respondeu um fumo denso e espiralado, difícil de inalar, que poluiu a atmosfera da sala com um perfume terrível, mais próprio para espantar os vivos do que atrair os mortos. Se era essência de flor, exclua-se a sempre-viva, aquilo só podia ser cravo de defunto.

Z tomou a palavra:

— Boa noite, queridos amigos do Centro Ariel. Cá estamos nós para mais uma sessão, onde esperamos contar com os nossos convidados do lado de lá, que têm sempre uma palavra de conforto para nos dar. Hoje é um dia especial para mim. Se não se importam, quero apresentar para vocês o meu fiel secretário Júlio D'Ercole, que acaba de chegar da Itália, onde foi concluir uma dissertação de mestrado sobre os cristãos primitivos. Eu e ele somos amigos de longa data e já participamos juntos de sessões privadas, com uma terceira pessoa cujo nome não posso divulgar. Foi numa delas que recebi o espírito de um seu antepassado, Umberto D'Ercole, monge copista morto em Bolonha em 1215, que transcreveu quase uma centena de alfarrábios, alguns dos quais, com ricas iluminuras, encontram-se guardados a sete chaves no museu do Vaticano. Ora, acontece que o Júlio aqui é um legítimo herdeiro desse seu tataravô, pois tem uma magnífica letra de imprensa, e, sendo assim, perguntei se gostaria de trabalhar conosco, pondo no papel, com uma caligrafia à altura, as revelações que nossos irmãos do além têm para fazer. Fico feliz em comunicar que o meu caro amigo aceitou prontamente e, a partir de agora, virá sempre às sessões...

Para minha surpresa, recebi uma salva de palmas dos presentes, acompanhada de simpáticos olhares de aprovação. Pobres e iludidas almas! Não passava pela cabeça de ninguém que Z pudesse ser doido de pedra. Tetravô? Monge copista? Dissertação sobre cristãos primitivos? Como é que o velho conseguia inventar tanta mentira junta? Ou ele era um cínico contumaz, que pisava como o cavalo de Átila sobre a erva da crendice alheia, ou era um ficcionista prolífico e impetuoso, que tinha engolido literatura em excesso e agora precisava vomitar as sobras. Com o tempo, acabei por descobrir que esta última hipótese era a mais aceitável, temperada por pitadas de um ceticismo sadio. Quanto aos aplausos a mim destinados, agradeci com um gesto de cabeça, enquanto, com as mãos, dava a entender modestamente que não os merecia. O cego prosseguiu:

— Dadas as boas-vindas ao nosso novo irmão, já podemos iniciar a reunião de hoje, para o que peço a todos um minuto de silêncio...

Ficamos quietos e compenetrados. Ninguém se moveu. Passado o minuto, Z proferiu em voz calma a oração de abertura, o Salmo 23, do Rei Davi:

— O Senhor é o meu pastor, Nada me faltará, Em verdes pastagens me faz repousar, Para fontes tranquilas me conduz, E restaura as minhas forças, Conduzindo-me no caminho da justiça por amor do seu Nome. Mesmo que eu ande pelo vale da Morte, Nenhum mal temerei pois estás junto de mim, O teu bastão e o teu cajado me protegem, Preparas a mesa para mim diante dos meus inimigos, Unges a minha cabeça com óleo, E a minha taça transborda. A bondade e a misericórdia acompanham-me todos os dias da minha vida, e para sempre a minha morada será a casa do Senhor.

Feita a prece, ele deu início às vibrações que consistiam, pelo que entendi, em ter o grupo todo imóvel, com os pés separados e as mãos sobre os joelhos, emitindo em uníssono, com o coração, vários mega-hertz de energia amorosa para beneficiar os necessitados. Eu viria a saber que é uma prática comum a várias correntes esotéricas, e que o Ariel, antes de ser espírita, começara por ser um centro espiritualista, ou seja, não tinha essa de baixar o santo, os espíritos ficavam apenas rondando a sala, grandes doutores em medicina *post-mortem* ou advogados no fórum do além, enquanto as pessoas lhes faziam pedidos. Era uma coisa muito otimista, pois, se alguém estava doente, só tinha de se imaginar curado para recuperar a saúde, se tinha uma pendência com alguém, só precisava visualizar a vitória para obter ganho de causa. Prática religiosa, sim, e ato de fé, mas nada que a neurolinguística, ciência estabelecida, não mande fazer igual.

Após as vibrações, houve novo período de silêncio, uma pausa precedendo a sessão para valer. Por fim, o cego retomou a palavra:

— Agora, ponham as duas mãos sobre a mesa, com as palmas viradas para baixo. Você, meu caro Júlio, faça o mesmo, a esquerda sobre o tampo e a direita, que segura a caneta, apoiada no seu caderno de anotações.

Atendido o pedido, o cego fechou os olhos, como se tentasse enxergar melhor o mundo das sombras em que estava prestes a penetrar. A cabeça pendeu para um lado, o outro, e um ligeiro tremor sacudiu seu corpo. Sua respiração foi-se alterando gradualmente, acelerou-se, até que ele deu um grande suspiro e pronunciou, em voz firme, porém baixa, a palavra "possessão!", de que esticou as duas últimas sílabas, repetindo-as, como se um eco as propagasse: "sessão, sessão!". Aquilo surtiu grande efeito em todo mundo, até em mim, porque, sem que nos déssemos conta, os muitos "esses" que ele assoprava em "poSSeSSão, SeSSão, SeSSão!", atingiam a chama da vela, que tremeluzia, vibrava, por vezes quase se finava, criando um acende e apaga fantasmagórico no lusco-fusco da sala, de forte apelo teatral. Quando o velho ficou subitamente quieto, eu tive a convicção, como a tiveram todos, de que um espírito tinha acabado de baixar no Centro Ariel, tomando de empréstimo aquele corpo e pronto a falar por aquela língua. Apertei a caneta entre os dedos, cioso da minha missão, com sanha de monge copista medieval. O espírito começou por um balbucio, numa voz que não lembrava em nada a de Z, com acento gaúcho:

— Bah... sou o Erico Verissimo e estou no limbo, tchê!

Depois suavizou o sotaque caricato e não se calou mais, exprimindo-se no melhor estilo do escritor cruz-altense, com grande rigor, pois explicitava até os pontos, as vírgulas, as reticências e os travessões do discurso. Não perdi um asterisco que fosse, de modo que vão poder conhecer essa prosa tal como foi revelada, sem tirar nem pôr:

"Na noite do dia em que fui sepultado, no Cemitério da Irmandade do Arcanjo São Miguel e Almas, onde meus ossos convivem, modo de dizer, com os do grande poeta Mário Quintana, meu espírito abriu os olhos e pôs-se a contemplar um pedaço do céu da madrugada, na direção do Cruzeiro do Sul, o território mais brasileiro do firmamento. Depois, sussurrando as palavras de uma oração — *Ave Maria, cheia de graça, o Senhor é convosco* — foi aos poucos se erguendo, saindo do meu corpo — *bendita sois vós entre as mulheres* — e por fim ficou num ângulo de noventa graus em relação ao esquife — *e bendito é o fruto do Vosso ventre, Jesus* — passando o ectoplasma da perna direita por cima do caixão e estendendo o pé devagar, como um friorento que experimenta a temperatura da piscina — *Santa Maria, Mãe de Deus, rogai por nós, pecadores* — até tocar o chão — *agora e na hora da nossa morte. Amém...* Ao terminar a Ave Maria, a minha alma, que é, tal como a minha obra, tudo o que resta de mim, já estava fora do esquife, os olhos postos no túmulo ao lado, onde outra alma penava. Era uma mulher, que tentei ajudar:

— Está se sentindo mal, minha senhora?

— Péssima! Não vê que me enterraram sem o meu casaco de vison? E que o meu corpo físico jaz sem a bolsa Louis Vuitton? Não vê que fui para a cova só com um vestidinho Benetton e que nada disso é de bom tom? Mas deixei com minhas filhas, por escrito, indicações muito precisas: queria descer à sepultura com todas as marcas finas que passei a vida comprando na Daslu...

— O seu último pedido não foi atendido?

— Ao contrário, ficaram com tudo. Ah, as patifes! Gananciosas!

Ela começou a andar de um lado para o outro do cadáver sem logotipos, arrastando o fantasma dos pés, com as mãos na cintura translúcida.

— Se eu fosse a senhora, não as censurava. Seria um desbarato deixar nesse caixão o equivalente a uma fortuna em dinheiro...

— Mas não basta o apartamento dúplex que lhes deixo em Porto Alegre, a casa de campo, a de praia e a minha coleção de joias da H. Stern?

Encolhi os ombros:

— Lamento muito, mas a cobiça humana é uma cova sem fundo.

Depois pedi-lhe licença, porque fui atraído por uma luz vinda de fora, enquanto o portão do cemitério se fundia com o do Céu, escancarado, com um molho de chaves pendurado na fechadura e sem ninguém por perto, como se fosse a noite de folga de São Pedro. Entrei, ou saí, e fiquei a olhar em torno, para as nuvens, o negro azul, o buraco de ozônio, à espera de um coro de anjos ou de alguém dedilhando uma harpa, mas o que ouvi foi um solo de clarineta, que vinha de uma nuvem *cumulus* de luz vermelha. Acreditem, era uma espécie de boate, um inferninho no paraíso, e a primeira pessoa com quem me deparei tinha uma cara conhecida:

— Dercy Gonçalves! — exclamei admirado, sem entender o que uma vedete do teatro rebolado fazia no céu. — Que alegria! Que prazer!

— Quem é você?

— Veja se me reconhece...

Voltei o rosto para a lua cheia, que brilhava.

— Não me é estranho... mas não estou lembrando.

— Erico Verissimo!

— Mas a sua cara não se parece nada com as fotografias.

— A morte, como sabe, piora muito o aspecto das pessoas.

— O que me confundiu foi essa sua expressão de dor, logo no senhor que é um tipinho alegre... mas quando foi que você... abotoou?

— Ontem, ao que eu me lembre.

— AVC?

— Essa minha cara é o triste resultado de um enfarte fulminante. Senti uma forte pontada no coração e de repente tudo apagou.

A Dercy não perdoou a minha morte súbita.

— Bem-feito, quem mandou trabalhar tanto? Pois eu morri centenária, como pedi a Deus, feliz e gostosa. No meu velório teve até seresta, com música composta especialmente para mim. Eu já tinha dito para me enterrarem de pé, numa pirâmide de cristal, e foi excelente ideia, porque depois o meu espírito subiu como um foguete, com fogo no rabo, direto para cá...

— Para cá, o céu, ou para cá, este bar?

— Este bar é que é o céu, Verê. Todas as almas que valem a pena, como euzinha da Silva, vêm aqui beber e jogar conversa fora. Alguns demoram mais para encontrar o caminho, como o Saramago, que andou uns tempos pelado no deserto antes de chegar aqui. Mas eu vim direto, como já disse, e você, pelo jeito, também deve ter vindo por algum atalho...

— O José Saramago por aqui?

— Os donos do bar são portugueses, e ele se enturmou logo, apesar das queixas que tem de Portugal e o modo como foi tratado por lá em vida...

Enquanto a Dercy falava, atrás dela, numa faixa de sombra mais negra que a noite, vi seis vultos no balcão do bar, entornando pinga com Cinzano e gesticulando, animados. Reconheci um deles e mal pude acreditar:

— Alto lá, minha senhora! Aquele ali não é o Machado de Assis?

— Em pessoa, quero dizer, em espírito...

— Pois eu ganhei um prêmio literário que tem o nome dele e não acredito que o fundador da ABL viesse num bar do céu encher a cara com rabo de galo!

— Vai se acostumando, meu amor. Isto é feito de vários planos espirituais montados uns por cima dos outros, se é que você me entende, e aqui ninguém é santo. Senão o paraíso não tinha graça, é ou não é?

Tive de concordar, mas com relutância. Depois, ela pegou no meu braço e só então me dei conta de que a alma da Dercy era jovem, com a aparência do seu tempo de vedete no teatro de revista. Ela olhou para cima.

— Pela posição do Cruzeiro do Sul devem ser três da madruga. A noite é uma criança e eu tô cada vez mais cada vez! Vamos tomar umas e outras para ver se essa sua cara melhora..."

8

No quarto dia com Z, acordei cedíssimo e não consegui voltar a dormir, rolando na cama como se estivesse ligado na tomada. Sentia ainda a excitação da noite anterior, com a insólita experiência vivida no Centro, que tinha povoado diversos sonhos recém-sonhados de que agora não me lembrava. Passei um tempão de olho no teto, à espera de que o sol nascesse, enquanto revia mentalmente a atuação do meu "Erico Verissimo" particular, provando sincera admiração pelo cego, que se revelara um ator inspirado e um criador imaginativo. Não vou chegar ao ponto de compará-lo com o escritor gaúcho, mas é forçoso reconhecer que em momento algum ele desmereceu o grande autor, até porque muitas frases eram autênticas, tiradas quase *ipsis litteris* da obra do homem. Porém os adendos de Z tinham a sua graça própria, indo além do texto que lhes servira de base, com o desenvolvimento de uma história paralela, aquele besteirol do inferninho no céu, que despertara interesse e conquistara a atenção de todos, mantendo-nos presos às nossas cadeiras, por mais duras que fossem.

Quando a luz da manhã atravessou a persiana do quarto, deixando-me listrado como o meu pijama, ouvi passos na porta da rua. Fui à janela ver quem era, de cima para baixo, por entre os ramos da goiabeira em flor, e lá estava o velho, que saía de casa por um motivo qualquer que me escapava. Mas o mistério se desfez quando ele parou e ergueu a cabeça, apanhando o sol de frente. Ficou ali imóvel, curtindo a vida, com o seu sorriso de cego. Era assim que Z saudava a alvorada, sentindo no rosto o calor do dia, como se também ele pudesse ver aquele círculo vermelho de aura luminosa que se erguia no horizonte. Lavei a cara, vesti a minha roupa e fui ao encontro dele, que continuava no mesmo lugar, como um lagarto ao sol, sem ter movido uma pestana:

— Bom dia, Seu Zé! Pegando um bronzeado?

— Bom dia, meu caro! Estou sim, já passei até protetor solar. E você, caiu da cama?

— Quase. O que me tirou o sono foi a sua atuação de ontem lá no Centro, perfeita do princípio ao fim. Obra-prima, Seu Zé! Faço questão de lhe dar os parabéns e também de agradecer, porque foi inspirador: depois de longo tempo, é a primeira vez que sinto vontade de voltar a ser jornalista, abraçar outra vez as palavras.

— Abraçar, beijar, fazer amor com elas... não existe nada melhor!

— Bem, existir até existe...

— Sim, claro, fazer o mesmo com uma mulher. Mas aí estamos no terreno do óbvio.

— Concordo. De mulher muita gente gosta. De literatura, nem tantos.

— Há mulheres fáceis, mas não se pode dizer a mesma coisa das palavras, que adoram se fazer de difíceis, como prova o número de candidatos a escritor que não dá certo. Toneladas de romances permanecem inéditos, recusados pelos editores porque lhes falta brilho, a chama sagrada. Amar as palavras não basta, a gente também tem de ser correspondido.

— Volto a concordar, Seu Zé. E no seu caso, pela amostra de ontem, chama sagrada é o que não lhe falta. Foi brilhante!

— Obrigado, mas não é bem assim.

— Não seja modesto, Seu Zé.

— Sou apenas um imitador barato, que vive do gênio alheio.

— Agora vou ter de discordar. Aquela história do espírito se erguendo do túmulo, que o senhor tirou do *Incidente em Antares*, pode ser do Verissimo, mas o bar do céu, frequentado pela *inteliggentzia* e apimentado por vedetes do teatro rebolado, é da sua lavra. Muito bom, Seu Zé!

— Está bem, obrigado mais uma vez.

— Não que tivesse sido tudo perfeito...

O cego "olhou" para mim, com um ar curioso:

— E o que é que foi imperfeito?

— O Erico Verissimo morreu nos anos 70. Mas na sessão ele sobe ao céu, na noite do dia do seu enterro, e dá de cara com a Dercy Gonçalves, que morreu em 2008, mais de trinta anos depois. A cronologia está errada...

— E daí?

— Daí que a situação é inverossímil. Se ela chegasse ao céu e desse de cara com ele, tudo bem, mas não o contrário. São todos uns inocentes naquela mesa do Centro Ariel, senão já teriam descoberto que o senhor fajutou a sessão.

— Você se engana: o tempo no mundo do além não é o das cronologias de jornal, que pertence ao mundo dos vivos; o tempo dos espíritos é igual ao da ficção literária. Se os leitores aceitam um conto do Borges em que o personagem, já velho, se encontra com ele mesmo quando moço, então tudo é possível. Garanto que jamais será inverossímil para os nossos amigos espíritas ver um cadáver decomposto se encontrar com um defunto fresco: anos 70, 2008, século XI, ano 3020, para quem morre é tudo igual.

— Pode ser...

— Folgo em ver que você está atento, mas eu também estou. Levo em conta o meu público, que pode ser leigo mas não é burro, e tem suas peculiaridades. Por exemplo: se não pus na boca da Dercy os palavrões que ela costumava dizer a torto e a direito, isso se deve em grande parte à nossa colega Didi, que é do interior de Santa Catarina, filha de alemães, com educação rígida, e não iria aceitar bem se eu disparasse um "filho da puta" em plena sessão.

— Não vejo problema, porque estaria no contexto, tendo em vista a Dercy.

— Sim e não. A outra parte é que o médium só pode receber um espírito de cada vez. Ontem, lá no Centro, baixou o Erico Verissimo e foi ele quem narrou o encontro com a Dercy, cujo espírito não estava presente na sessão. Ora, se em vida o escritor não era dado a colocar palavrões na sua prosa, não vejo porque ele iria começar agora, mesmo citando uma vedete desbocada.

— Muito bem, isso é que é ser rigoroso!

— *Rigor mortis*! Mas fico contente que você tenha gostado do inferninho no céu, porque já faz tempo que eu andava amadurecendo essa ideia. Eu queria um pretexto para juntar todos os espíritos num lugar só, onde eles pudessem ficar à vontade, batendo papo, para que depois essa conversa tivesse continuidade.

— Quer dizer que o senhor vai voltar à história do bar?

— Vou, nas próximas sessões. Como se fosse um folhetim.

— Uma telenovela?

— Não! Nem me fale em telenovela, senão eu desisto. Estou pensando em reunir os literatos que mais admiro, de acordo com as suas afinidades, para ver no que daria esse hipotético encontro. Por exemplo, e não digo que vá fazer exatamente isto, pôr frente a frente o Saramago e o Monteiro Lobato, porque os dois eram comunistas de carteirinha, de alma lutadora, e teriam muito a dizer um para o outro. Não seria preciso inventar grande coisa, era só dar uns toques aqui e ali, porque as obras dos dois, respeitando os estilos diversos, já conversam entre si. Quer melhor lugar para esse diálogo que um boteco no céu?

— E com donos portugueses, ainda por cima!

— Pois é, você guardou bem. Isso eu tirei de um bar real aonde ia quando eu ainda podia ver: o MM. Tinha esse nome porque os proprietários se chamavam Mário e Manuel, dois portugas simpáticos, mas o pessoal apelidou de "Mil Moscas", em homenagem às kamikazes que sobrevoavam os salgadinhos.

— Essa é boa. E o senhor vai manter o nome?

— O MM sim. Mas vou mudar o apelido para "Mosca Morta", que é mais apropriado às circunstâncias.

A conversa morreu por aí, porque chegara a hora de Z tomar o café da manhã com a família. Ele tinha decidido que não iríamos à padaria de Santana porque queria almoçar no Almanara do centro, e preferia fazer uma viagem só.

À volta do meio-dia, portanto, lá fomos nós para o restaurante de eleição do meu cliente, que adorava comida sírio-libanesa. Pedimos o bufê copioso que parece vir diretamente do Oriente Médio, da mesa de algum grão-vizir ou do próprio sultão, enfileirando esfihas, kibes, babaganuche, homus, coalhadas, charutinhos de folha de uva, kaftas e outras delícias que descem redondo com chope gelado, e que Z não se cansava de elogiar:

— Quem disse que os árabes querem a guerra? Eles gostam é de mesas fartas e gordas odaliscas, que lhes contem as histórias das Mil e Uma Noites!

— Psiu, Seu Zé, fale baixo que algum agente da Mossad pode ouvir...

— E daí? Nenhum judeu com tino quer a guerra também. Menos ainda os que nasceram em São Paulo e convivem com os árabes nacionais. Sabe o que quer dizer Almanara? O farol. Ou seja, um lugar de aviso aos navegantes, para que vejam a luz e não se deixem morrer inutilmente. Isto é mais do que um restaurante, é uma embaixada: conheço judeus que são frequentadores assíduos, amigos da casa, e depois de encher o pandulho voltam a pé para Higienópolis, para fazer a digestão. Aliás, proponho que a gente faça a mesma coisa.

— Ir a pé para casa?

— Exato.

— Não é meio longe, Seu Zé?

— Nada que não se faça em meia hora de caminhada.

De modo que, depois das sobremesas e alguns quilos a mais, tive de pôr o pé na estrada com Z. Ao cego, que nada via, fui descrevendo a perda de estilo do velho centro paulista, desde a decadente praça da República, com as suas pontes tomadas por desempregados, que cospem nos ribeiros de água contaminada, até a rua Aurora, com os seus bailes à zero hora, piroca dentro, piroca fora, seguida pela avenida São João, via boca do lixo, até o cruzamento largo com a Duque de Caxias, a duas quadras do Minhocão, sob o qual vivem os eternos indigentes alcoolizados a quem sádicos filhinhos de papai ateiam fogo, transformando em churrasco, mais a sequência de templos, de variadas vertentes evangélicas, que está ali para receber as almas desses indigentes bem passados, que nos vêm acompanhar pelo viaduto sobre a Pacaembu, que em dia de jogo é tomada por verdadeiras procissões de torcedores, antes de fazermos a curva na altura do Ponto Chic, bar inventor do bauru, no caso a filial atrás da Igreja Batista, e costearmos o Parque da Água Branca, cuja descrição já conhecem, até a Turiassu, sem ter de subir o monte alegre que dá nome à rua do mesmo nome, onde fica o *campus* da Pontifícia Universidade Católica, o qual, já não era sem tempo, vem concluir este roteiro pedestre, demonstrando, se é que alguém ainda tinha dúvidas, como pode ser cansativa a vida de um cuidador.

Z foi dormir a sesta, eu fui direto para a cozinha, beber um copo de água. A Sônia estava lá e, gentil como era, passou um pano de prato na minha testa, enxugando o suor que escorria caudaloso:

— O pano está limpo, ainda não tinha sido usado.

— Obrigado, amiga. O Seu Zé me fez andar do Centro até aqui, mas parece que quem tem oitenta anos sou eu, não ele. Estou mais morto do que vivo.

— Quando ainda tinha a vista, o tio costumava ir até o Pico do Jaraguá a pé, e voltava sempre fresco, como se tivesse ido até a esquina comprar cigarro.

— Benza Deus! Onde é que eu fui amarrar o meu burro?

A mulata riu, um riso gostoso e cheio de dentes, que renovou as minhas combalidas forças. Tanto de frente como de fundos, Sônia não perdia em nada para a Dercy Gonçalves no auge do seu vedetismo, de modo que, cansado ou não, voltei ao sistemático ataque movido contra ela desde a minha chegada naquela casa, sem resultados práticos, como quem tenta passar para o outro lado de um muro dando com a cabeça nos tijolos fixos à dura argamassa. Ainda hoje tenho galos desse período, que doem quando ponho a mão.

9

Aquela semana correu tranquila e anódina, sem nada digno de registro, até a manhã que antecedia mais uma sessão espírita, quando se deu o engano:

— Leve-me até o centro — pediu Z.

Levei-o até o Centro Espírita, mas o cego, que passara a viagem de ônibus entretido com seus pensamentos, ficou fulo e desandou a esbravejar comigo, que o tinha compreendido mal:

— Eu disse centro da cidade, Júlio! O que eu iria fazer de manhã no Ariel, posso saber? Nem aberto está. Quero é comprar livros num sebo do centro!

Mais trinta minutos de ônibus, comigo vexado, até chegarmos ao sebo do Josias, um dos muitos espalhados pela vizinhança da Sé, sendo este específico na XV de Novembro, o preferido de Z, que foi saudado por um vendedor:

— Bem-vindo, Seu José! Há quanto tempo!

— Fala, grande Nuno! Como vai essa força?

— Fraquejando. Mas o que é que o senhor manda?

— Eu estou atrás dos *Capitães da Areia*, de Jorge Amado.

— Ah, a polícia também, Seu José! Aqueles meninos não prestam e um dos sem-vergonhas até violou uma negrinha...

— Eu sei, Nuno, são terríveis. Mas cheguei primeiro que a polícia...

— Vou levar isso em conta. Se o senhor não denunciar a gente, eu lhe dou o exemplar que temos na loja. O único problema é o preço, porque é um volume ilustrado...

— Ilustrado?

— É da Livraria Martins Editora, que publicou as obras do Jorge Amado com gravuras do Iberê Camargo, Di Cavalcanti, Poty e outras cobras criadas. Como é raro, o Josias aproveita para salgar no preço, sabe como é...

— Quer dizer que tem gente que paga para ver, mas eu vou ter de pagar para não ver, Nuno?

— Ah, Seu José, não faça isso comigo! Eu não apito nada, senão lhe dava um desconto. Mas talvez ali na filial da Liberdade eles tenham outra edição mais baratinha...

— Não, está bem assim. Eu só estava brincando com você. Levo esse para que as minhas netas possam ver as ilustrações, pode ir lá pegar, por favor...

O vendedor foi buscar o livro, enquanto o velho metia a mão no bolso à procura dos quarenta reais que aquilo lhe ia custar. Passou-me as notas pedindo para eu separar a quantia certa e percebi que sua dor em se desfazer delas só era minimizada pelo fato de levar, para as meninas, amostras valiosas de arte brasileira, ou não pagaria o preço. Que essas ilustrações viessem misturadas com sexo explícito, uma cena picante nas areias da Bahia, isso não lhe vinha à cabeça de avô, só à minha, que por qualquer motivo inconsciente me lembrara da Sônia, no seu uniforme justo, arredia e sensual como a pretinha violada no livro. De Pedro Bala e de louco todo mundo tem um pouco, e mais tenho eu, depois dos meus medicamentos psicotrópicos.

— Vamos voltar a pé, enquanto você lê o livro para mim.

Ai! Que a Didi não me ouça, mas... *puta que los parió*! Outra caminhada quilométrica e eu sem nenhum travesseiro à mão para me defender do velho maratonista, que já estava abusando da sorte. A família paga em dia, mas assim ninguém aguenta. Sou cuidador, não andarilho. Além dos pés em chagas e dos tropeções, porque ninguém consegue ler e andar ao mesmo tempo nas ruas de São Paulo, cheguei ao 111 da Turiassu na página 57, com a garganta irritada, a língua seca e o coração correndo mais que negrinha virgem na areia dos capitães.

Desta vez o velho bebeu a água, mas quem fez a sesta fui eu, que de outra forma não teria gás para a sessão noturna no Ariel, anotando a fala de... bem, vocês sabem de quem, por isso vou abreviar a história e saltar logo para o essencial, conforme foi ditado naquela noite, a partir das vinte e uma horas, pelo médium titular do Centro, com cê maiúsculo, assim que recebeu o santo:

— Sou o Jorge Amado e estou no limbo, painho!

Z não variava os começos, só as vozes e os sotaques. Foi por aí além:

"Hoje a noite é alva no cemitério Jardim da Saudade. Meu espírito se confunde com o fogo do crematório e meu corpo arde mais do que pimenta baiana. As minhas cinzas, levadas pelo vento, amontoam-se na areia, que invade tudo, fazendo o mar recuar sob os alicerces de um trapiche, no cais do porto, onde agora dormem crianças abandonadas. A humanidade inteira, que se agita como as marés — ora se elevando em direção às estrelas, ora descendo ao baixio das escuras pedras do cais —, em breve será um areal imenso. Não mais atracarão no porto os cargueiros que chegavam com as velas enfurnadas. Não mais se deixarão dobrar sob a carga os estivadores negros, libertos da escravidão. Não mais uivará na ponte, solitário, um velho lobo do mar. Nem se ouvirá outra vez o rumor das vagas, só o silêncio das almas. Sob a lua, só as crianças abandonadas continuarão a dormir, mas um sono eterno como o meu.

Devo estar sonhando. Sou um baiano ateu e me vejo em espírito, subindo com o ar quente e a fumaça de um forno crematório em Salvador. A cidade está cada vez menor, já mal distingo seus contornos. Em vez da terra, o céu. E, na terceira nuvem, a contar de baixo para cima, da direita para a esquerda, vejo-me à porta de um cabaré, como aquele onde cantava a Tereza Batista Cansada de Guerra, estuprada por um capitão, prostituída, filha de Iansã com Omolu.

— Jorge Amado, minino! Entre ou põe um chapéu que aí fora faz frio. Mas só serve de feltro, palinha não vale, porque esse não esquenta a cabeça...

Cocei os olhos para ver melhor:

— Dercy Gonçalves?

— Não, meu baiano, sou a Santa Isildinha.

— Mas...

— Claro que eu sou a Dercy, Amado meu! Entre logo ou vou ter de fechar a porta, para evitar corrente de ar.

Ela devia ser dona daquilo ou amásia do dono, porque circulava por ali à vontade e me levou para uma mesa cheia de conterrâneos ilustres. O Gregório de Matos era um deles. Pôs um baralho em cima da mesa e propôs:

— Quem topa um joguinho?

O Rui Barbosa pegou o baralho:

— Cartas marcadas, seu Matos. Um baralhinho bem gasto...

— Se tu quer usar outro eu não vejo problema.

— Não. Pode ser esse daí.

Embaralharam, cortaram e puseram as cartas na mesa. Gregório cofiou a barba, descobriu duas, o Castro Alves apostou numa, a banca ficou com a outra. No início, o autor de *Navio negreiro* e Rui ganharam. Caymmi não estava jogando, só fazia olhar, sorrindo com seus dentes claros, quando o Rui Barbosa dizia que ia lavar a égua, porque era dia de Iemanjá, sua protetora. O cantor já devia saber que a sorte ia começar bem e acabar mal, porque, quando o Matos virava o jogo, não parava mais de ganhar.

Não deu outra. Uma hora depois, o Boca do Inferno já tinha limpado todo mundo, para desgosto do Rui, que olhava desconfiado para o baralho. O Águia de Haia ergueu-se da cadeira, disposto a bater as asas, seguro de que tinha encontrado outra águia mais esperta do que ele, e saiu-se com esta:

— De tanto ver prosperar a desonra, de tanto ver crescer a injustiça, de tanto ver aparecer os ases nas mãos dos vigaristas, o homem chega a desanimar da virtude, a rir-se da honra, a ter vergonha de ser honesto.

— O que tu tá insinuando? — Gregório fez cara de ofendido.

— Tu sabe muito bem. Com esse baralho eu não jogo mais!

E deixou a mesa, de modo que ocupei o lugar vago..."

10

Normalmente, Z saía do transe sem grandes problemas, agradecendo a colaboração do ajudante, o santo que baixa na sessão, e desejando-lhe um bom regresso ao mundo dos espíritos. Mas, nessa noite, o velho teve uma indisposição, estando a ponto de vomitar. Ficamos todos preocupados, eu mais que os outros, cuidador que sou, e sabendo que o médium octogenário andara, no barato, uns seis quilômetros debaixo de sol naquela tarde, de modo que fui correndo buscar um copo de água, enquanto o Pinto abanava o meu cliente, que sentia falta de ar e estava suando frio. Água tomada, ar respirado, suor enxugado, o velho foi se acalmando e ficou com melhor aspecto:

— É a idade, meus filhos, são mais de oitenta nas costas...

O Pinto ainda se preocupava:

— Vamos, Zé, que eu levo você para casa. Está na hora de fazer naninha...

Z e eu costumávamos voltar como vínhamos, de ônibus, até porque o garçom tinha os seus caronistas regulares e a Turiassu o obrigaria a fazer um desvio de rota. Mas, na condição em que estava, o cego decidiu aceitar a oferta do amigo. Restava só definir a situação deste que vos fala, porque se eu fosse junto alguém ia perder o lugar. De modo que me adiantei:

— Não se preocupem comigo, que eu pego o ônibus. Está uma bela noite...

E assim a coisa ficou bem composta: o cego seria entregue em domicílio, enquanto eu recebia a alforria no turno noturno. Que, aliás, veio acompanhada por uma surpresa:

— Uma parte do grupo costuma ir comer depois das sessões, ali na Pizzaria Brancaleone. Quer vir com a gente?

O convite partiu da Didi, com um sorriso franco, ou talvez eu devesse dizer um sorriso alemão, devido a seus ascendentes, ou ainda, duplamente, um sorriso franco-alemão, além dos olhos azuis brilhantes, já marcados por tênues rugas, o que não lhes tirava o encanto.

— Olhe, vou aceitar — respondi, e aproveitei para jogar um charme: — Gosto de comer em boa companhia...

O sorriso da catarinense ganhou mais alguns epítetos, que prometo não enumerar, deixando claro que, sem eu ter feito nada para isso, tinha conquistado uma nova admiradora. Nada má, por sinal: a loiraça era cinquentona, mas estava inteira, em que pesem o relevo acentuado do monte de Vênus e a sutil papadinha.

Foi bom ter aceitado o convite, por uma série de razões. A que vem ao caso nesta altura da história diz respeito ao Oliveira, um tipo inteligente porém pouco confiável, além de perigoso, se levarmos em conta os pontos fracos da farsa do cego. Lembram-se da primeira sessão, em que alguém tinha ligado para avisar que não vinha? Pois tinha sido ele o tal, que era muito apegado à dona Nelma e não aceitara bem a ascensão de Z ao comando do Ariel. Agora, na ausência do velho, enquanto mordiscava um pão de linguiça à moda da casa, o Oliveira dizia:

— A indisposição do Seu José, não sei não... Essa sessão foi meio estranha.

— Estranha por quê? — perguntou o Ernani, que antes de ser espírita tinha sido Testemunha de Jeová, e antes disso participara em rituais do Santo Daime.

— Porque o Jorge Amado morreu há muitos anos, mas seu espírito falava como se tivesse sido hoje. E essa história de cabaré nas altas esferas, cá entre nós, me pareceu um pouco demais...

Gelei por dentro. Menos mal que ele não soubesse da minha ligação com o cego e, melhor ainda, que desconhecesse tudo a meu respeito, já que esta tinha sido a única sessão da qual participamos juntos, sem tempo para apresentações. Tentei achar uma resposta que dobrasse o homem, mas a Didi atirou primeiro:

— Desde que o Seu José substituiu a dona Nelma, vários escritores têm aparecido, até o Saramago, e todos se preocuparam em descrever a própria morte, como o Jorge Amado fez hoje. Gente, não é um espírito qualquer, é um escritor, alguém que tem muito a dizer: ninguém melhor para transmitir o que se sente no momento da passagem! E depois, o que interessa se ele morreu hoje ou há dez, vinte anos? Não importa quando, importa é como, porque assim a gente se ilumina e fica preparado para quando chegar a nossa hora...

Caramba, gostei da loira! Eu não teria feito melhor, aliás nem fiz. Mas ainda fui a tempo de dar uns toques na conversa, o meu acrescento didático:

— Concordo plenamente. Acho muito rica essa experiência de ouvir os espíritos do Seu José, porque eles se expressam com o mesmo estilo que tinham ao escrever seus livros, uma espécie de marca registrada. Não vi nada de estranho nessa sessão, pelo contrário. Li tudo de Jorge Amado e hoje tive certeza de que ele estava presente entre nós. Quem mais seria capaz de dizer as coisas com aquela picardia do escritor baiano, até na hora da morte?

— Talvez nisso vocês tenham razão. Os argumentos são válidos e eu posso concordar. Mas o que não dá para engolir é essa história de cabaré no céu. Desde quando plano astral tem mesa de jogo, baralho marcado, espírito vigarista? O Gregório de Matos roubando o Rui Barbosa nas cartas? A Dercy Gonçalves de recepcionista? Dá licença!

Desta vez a réplica salvadora veio do Ernani, o espírita de Jeová:

— Minha cabeça já andou matutando nisso. Talvez não seja o cabaré em si nem o bar ou o inferninho propriamente ditos, mas planos astrais que aparecem sob essas formas para os espíritos...

— E qual é a lógica? — teimou o Oliveira. — Não tem nenhuma...

— Tem sim, quer ver? Responda uma pergunta: você, que já

participou de muitas sessões, concorda que os espíritos trazem mensagens do além?

— Até aí morreu Neves. É para ouvir as mensagens que a gente faz sessão.

— Concorda, então?

— Concordo, mas cadê a lógica?

— Se eles podem trazer mensagens do além, então também podem levar para lá as memórias do aquém. Certo?

— Bingo! — fiz eu, que, além da loira, acabava de me apaixonar pelo Ernani, ou pelo cérebro dele. — Mais lógico impossível...

A Didi fez coro:

— Gente, é mesmo! Cabaré, bar, inferninho, isso fazia parte da vida desses espíritos antes deles desencarnarem, então continuam com a coisa na cabeça...

Aproveitei para malhar o ferro enquanto estava quente:

— Não dá outra: escritor, ator, todos os artistas têm um fraco pela boemia. É só ler as biografias, como a do Gregório de Matos, que até a hora da morte levou uma vida dissoluta, enfiado em bordéis, jogando nos cassinos, e pelo jeito continua igualzinho do lado de lá...

O Oliveira, com um ar contrariado, mordeu um pedaço de margherita, cheio de mozarela, e ficou um tempão ruminando aquilo, de boca fechada. Mas não era por educação, era por não ter o que dizer. As estocadas com que tentara ferir o novo médium do Centro Ariel e destituí-lo do trono, declarando-se herdeiro ilegítimo da dona Nelma, tinham sido desviadas pela esgrima ágil dos três mosqueteiros de Z, Didi, Ernani e Júlio. Longa vida ao cego!

Findo o duelo, a conversa prosseguiu por territórios mais amenos, até que lá pelas tantas o Ernani pediu licença, logo seguido do Oliveira, e sobrou só o papai aqui com a cinquentona catarinense, que, a meus olhos, depois de alguns chopes, já tinha virado Miss Blumenau. Ela sugeriu:

— Se quiser tomar o cafezinho lá em casa...

Deus me acuda! E pensar que o cego ótario julgava aquela coroa abusada uma senhora pudica, conservadora, fruto da rígida educação alemã.

— Só se for com bastante açúcar, Didi.

Pedi a minha conta ao garçom e ofereci-me para pagar a dela, que não aceitou. Enquanto saíamos dali, dei uma última olhada para a mesa onde se misturavam restos de calabresa e os ecos da discussão com o Oliveira. O que saltava à vista era a verdade histórica do país, que mais uma vez se confirmava imutável: a fraude do cego, como tantas outras, tinha terminado em pizza.

11

No dia seguinte fui acordar às onze e meia, a muito custo, pois só tinha conseguido pregar o olho lá pelas quatro *della mattina*. Talvez tenha sido o café da Didi, que veio quente, pegando fogo, muito doce, a própria doçura, aliás, um sabor encorpado, o perfume raro, o travo forte. Ela nem precisou perguntar se eu queria mais, quando vi já estava repetindo, porque aquilo renova as forças, aviva os sentidos, é um estimulante incrível. Esse café da Didi, da variedade Robusta, tem uma espuma aloirada nas bordas, que se lambe com volúpia antes de irmos ao principal, e provoca tamanha excitação que até queimei a língua no calor dos lábios, se é que me expresso, eu, não o café, de maneira apropriada. O fato é que já não tenho idade para tais excessos durante a madrugada, cafezinho à moda alemã, tanta infusão tônica e teutônica de planta dicotiledônea. Da próxima, vou devagar com a louça.

Ergui-me da cama com dificuldade e me meti no chuveiro, ligando a água fria, quando a Sônia bateu na porta do quarto:

— Tá tudo bem por aí?

Respondi que sim, sem saber o que acrescentar.

— Foi o tio Zé que mandou perguntar. Ele estava pensando em dar uma volta e quer saber se vai ter companhia...

Respondi que sim, mais uns minutinhos e já estaria pronto.

— Tudo bem. Ele diz que não tem pressa.

— Fique à vontade. — Ouvi a voz do próprio cego, tão bacana que ele era, até trouxera a Sônia como escudo para não parecer chato.

— Bom dia, Seu Zé, aliás boa tarde! Esta noite caí na besteira de tomar um café forte que me descontrolou o sono...

— Tudo bem. Também acordei agora.

— O senhor está se sentindo melhor?

— Estou ótimo, obrigado.

...Tempo! Eu, narrador diletante, com o indicador direito toco na palma da mão esquerda, para pedir um rápido intervalo, insatisfeito que estou com a descrição desse diálogo e as limitações da escrita, ou do escriba, o que dá na mesma, incapaz de desenhar um quadro preciso da realidade, dando a real dimensão do... enfim, do real, outra palavra não cabe e não é mesmo possível que me compreendam. Pode ser influência da literatice de Z ou efeito dos remédios, que me deixaram hipersensível, mas já como jornalista isso me incomodava, ter de reportar os fatos com palavras, que são imprecisas, incompletas e parciais, por mais que um sujeito se esforce em encontrar as melhores. O que falta no diálogo acima, e me incomoda, é a qualidade do som propagado pelo ar enquanto eu falava sob o chuveiro, com a água escorrendo, e o cego respondia atrás da porta do quarto, com dois centímetros de espessura, de jacarandá. Alguém disse que o rádio é o teatro da mente, e penso que é uma bela definição, porque o ouvinte imagina ver quando, na verdade, ouve, mas então, se é assim, que rótulo podemos nós pregar no vidrinho da literatura, deficiente auditiva e invisual como é? Teatro da mente também, com certeza, porém empobrecida, sem os recursos audiovisuais que são o *must* deste milênio, num planeta interligado e internetado de um polo ao outro. Mas meu pedido de tempo vai acabar sem que este problema se resolva. Menos mal que desliguei o chuveiro, me enxuguei e já estou vestido, de modo que vou abrir a porta e continuar a conversa sem ruído de água escorrendo nem jacarandá abafando o som...

— Ontem os espíritas ficaram preocupados com o senhor.

— Já telefonei ao Pinto para ele tranquilizar o pessoal. Foi só o cansaço de um dia cheio. Mas vamos em frente...

Disposição não faltava ao velhote, garanto. Tanto que o programa vespertino consistiu em seguirmos de ônibus, depois metrô, depois trem, nessa ordem, com destino a Santo André, no ABC paulista, onde Z queria visitar um dos seus parceiros do regional de choro, este sim seriamente adoentado:

–– Mais do que parceiro, o Garcia do Bandolim é um amigo de infância. Teve um derrame e está em recuperação, estou fazendo a maior figa por ele. Mas nós não vamos lá para falar de doença, fique tranquilo, o que ele gosta é de festa, porque é um otimista nato, amante da vida. Você vai gostar de conhecer a sua belíssima coleção de espaço-tempo...

— Espaço-tempo?

Lá vinha o cego farsante com suas balelas. Pelo caminho, Z não parou um minuto de espicaçar a minha curiosidade, fazendo-se de sério, explicando que há mais coisas entre o céu e a terra do que sonha nossa vã filosofia, que o universo era um mistério maior que o mar oceano, que a ciência astrofísica estava avançadíssima e que a coleção do Garcia, prova viva e insofismável da Teoria da Relatividade, faria inveja ao próprio Einstein.

Pouco depois da nossa chegada e de um cafezinho caseiro, o Garcia, a pedido do cego, foi lá dentro buscar um tabuleiro, onde havia várias caixinhas. Ele pegou uma delas como se contivesse ouro em pó e pôs na minha mão:

— Segure com cuidado. Esta foi a primeira amostra de espaço-tempo que colhi quando decidi iniciar a minha coleção...

A caixa estava cheia de terra e tinha o rótulo "1º de Setembro de 1939".

— Foi no tempo da Segunda Guerra. Essa terra ocupava o espaço de uma mão aberta numa várzea da nossa infância...

— Somos varzeanos — fez o cego, que sorria, com um ar divertido.

O Garcia forneceu mais detalhes:

— É uma pequena amostra do lugar onde o Zé, eu e mais alguns amigos costumávamos caçar borboletas. Naquele tempo, eu tinha onze anos, ele, doze...

— E a rainha Elisabeth treze — lembrou Z. — Ainda era uma princesa.

— Essa várzea era linda, perto do Tietê, coberta de um capim mais verde que periquito, e nos dias de sol parecia uma aquarela do Debret ou do Rugendas. A gente corria por ali de peito nu e ia derrubando as borboletas com a camisa, interrompendo o voo delas, que caíam na grama e fechavam as asas. Antes que pudessem voltar a voar, agarrávamos as bichinhas, segurávamos as asas entre o polegar e o indicador, com muito cuidado para não coçar os olhos com os dedos sujos de pó de asa, que cega, e púnhamos uma a uma dentro de uma caixa de sapatos, fechando a tampa.

— Judiação! — arrisquei dizer.

— Calma, vai ouvindo... Depois de horas nisso, a caixa já cheia, parávamos para comer alguma coisa. Não era bem um piquenique, era só um pique ou um nique, porque a gente levava um sanduíche feito pela mãe, uma banana, e pronto. Só não podia faltar era garrafa de tubaína comprada no botequim.

— O refrigerante mais barato da época — Z esclareceu.

— Conheço tubaína, Seu Zé! Não sou tão novo assim. Até capilé eu bebi, só que este era de Minas, feito nos bares, que depois punham em garrafa usada de guaraná Caçula e vendiam por um tostão. Mas termine a história, seu Garcia, que agora fiquei curioso...

— No fim do dia, com o sol na descendente e o céu cor-de-rosa entardecido, nós íamos até a ponte do trem da Cantareira, em cima do Tietê, e andávamos ao longo dos trilhos, pé ante pé, pisando nos dormentes, com medo de cair no vazio. Quando estávamos bem no meio do rio, alguém abria a caixa e a sacudia, tchá-tchá-tchá!, libertando as borboletas, que saíam voando para todos os lados. Meu amigo, você não imagina o que é uma revoada de borboletas! O céu colorido, coalhado de asas azuis, amarelas, roxas, os mais diversos tons voando, vermelho vivo, preto brilhante, borboletas brancas ao sol, marrons, pintadas...

O espírito da coisa

— Bonito! — visualizei a cena. — Tinha sua poesia...

— Tinha, não: tem! — fez o cego fantasista. — A poesia ficou guardada na coleção espácio-temporal do Garcia. Agora mesmo, quando ele abriu a caixinha, vi as borboletas esvoaçarem nesta sala, fugindo pela janela...

Exagero ou não, tive de admitir que a coleção espácio-temporal, apesar de ambígua, estava fundada em princípios válidos do ponto de vista metodológico e científico. Combinamos de abrir mais caixas noutro dia, com espaços de outras terras, rótulos de outros tempos, mas por agora o Garcia já dava sinais de que seu estado de saúde não estava para brincadeira. O velho bandolinista ainda fez questão de coar outro cafezinho, que só aceitamos na condição de ser o saideiro, e depois seguiram-se abraços apertados, adeuses com voz embargada, mais trem, metrô, ônibus lotado e trânsito engarrafado até a Turiassu.

Nada como um dia cheio depois do outro.

12

No sábado, dormi, aliás, hibernei. No domingo, acordei exultante: vinte e quatro horas sem ter de cuidar do cego, sem programa definido, sem grilhões! Como dizem os guias turísticos, dia livre para compras... e já que eu dispunha de um celular, oferta da família, liguei para a Didi, conforme tínhamos combinado:

— *Guten Tag, Fraulein Dietz! Sono Giulio, il tuo fidanzato!*

— Ahn?

— Já está pronta?

— Ah! *Mein lieber Freund...* Estou, mas vou trocar de vestido porque este não ficou bem. O que você acha melhor, vermelho ou branco?

— Vermelho, como naquele filme *Mulher nota dez*.

— Não, engano seu, nesse a Bo Derek usava um branco. Você deve estar confundindo com a Kelly LeBrock, que fez *A dama de vermelho*.

— Põe qualquer um, minha Bo LeBrock, minha Kelly Derek... — eu disse, encantado com essa sua faceta cinéfila que eu desconhecia.

— Posso ir já para aí ou você ainda vai demorar?

— Vem já. Assim você me ajuda...

Fui com asas nos pés, como aquele carteiro que trabalhava nos Correios e Telégrafos do Olimpo, o Me... Mer... como é mesmo o nome dele? Ah: Mertiolate! Toquei a campainha, a Didi pôs o olho azul no olho mágico e, ao ver esta minha cara de sonso, abriu a porta em trajes menores, levando-me direto para o seu quarto. Não, não foi para isso que vocês estão pensando.

Já ajudaram uma mulher a escolher que roupa vai usar?

Foi para isso. A Didi me fez lembrar do tempo em que eu era casado, pois só consegui dar palpite nos primeiros vestidos, antes que ela ficasse entretida com a própria imagem no espelho. A partir daí, qualquer coisa que eu dissesse, uma ponderada consideração de ordem estética sobre o último desfile da *Maison* Dior ou uma análise rigorosa das tendências da moda no Outono-Inverno, tendo em vista os avanços da indústria têxtil e a excelente safra de algodão deste ano nas margens do Mississipi, minha voz entrava-lhe por um ouvido e saía pelo outro. Fui ao banheiro, passei pela sala, liguei a TV, voltei para o quarto, e a minha amiga, arrisco dizer colorida, continuava firme diante do espelho, sem se dar conta de quaisquer idas e vindas:

— E este bege?

— É a cara da Audrey Hepburn! — tentei uma referência de cinema, para ver se colava.

— Mmm... estou indecisa entre este e o cor-de-rosinha.

— Loira fica bem de cor-de-rosa...

Mas no meio da conversa ela já tinha partido, não para outro, para outra, pois agora não eram só vestidos, a prova incluía saias, camisas, bermudinhas, lenços, macacões, sapatos, chapéus, colares, brincos, cintos, meias-calças, calças inteiras e não me perguntem mais.

Até que, depois da minha segunda ida para a sala, onde tinha começado um filme antigo na TV, ela apareceu vestida exatamente como da primeira vez:

— Não me diga que você vai ficar vendo essa americanada com a Doris Day! A gente não ia sair?

— Você está pronta?

— Claro, né!

Não sei se era tão claro, mas, enfim, saímos para gozar o dia em que Deus, depois dos seus muitos trabalhos, teria ficado em casa vendo o Domingão do Faustão. Entre os programas possíveis, já não falo da TV, o mais tranquilo que me ocorreu foi um passeio pelo Horto Florestal, respirando ar puro, com a vista da Serra da Cantareira. Mas a Didi apontou o dedo para o céu plúmbeo, "meio Darth Vader", e contrapôs uma visita ao MASP, onde ela nunca tinha posto os pés. Só que eu sim, incontáveis vezes, por inclinação pessoal ou motivos profissionais e, além disso, tinha fome, de modo que sugeri trocarmos o museu pela Cantina Roperto, na Treze de Maio, onde servem sardela de entrada e filés maiores que o prato, além de um memorável *spaghetti al sugo*, mas a Didi reagiu prontamente com um "nem pensar!", pois massa engorda e ela já tinha gordurinhas a mais. Japonês? Sim, era uma, os dois concordamos, só que lá chegados tinha uma enorme fila na porta, que acabou por ser a minha sorte, pois tive tempo de ver os preços afixados na entrada e, meus amigos!, perdi subitamente o apetite, até porque, se um cavalheiro convida, o cavalheiro paga. Naquele instante percebi quão providencial tinha sido o recente aprendizado do método infalível de Z para economizar fortunas e, alegando que a demora ia ser muita, consegui arrastar a Didi dali para fora. Houve um breve intervalo em que os quatro pontos cardeais se fundiram num só, sem que soubéssemos para onde ia pender a bússola, e antes que a indecisão se tornasse crônica, que é quando a própria indecisão fica indecisa, uma tempestade despencou do céu:

— Que aguaceiro, santo Deus! — exclamou a Didi, tentando se proteger com as mãos. — Isso vai ficar pior que o *Waterworld*, aquela americanada com o Kevin Costner...

Corremos para baixo de uma marquise, enquanto grossas gotas d'água caíam como meteoritos, fustigando-nos no trajeto. Ribombava um trovão atrás do outro e eu entrei na dela:

— Está pior que *Os canhões de Navarone*, aquela americanada com o Anthony Quinn...

Nessa hora, um pé de vento trouxe a chuvarada na diagonal.

— Por que a gente não volta para a secura da minha casa e assiste à sessão da tarde na TV? — sugeriu a minha amiga, em desespero de causa.

— Tem certeza? A chuva pode passar...

— Passa nada. Olhe só a cor daquela nuvem, parece o Grande Otelo...

— Está bem. Mas só vou se você prometer fazer o seu cafezinho...

— Cafezinho ou cafunezinho, seu maroto? Vamos pegar um táxi logo, por favor, que eu não sei nadar.

Fiz sinal para todos, porque no toró não dava para ver quais estavam ocupados, quais não. Até que passou um vazio e parou lá na frente, derrapando. Abandonamos a marquise e corremos até o táxi como se um tsunami viesse atrás, chegando encharcados até o osso. Vi os olhos do motorista fixos no retrovisor, aflito com as duas águas-vivas que ensopavam o banco de trás.

— Mercado da Lapa — disse a Didi, que morava lá perto.

A coroa alemã, há pouco bela e faceira, tinha agora o cabelo escorrido, a maquiagem borrada, o vestido colado ao corpo, a pele arrepiada e, para mal dos seus pecados, espirrava, tremia, morria de frrr-io. No desenho da *Cinderela*, do Walt Disney, ela teria virado abóbora. Ali, na real, virou um trapo. Por sorte, não havia no carro um espelho de porta de guarda-roupa, senão a Didi ia ter um chilique seguido de um piripaque concluído por um ataque. Mas, espertas como são as mulheres, vislumbrou nos meus olhos o sentimento de compaixão, a pena condoída, a solidariedade inútil. Apenas perguntou:

— Me diz uma coisa, uma só, por favor: o que o idiota do Gene Kelly fazia cantando na chuva, posso saber?

13

Reinício da semana trabalhista.

O cego acordou com a corda toda e manifestou o desejo de comer esfiha com coalhada fresca no café da manhã, de maneira que pegamos ônibus, metrô, escada rolante e fizemos o lanche árabe no balcão do Almanara, único lugar onde Z não poupava, mesmo sabendo que no Habib's era mais barato. Enchida a pança, veio a odiada peregrinação: seguimos a pé para o sebo do Josias da XV de Novembro, daí para a filial da Liberdade, de lá para um sebo concorrente, o do Brandão, via viaduto do Chá até a rua Xavier de Toledo, porque os primeiros não tinham o que o velho queria, um livro raro que não havia em lugar nenhum e nem bem livro era, sim um álbum com partituras de música de carnaval publicado em 1979 pelos Irmãos Vitale, que o Brandão também não tinha, e por isso nos enfiamos no metrô até a Estação Vergueiro, que sai na porta do Centro Cultural São Paulo, para onde, há uns dez anos, tinha sido transferido o acervo de livros de música, solfejo, partituras e afins que antes se acomodava nas estantes da Biblioteca Municipal Mário de Andrade, a biblioteca pública mais tradicional da cidade, na rua da Consolação.

— O senhor desculpe, mas sem identificação não pode entrar.

O segurança do CCSP não só barrou a entrada do cego, que não trazia nenhum documento com ele, como ficou irredutível diante dos argumentos de Z, o qual, fazendo-se de coitado, alegava direitos e privilégios de cidadão deficiente, logo ele que detestava essa palavra. Como é óbvio, acabou sobrando para mim:

— Me diz uma coisa, Júlio, você tem aí sua carteira de identidade?

— Não saio sem ela.

O espírito da coisa

— Ah, então faz um grande favor, meu filho, entre você no prédio, procure a seção de partituras e veja se eles têm o álbum que eu quero, você sabe qual. Se tiverem, faça uma ficha em seu nome, retire o livro e vá ao balcão das fotocópias, aí dentro mesmo, tirar uma xerox de cada página. Está aqui a grana... — Ele me estendeu as notas, todas amassadas, como era seu costume. — Mas fique de olho na qualidade da impressão, principalmente nas bordas, para que não fique faltando nenhuma parte, com notas cortadas ou ilegíveis. Certo? Quando terminar, devolva o álbum e me traga as cópias que eu fico aqui esperando por você...

Eu não comecei este capítulo falando em trabalho?

De jornalista a cuidador, daí a assistente de bibliotecário, daí a boy de luxo, daí a operador de máquina Xerox. Minha tarefa, aparentemente fácil, que consistia tão somente em encontrar um álbum para depois fotocopiá-lo, esbarrou em alguns problemas de grandes proporções, o primeiro deles o álbum em si, que sim, talvez eles tivessem, mas não sabiam em qual estante nem em qual prateleira, porque o acervo ainda estava sendo organizado pelos patrocinadores da ala de música. De modo que, com a permissão de uma diretora do setor — concedida a duras penas só porque chorei a cantilena do pobre cego —, fui na companhia de um bedel vasculhar os mais mínimos recantos, o que durou cerca de uma hora e trocentos minutos, até que, com muita sorte, encontramos o dito álbum. Vitória? Sim, mas vitória de Pirro, porque era um catatau de quinhentas e tantas páginas, com outras tantas partituras, e o cego queria nada menos do que uma cópia de cada uma. Não vou mencionar o desconforto que é pegar um livrão desses e, página a página, apertá-lo contra o vidro da máquina Xerox, com força, para as cópias saírem boas. Também não vou me queixar do fato de ser um trabalho repetitivo e monótono, que, além dos braços, cansa a cabeça. Só peço licença para reclamar dos ruídos que a máquina fazia, ou da barulheira, melhor dizendo. Noutro capítulo desta magnífica obra, creio ter já exposto o fato da literatura não ter som, o que a tornaria mais pobre, porém vejo agora que isso também pode ser uma

69

vantagem, pois vocês nem calculam do que acabam de se livrar, sendo as pessoas normais que são, ou deveriam ser, funcionais, sem problemas de audição e com os tímpanos sadios, capazes de captar todo o espectro de frequências que estimula o ouvido humano em condições normais de pressão e temperatura. Eu não, já não tenho a mesma sorte: como narrador emérito e participante ativo deste enredo fui cruelmente martirizado, vítima inocente dos inumeráveis decibéis tóxicos que poluem a banda sonora da realidade.

Prruuff, degadegadega, giigiigiigiigiigi, clunk. Prruuff, degadegadega, giigiigiigiigiigi, clunk. Prruuff, degadegadega...

Lá fora, o cego me recebeu todo fresco, sorridente e aperaltado, porque tinha bebido umas três cervejas, falo de garrafas, não copos, no bar em frente, aproveitando o calor do dia e a bonança que sucedera a tempestade de domingo. São coisas como essas, céu azul e sol a pino, que tornam o trabalho ainda mais insuportável para quem, excluindo-se Z e todo o patronato, não pode gozar o dia, metido numa azáfama de formiga, preso a tarefas mesquinhas, enfiado nalguma biboca para tirar centenas de fotocópias de um catatau qualquer, equivalente a um bloco inteiro de papel A4, pesando mais de dois quilos.

— Posso saber para que o senhor quer estas partituras, se não pode ver?

— Para dar de presente ao Garcia, que pode. Ele já teve um álbum desses, mas alguém passou a mão, deixando-o desolado. É um clássico dos Irmãos Vitale, cada vez mais raro, por isso o meu amigo vai ter que se contentar com a cópia...

E eu, ia ter de me contentar com o quê? Não deu outra: pegar outra vez o metrô, com baldeação no Paraíso, até a Estação Santa Cruz, e depois caminhar quatro quadras sob o sol até a oficina do Mestre Luciano, artesão de primeira, verdadeiro artista da encadernação, no dizer superlativo do cego. Mas, vá lá, reconheço que a coisa teve interesse, até porque esse gênero de profissão sempre me agradou, é daquelas que começam a desaparecer junto com o suporte papel, deletadas pela alternativa virtual, com seus ecrãs e e-books.

A oficina era um cantinho apenas, com uma mesa comprida de madeira que servia de pouso para réguas, esquadros, compassos, martelo, tesouras, alicates, ferro de passar, guilhotina, papelão, cola, agulhões, grossas linhas e que tais, utilizados na costura das páginas e na confecção das capas duras a que depois as folhas eram afixadas, com mais enfeite, menos enfeite, apliques dourados ou sem aplique nenhum. Na parede, num lugar de destaque, via-se um exemplar da segunda edição do *Manual do encadernador*, de Maria Brak-Lamy Barjona de Freitas, o primeiro sobre essa profissão escrito em português. De quebra, num balcãozinho, uma pequena variedade de artigos que extrapolava o metiê, mas que vendia bem nas épocas festivas: cartões desta cor com recortes daquela, agendas de papel reciclado, blocos de anotações encadernados em seda, pergaminho ou camurça, enfim, tudo o que a imaginação criadora e as hábeis mãos do Mestre Luciano fossem capazes de produzir e que, do outro lado do balcão, os saudosistas se deleitassem em consumir, garantindo o quorum mínimo de clientes para o sustento e a preservação da antiga arte. Z era um deles, com estatuto especial, já que foi recebido carinhosamente pelo mestre encadernador, com quem ficou de papo e a quem fez a encomenda de uma capa decorativa para as fotocópias do Garcia:

— No capricho, Luciano! Se possível, eu queria que você encadernasse em veludo vermelho, com um bandolim bordado em fios de ouro...

— Você quer dizer linha de cor dourada, Zé?

— Compreendeu perfeitamente, meu amigo. Assim é que é...

E depois rua, metrô, ônibus... bem, vocês são inteligentes e já conhecem o caminho, portanto, se não se importam, fiquem aí e me desculpem por bater a porta do quarto na vossa cara. Mesmo um simples narrador tem direito à sua privacidade, e eu quero ficar quieto no meu canto, sem ninguém por perto, no conforto da minha cama, deitado com os pés para cima, protegido por uma barreira de jacarandá daquele cego alucinado. *Je suis trés fatiguée, mes amis!* Não sou de ferro, sou de carne e osso: a carne moída, os ossos partidos.

14

Omar Khayyam, nos seus *Rubaiyat,* dizia que os dias passam rápido como as águas do rio e o vento do deserto. O persa tinha razão: mal saídos da segunda-feira, uns dias menos votados pelo meio, eis-nos já de volta para mais uma sessão espírita no Centro Ariel, este evento cíclico de frequência semanal a que nos vamos habituando, uma quinta-feira sim, outra também.

Desta vez, Z vinha escolado sobre as intrigas da oposição, na pessoa do venenoso Oliveira, a quem incomodava ouvir defuntos decompostos falarem da própria morte no presente do indicativo. O velho ficou surpreso em saber que estava sob suspeita, mesmo que o questionamento partisse de um único opositor, e achou boa ideia ter um agente secreto a seu serviço, infiltrado na pizzaria.

— Você podia ser o meu 007 — ele disse —, se o personagem não fosse tão chinfrim. A obra do Ian Fleming, sendo boa no gênero, já foi muito vulgarizada pelo cinema.

Pensou melhor e levou a mão ao meu ombro, como se alisasse os galões de uma alta patente:

— Que tal ser o chefe supremo da minha Gestapo, meu SS de estimação?

Visto que eu não dissesse nada, concluiu o assunto:

— Está promovido! A partir de agora, em vez de cuidador, você é o... — Z rateou: — Berlusquini! — O... — voltou a ratear: — Mussoloni! — até que pegou: — Qualquer um dos dois! E a alemãzinha simpática que me defendeu fica sendo sua ajudante de ordens, certo? De modo que eu passo a voltar de carona com o Pinto, enquanto você come pizza com a Didi e o resto do pessoal...

Bati os calcanhares, braço em riste:

— *Heil, Hitler!*

— *Heil* que os parta! — fez Z. Depois, já não era sem tempo, livrou-nos daquela farsa de embaraçoso sentido de humor: — Mas chega de histórias de espionagem, que nós temos trabalho para fazer. Quero que você vá vasculhar a caixa de ficção brasileira até encontrar o clássico do João Cabral de Melo Neto, *Morte e vida severina e outros poemas em voz alta.*

— Em voz alta? Ele já sabia que eu ia ler para o senhor?

— Claro, não pode haver outra explicação. Agora vá lá procurar, que o tempo passa...

Não passou muito e eu já estava de volta com a obra, da Livraria José Olympio Editora, cuja capa, ilustrada pelo Caribé, era simples e dramática como a linguagem do João Cabral. A pedido do cego, fiz uma leitura forte, vibrante, tentando me manter à altura dos versos. O velho, como era seu costume, ficou repetindo as partes de que mais gostava desta vez num tom cantado de repentista, para memorizar o estilo e o vocabulário do poeta nordestino. Como sempre, a leitura em voz alta fez estragos neste que vos fala, enquanto falava ao cego, pois fiquei com a garganta mais gretada que o chão da caatinga e a boca mais seca que o agreste pernambucano. Pode-se chamar a isso, não à minha aflição, mas às frases que acabam de ler, um ataque de "metaforite aguda", inflamação literária que não tem cura e provoca intenso sofrimento nos leitores. *Mea culpa.* Peço a todos vocês, se é que são tantos, as mais sinceras desculpas.

Mas a vida continua...

Nessa noite, para evitar controvérsias e novas suspeitas do Oliveira, o cego omitiu qualquer referência à data da morte do poeta, falando de modo intemporal, ainda que mantivesse a história do bar, de que não abria mão. Mas passo-lhes a ata da sessão, para que tenham acesso direto ao material:

— Sou o João Cabral de Melo Neto e estou no limbo, ó xente!

Devo dizer que o Oliveira ficou de cabelos em pé com a surrada expressão regional, fazendo uma cara de desgosto. O espírito do João Cabral prosseguiu:

"Um escritor de engenho
quando vai finando:
Então seu ectoplasma
vai se iluminando.
Ganha a luminescência
própria ao cristal boêmio.
Um escritor de engenho,
quando aparece morto:
é a luz de um vagalume
voando sem o corpo.
O enterro do escritor
enterra muito pouco:
fica viva a sua voz
no eco do oco do coco.

CRUZO COM DOIS CABRAS CARREGANDO O MEU DEFUNTO, AOS GRITOS DE: "Ó IRMÃOS DA ESTRADA! IRMÃOS DA ESTRADA! QUEM AÍ VAI À ÚLTIMA MORADA?"

— A quem estais transportando,
irmãos da estrada,
que vai fugido da seca
voltar ao nada?
— A um cantador da peste,
irmão da estrada,
que um poema severino
disse em voz alta.

— E sabeis dizer quem era,
irmãos da estrada,
direis como se chama
a alma penada?
— Severino João Cabral,
irmão da estrada,
Severino ex-escritor,
jaz sem palavras.
— E por que o levais convosco,
irmãos da estrada,
que proveito podeis ter
dessa empreitada?
— Porque a caatinga é seca,
irmão da estrada,
e os poetas são mais férteis
que uma chuvada.
— Mas que roçado ele tinha,
irmãos da estrada,
que sementes sobre a terra
a mão deitava?
— Nos campos secos, gretados,
irmão da estrada,
semeava grãos-poemas
da própria lavra.

A ALMA DO RETIRANTE ABANDONA A TERRA E SE EXTRAVIA
NO CÉU, ENQUANTO O SOL SECA A CARNE DO MORTO.

Desde que desencarnei
só a morte vi ativa,
a morte matava gente
e até a morte morria,

só havia morte na terra
quem sabe no céu há vida.
Vejo uma mulher na nuvem,
ali, muito decidida,
parece ser afamada,
feliz e bem-sucedida:
vou saber se do Divino
terá alguma notícia.

CONVERSA COM A MULHER NA NUVEM QUE DEPOIS DESCOBRE
TRATAR-SE DE PESSOA CONHECIDA.

— Os meus bons dias, senhora,
desta nebulosa e bar;
diga-me, por gentileza,
se algum ser divino está?
— Divas aqui nunca faltam
pra quem sabe procurar,
como esta que vos fala
assim, de pernas pro ar.
— Pois eu sou perguntador
e queria me informar:
não é por Dercy Gonçalves
que lhe costumam chamar?
— É, João, até que enfim
você conseguiu lembrar;
mas se ajeite, vá entrando,
que aqui tem sempre lugar.

A MULHER, NA PORTA POR ONDE ENTRAM VÁRIOS HOMENS,
EXPLICA-LHE O QUE SE VERÁ.

O espírito da coisa

Esta boate em que estás,
em anos-luz medida,
é a coisa melhor
que há depois da vida.

É de bom tamanho
de frente e de fundos,
é a parte que te cabe
neste outro mundo.

Não tem freguês chato
nem falta bebida,
mamam literatos,
emborcam artistas.

É bem frequentada,
todos têm assunto
e estarás mais ancho
que lá em Pernambuco.

Sarau literário
por aqui é mato,
terás sempre lenha
para teu fogo-fátuo.

É uma nuvem grande
pra tua alma imensa
desfazer-se em água
sobre a terra seca.

A ALMA DO RETIRANTE ENTRA NO BAR DO CÉU, SENTA-SE
AO BALCÃO E PEDE ÁGUA QUE PASSARINHO NÃO BEBE.

Eu sou pássaro cantor
e não ave de plumagem;
sou poeta cantador
voando na eternidade

Que segue sempre cantando
com o coração no bico:
como só cantam os mortos
para sentirem-se vivos"

O cego deixou a cabeça pender, de forma brusca, como quem tem um súbito desmaio, e só depois de alguns minutos voltou a erguê-la, abrindo os olhos, primeiro um, depois o outro, passando a mão pelo rosto.

— O que aconteceu?

— Baixou o santo do João Cabral — disse o Oliveira, com um ar trocista que me preocupou. — É mais um cliente no bar do céu...

— Ah... — fez Z, surpreso com o tom irônico da resposta. — O que você diz é estranho. Me pergunto o que a dona Nelma pensaria desta história de bar no céu se fosse viva. Mas... esperem um pouco! Ninguém saia do lugar. Não percam a concentração, porque sinto outra forte presença aqui na sala...

O velho pediu que voltássemos a pôr as mãos sobre a mesa e disse a oração de Davi pela segunda vez naquela noite. Depois, conclamou as almas...

— PoSSeSSão, SeSSão, SeSSão...

Resfolegou, tremeu, babou, até que um novo espírito tomou sua língua, com voz de mulher, como se o cego desmunhecasse:

— Eu... eu sou a dona Nelma e estou no limbo, queridos amigos!

Vamos pôr as ideias em ordem.

Antes de lhes mostrar o relato escrito onde anotei a mensagem de dona Nelma, quer dizer, de seu espírito, devo mencionar o efeito devastador que, naquela noite, sua vinda provocou nos participantes da sessão, e isso logo a partir dos primeiros minutos, mal tinha ela dito alguma coisa. A princípio, assim que o santo começou a falar pela boca do velho, não entendi quando vi o Milton Tutia, que era um tipo sóbrio, fechado e caladão, o estereótipo do brasileiro com ascendência japonesa, levantar-se assustado da mesa, com uma cor amarelo-pálida, aos gritos:

— É a dona Nelma! Ai, meu Deus, é mesmo a dona Nelma!

Tampouco consegui compreender a reação da minha amiga Didi, sólida como um tanque alemão, sempre forte e saudável, quando ouviu o cego anunciar o espírito da senhora, pois virou a cara, tomada pela emoção, e não conseguiu conter o vômito, esverdeando o chão da sala. E mais: minha maior surpresa foi ver a reação do próprio Oliveira, que até o momento dera tantos sinais de desagrado com o novo médium, duvidando de seus poderes, pois o homem caiu num formidável pranto, que foi incapaz de conter, debulhando-se em lágrimas como uma criança a quem repreendessem os pais. Quanto aos demais espíritas à volta da mesa, pessoas que em breve lhes darei a conhecer, esses andaram igualmente aflitos na presença da boa alma, uns catatônicos, outros com falta de ar, estes com taquicardia, aqueles sem poder falar. Enfim, não faltou ali nenhum desses sinais tão comuns em hora de transe, porque comuns a todos os seres humanos.

Na hora eu não entendi nada, mas agora já entendo tudo, e no próximo parágrafo prometo revelar o essencial. Vejam: aquela gente convivera muitos anos com dona Nelma, eu não; a respeitável senhora, em vida, dirigira aquela casa e conduzira as sessões espíritas até o fim, tornando-se ao longo do tempo um ponto de referência para os presentes, por quem se interessara e manifestara grande estima. A maioria tivera a oportunidade de se relacionar estreitamente com ela, confessando-se com a médium como se ela fosse um padre e pedindo-lhe conselhos como um filho ou uma filha faz à sua própria mãe. Quanto a mim, repito, só conhecia a dona Nelma de nome: podia até saber que era uma mulher carismática, uma pessoa sábia, calma e cordial, mas nunca tinha ouvido uma palavra que fosse de sua boca.

Ora, o malandro do cego, ao contrário, tivera tempo de sobra para ouvir dona Nelma, não uma nem duas, mas milhares de palavras saídas de sua boca, e era capaz de reproduzir a voz da mulher como um velho gravador de fita, com o mesmo timbre, idêntica modulação, todos os vícios de linguagem, cada pequeno detalhe de sua fala única e pessoal. Sendo assim, quando Z viu a reação agressiva do Oliveira, para não dizer desrespeitosa, com aquele comentário jocoso sobre o "bar do céu", percebeu que tinha de dar um troco rápido, uma resposta pronta e vigorosa, cortando o mal pela raiz. Tal resposta, como já sabem, foi dada com a segunda parte da sessão, quando o cego anunciou a nova presença na sala, sai João Cabral, entra dona Nelma, trunfo que ele devia estar guardando na manga há muito tempo, exatamente para ocasiões como essa.

Bem, o Oliveira podia até duvidar do velho, mas não dos próprios olhos e ouvidos. Ver Dona Nelma, ele não viu. Mas ouvir, ah, isso o Oliveira ouviu, tão certo como são certas as certezas matemáticas: ouviu-a como se o espírito da mulher lhe falasse diretamente, a sós com ele, como se sussurrasse em seus ouvidos um segredo, contado naquele seu tom de voz inconfundível, conhecido há muito, tantas vezes repetido. Não é uma experiência banal, a que se possa ficar indiferente. É um susto, um maravilhamento espantado, que acabou *per omnia secula seculorum* com qualquer incredulidade que o Oliveira pudesse ter. Quanto aos restantes, que dúvidas não tinham, agora é que nunca mais as iriam ter.

A honra do cego estava salva, seu nome ilibado, e vocês já ficam sabendo disso enquanto leem a inesperada mensagem com que o espírito de dona Nelma abençoou seus amigos do Centro Ariel:

"Ah, como é bom mais uma vez estar aqui e poder falar com vocês, queridos amigos, que são como uma família para mim. Sinto-me bem em lhes passar esta mensagem através do seu José, pois nele eu confiei quando era viva e nele eu confio agora que meu espírito se libertou. A mediunidade do nosso irmão é benfazeja. Sei que graças a ele muitos outros espíritos têm estado com vocês, pois divido com eles o mesmo plano astral, e posso dizer que são todos iluminados, almas que em vida se dedicavam à escrita, à poesia, às belas artes ou ao teatro, e agora, desencarnadas, têm uma nova missão a cumprir. Todas essas pessoas, vou chamá-las assim, foram atraídas para um ponto magnético nas altas esferas, tal como a água nos rodamoinhos é atraída para o centro, pela força de um espírito superior, um ser divino, angelical. Esse ponto de encontro não tem dimensão, não tem forma, é um nada cheio, um tudo vazio, e para as almas desses artistas ganha a aparência que lhe quiserem dar, um templo, por exemplo. Eu não faço parte do grupo, minha missão é outra, mas soube que o espírito de um arquiteto, creio que o Lúcio Costa ou o Warchavchik, sugeriu transformar aquilo num bar e boate, no sentido simbólico, é claro, mas isso já não cabe a mim dizer. A missão do grupo é que é importante. O que esse Anjo de Luz pretende, reunindo tantos espíritos de temperamento artístico no mesmo lugar, é que eles o ajudem a recriar o mundo, a começar pelo Brasil, afugentando as trevas em que o ser humano se meteu, para reacender a chama sagrada no coração dos homens e fazer com que eles gozem sua existência terrena com liberdade, igualdade, fraternidade. Tenho muito orgulho em lhes comunicar, meus queridos amigos, que o elo de ligação entre esses espíritos e os homens de boa vontade é o Centro Ariel, na pessoa de vocês, através do seu Zé, que agora não me ouve, porque eu tomei seu corpo emprestado, sua língua, mas também os ouvidos. Ajudem-no, eu lhes peço, e tirem o máximo proveito de sua mediunidade, porque este é um momento de transcendência. Os espíritos iluminados têm algo a dizer. Ouçam-nos, portanto, é o que lhes vim pedir, como mãe zelosa que cuida dos seus. Agora fiquem com Deus e a bênção desta que é eternamente vossa, Nelma."

16

Dia seguinte, manhã na cama, almoço em casa.

À tarde, eu e Z fomos dar um passeio no Parque da Água Branca, não porque fosse bonito, mas porque era perto. Nós estávamos esgotados, a carne e o espírito. De modo que, em vez de ficar batendo perna, sentamo-nos num banco de madeira, entre outros, onde algumas pessoas ouviam uma dupla caipira, bebiam cafezinho e comiam bolo de fubá. Servi-me também, e ao cego. O café caboclo e o quitute estavam ótimos, feitos na hora por uma negra simpática, numa réplica de casa interiorana de barro e sapé que a prefeitura mandara construir ali. Foi o mote da nossa conversa:

— Preta velha, numa casa do interior, diz você?

— Velha não, seu Zé. Eu disse simpática...

— Me fez pensar na Tia Nastácia. Está aí uma boa dica: anote na agenda que o próximo espírito vai ser o do Monteiro Lobato.

— Não trouxe a agenda.

— Humm...

— Mas o Lobato é fácil de lembrar. Na minha infância eu devo ter lido os *Os doze trabalhos de Hércules* umas quatro vezes, pelo menos. Eram dois tomos, fora o resto da coleção infantil, que também li, dezessete volumes, de uma ponta à outra da estante...

— Você e a torcida do Corinthians. Mas agora eu quero saber como foi o papo na pizzaria. Correu tudo bem?

— Tchan, tchan, tchan-tchan... — toquei a "5ª" do Beethoven.

— Qual foi a reação do pessoal com a mensagem da dona Nelma?

— O senhor matou a pau, seu Zé, ficou todo mundo abalado! No começo eu não estava entendendo por que, mesmo sabendo quem era a dona Nelma, mas aí eles falaram da voz dela, que era inconfundível e tal, que tinha sido uma coisa impressionante, e que não podia ser o espírito de mais ninguém. Estavam todos embasbacados, inclusive o Oliveira, que baixou a crista completamente...

— Ele falou alguma coisa?

— Ah, falou, falou sim senhor! E como! Que estava arrependido, que tinha sido cético, que estava interferindo negativamente nas sessões, que não tinha tido fé, que não tinha sido correto com o senhor. E tudo sincero, via-se na cara do homem, a expressão de Raskolnikov, com as mãos sujas de sangue, depois que se arrependeu de matar a velha...

Mal eu disse isso, senti um súbito calor, a consciência pesada, lembrando-me da velha do travesseiro, mas fui em frente, sem dar bandeira:

— Quer saber, seu Zé? O remorso do Oliveira era tanto que ele perdeu o apetite. Nem tocou na pizza...

— É mesmo?

— Pagou, mas não comeu.

Nesse ponto da conversa, a viola atrás de nós atacou o "Luar do Sertão", enquanto a dupla caipira se alternava na cantoria. O velho fez sinal para fazermos silêncio e gozou o momento, virando o rosto até ficar de frente para o sol, que a essa hora já estava no Alto da Lapa. A música caía bem naquele sítio de imitação, que nem por isso era menos sítio. Quando soou o último acorde, as notas ainda reverberando, eu quis exibir os meus fartos conhecimentos:

— Música imortal do Catulo da Paixão Cearense.

— Não, é do João Pernambuco. A letra é que é do Catulo.

— Ah...

E voltamos para casa, pelo mesmo caminho, os dois sem ânimo para dizer mais nada, cansados também um do outro.

Fui logo para o meu quarto, com uma chaleira de água quente para fazer chimarrão, a minha mais recente descoberta. Eu tinha aprendido a beber aquilo na noite anterior, com a Didi, e foi amor ao primeiro gole, ainda melhor do que o café que ela coava. Claro, foi a minha amiga quem me deu a cuia onde se põe a bomba de prata, com aquilo que um homem mais pode desejar em noite fria, e que às vezes queima a língua se o sujeito vai com muita sede ao pote, falo do mais puro mate fervente. Fiquei chupando a acre infusão com enorme satisfação.

O cego, por sua vez, foi para o quarto dele, e nem precisei sair do meu para me dar conta disso. É que pela primeira vez desde que eu chegara à casa Z pegou no clarinete, que já não tocava há tempos, devido às férias forçadas de seu regional, por conta da doença do Garcia. Com certeza o velho tinha se sentido inspirado pela viola caipira da Água Branca, pois começou por um breve trecho do "Luar do Sertão", não, minto, começou por tocar escalas e arpejos, para aquecer o instrumento, e só depois trauteou o "Luar...". Mas, logo a seguir, passou para um chorinho qualquer, que tocou na mesma cadência açucarada da canção caipira, sem acelerar o andamento. Tive a impressão de que ele não conseguia tocar mais rápido, ou por causa da idade, que já lhe entrevava os dedos, ou porque, afinal, não era tão bom clarinetista assim. Mas foi interessante ouvir chorinhos conhecidos em ritmo lento e, se digo conhecidos, foi porque reconheci a maioria: clássicos do Zequinha de Abreu, como o "Tico-tico", da Chiquinha Gonzaga, como o "Atraente", do Joaquim Callado, como "A flor amorosa", do Jacob Bandolim, como "Bole-bole", do Pixinguinha, como "Urubu malandro", e muitos outros. Tenho vasta cultura musical e só não reconheci um dos choros que Z tocou naquela tarde, apenas um, mas arrisco dizer, com noventa e nove por cento de certeza, que não era nem do Catulo da Paixão Cearense nem do João Pernambuco. Se é que não estou equivocado.

Mais tarde, depois do jantar, eu e Z nos reencontramos na cozinha, onde a Sônia me serviu uma deliciosa goiabada feita com frutas da casa, e ele apareceu no seu bar privé com cara de Baco depois da gripe. Tirei o meu sarro:

— Gostei do seu clarinete, seu Zé. Mas tava meio em marcha lenta, né?

— É mais bonito assim.

Eu, que me sentia mordido com a réplica daquela tarde, Catulo versus João Pernambuco, não facilitei:

— Deve ser problema no câmbio, seu Zé, porque o senhor só engatou a primeira, a segunda e a terceira não entravam...

— Pode ser — ele nunca perdia a calma.

— Mas é assim que seu regional se apresenta na Vila Madá? O público não reclama? Pensei que vocês eram todos feras, mandando ver...

— Tem gosto para tudo, meu caro. O único do nosso grupo que é músico a sério, profissional, é o Garcia, tanto que a gente dá um breque só para ele poder fazer o solo de bandolim no andamento normal. Mas o repertório fica até mais original do nosso jeito, por causa desse contraste lento-rápido-lento, como certos passos de dança. Nós tocamos os chorinhos em ritmo de samba-canção...

A honestidade dele me desarmou. O argumento era válido: a melodia dos choros costuma ser tão bonita que não é mais ou menos velocidade na execução que vai estragar a fruição. Os apreciadores do gênero podem até tirar prazer acrescido do fato de ouvir em câmera-lenta algumas obras-primas da MPB que só conhecem descendo a ladeira, com o pé no fundo.

Mas eu não ia dar o braço a torcer:

— Então, tá, seu Zé, me diga só mais uma coisa antes da gente ir dormir: qual é o nome do regional de vocês?

— Pode perguntar na Vila Madalena, no bar do Clóvis, que lá todo mundo conhece a gente...

— Ué, o senhor não pode dizer agora?

— Se você insiste em saber, é "Choro de Velho".

— Bem bolado, seu Zé, mas podia ser melhor. Depois que eu ouvi o senhor tocando hoje à tarde, me ocorreu o nome perfeito para o conjuntinho de vocês...

O cego ergueu a bola:

— Ah, é? Qual?

Saltei na rede e cortei:

— "Devagar, quase chorando".

17

Depois de uma noite bem dormida, o dia seguinte foi de trégua, sem nada de novo no *front*. Esse *intermezzo* pacífico foi mais do que bem-vindo, eu diria mesmo necessário, porque às vezes a placidez do cego me exasperava. Não respondo por mim, irresponsável que sou pelos meus atos, pois ninguém garante que eu não seja capaz de eliminar mais um ser humano, como fiz com a cliente inadimplente, se é que o fiz. Talvez eu seja como esses maníaco-assassinos, cada um mais maníaco e assassino que o outro, que tiram a vida das pessoas para dar vida ao cinema americano, sempre prontos a fazer novas vítimas e bater recordes de bilheteria, aumentando as receitas de Hollywood. Já vejo os cartazes na rua e o letreiro luminoso brilhando na fachada: *The pillow-killer*, a história mórbida e sufocante de um travesseirista em série. Breve aqui.

O fato é que a minha relação com Z, feita de acesos debates e acirradas discussões, estava se tornando cada dia mais intensa: às vezes rica, outras nem por isso, nuns dias tranquila, noutros nem tanto, com pontos de convergência e antagonismos, momentos de alegria e períodos de amuo, enfim, eu quase podia dizer que tinha virado casamento, não fosse por certas coisas que eu só fazia com a Didi. Mas não sejam maldosos: falo dos prazeres simples que a gente cultivava na intimidade, e que tornavam caloroso o convívio, como dar-lhe a bomba para ela sorver a infusão ou, ao contrário, chupar a erva quando ela liberava o chá.

Durante essa trégua, seguimos para uma feira-livre atrás da Turiassu, em direção à Francisco Matarazzo, onde o nosso café da manhã foi caldo de cana com pastéis de queijo, carne e palmito, outra mania matinal de Z.

A massa era boa, a japonesa que fritava os pastéis atenciosa, fazia um belo sol. Sendo as condições propícias, reabri as conversações de paz com o meu cliente:

— O senhor nunca me disse o que fazia antes de ficar cego.

— Não? Então digo agora: me formei na Faculdade de Engenharia Mauá, e trabalhei como engenheiro eletrotécnico.

— Caramba! Era a última coisa que eu ia imaginar!

— Pois é, não tenho perfil de engenheiro. Acho que nunca tive.

— E como é que foi parar na engenharia?

— Por embalo, como fazem tantos jovens que demoram para descobrir a vocação. Menos mal que escolhi eletrotécnica, se fosse para civil teria derrubado um viaduto na cabeça de alguém, ou projetado aquelas arquibancadas de estádio de futebol que despencam com a torcida...

— Mas então de onde vem a veia literária? Não vi nenhuma caixa no porão com livros técnicos, só ficção pura e dura: poesia, contos, romances. Pensei que o senhor era formado em Letras, Comunicações, sei lá, qualquer coisa na área de humanas, nunca exatas.

— Se você tiver paciência, posso explicar. É eu que trabalhei nas Centrais Elétricas de São Paulo, a CESP, e houve um período em que era o engenheiro responsável pela instalação das torres de transmissão, aquelas enormes, que você vê no campo, com fios de alta-tensão. Eu saía de manhã com a equipe para o interior do estado e, chegando num descampado desses, a minha função era organizar o trabalho, definir o que devia ser feito por cada elemento, verificar as condições de segurança e dar o pontapé inicial. Isso durava cerca de meia hora, depois os técnicos e os peões é que punham mãos à obra, a minha parte já estava feita. Então eu passava o dia lendo, enquanto o pessoal dava duro. No começo, li de tudo, até "Tarzan, o filho das selvas", mas aí caiu na minha mão um daqueles compêndios do segundo grau com a história da literatura luso-brasileira e eu cismei de procurar nos sebos as obras citadas no livrão. Fui lendo, devagar e sempre:

comecei pela poesia provençal da Idade Média portuguesa e terminei na Semana de Arte Moderna de São Paulo, oito séculos depois. Não deu para virar erudito, mas o que eu sei hoje dá para o gasto. Só que é um assunto muuuuito comprido. Volto ao meu trabalho nas torres de transmissão: chegava no fim da tarde, tudo pronto, instalação feita, eu ia lá, testava o material e, se estava nos conformes, vamos nessa, era só pegar a reta para casa. Agora veja você, cinco anos nessa vida, lendo todos os dias à luz do sol, se eu não tivesse problemas genéticos ia acabar ficando cego do mesmo jeito...

— Putz, seu Zé, minha admiração pelo senhor só cresce cada vez mais! Mas como um engenheiro formado, homem de cultura, com a sua idade e experiência de vida, de repente começa a agir como um moleque, gozando com a cara dos outros?

— Isso é uma pergunta ou uma crítica?

— Desculpe ser tão direto, mas o senhor só responde se quiser.

— Eu não estou gozando com a cara de ninguém. A coisa me diverte, só isso, e mal também não faz, ao contrário, pode até abrir a cabeça de alguém.

— Então se a gente engana alguém, esse alguém fica mais esperto?

— Mas que fundamentalista você está me saindo, Julinho! Quem eu engano, na sua opinião?

— Ué! Todos aqueles caras do Centro Espírita Ariel, desde a hora em que o senhor abre as sessões até a hora em que elas terminam...

— Está enganado: eu nunca enganei ninguém.

— Ah, sem essa, seu Zé! Quando o senhor mal me conhecia, já confessou que era um médium de araque. Agora que me conhece bem, vai se desdizer?

— Posso ter dito isso para você. Mas quem falou para o pessoal do Centro que eu era médium foi a dona Nelma, quando ela ainda era viva. Mesmo hoje, antes, durante e depois das sessões, eu só digo que espíritos iluminados transitam entre nós com uma missão sagrada, o que é absolutamente verdade.

— Não é não, seu Zé, com todo o respeito. É uma mentira em que aqueles otários acreditam, só isso.

— Posso provar que é verdade.

— Ah! Se o senhor conseguir uma façanha dessas, eu me calo e baixo a crista como fez o Oliveira. Mas estou vacinado contra a sua engenharia literária, que na minha terra se chama baba de quiabo.

— *Mundus vult decipi*, diz o provérbio latino: o mundo quer ser enganado. Sendo assim, vamos lá, a gente faz de conta que esta feira-livre é a antiga ágora de Atenas, eu sou o Sócrates e você é meu discípulo. Está pronto?

— Vamos nessa.

— Já ouviu a expressão "homem de espírito", que se aplica aos artistas, em especial aos grandes literatos, poetas ou prosadores?

— É para responder?

— Você concorda com essa expressão?

— Concordo.

— Os escritores, portanto, são homens de espírito e, nalguns casos, pode-se dizer que são espíritos iluminados. E por quê? Porque são capazes de ver o que o mais comum dos mortais não enxerga, como se tivessem uma luz na testa, igual à dos mineiros quando caminham na escuridão. Você concorda que alguns escritores veem mais claro do que nós?

— Totalmente.

— Está bem, então. Mas esses grandes espíritos, não contentes em ver, ainda procuram transmitir sua visão de mundo, o que fazem em seus livros, com um estilo próprio, capazes de dizer as coisas de uma forma única, artística e bela. A isso também se refere aquela expressão "alma de esteta", que cai como uma luva para o João Cabral de Melo Neto. O que você achou dos poemas dele?

— Lindos... Até aqui estamos de acordo.

— Então você vai concordar também que os espíritos não só falam bonito como passam uma mensagem, a exemplo da que existe em *Morte e vida severina*, pois, além da visão poética, João Cabral nos dá uma visão crítica da miséria nordestina, denunciada em cada verso com mais força do que num panfleto.

— Tudo muito bonito, mas ainda não vejo aonde quer chegar...

— Então vou instalar uma linha de transmissão na nossa conversa, ligando o que estou tentando dizer com o que aconteceu nas sessões. Preste atenção: se eu digo que recebi o espírito do Verissimo, é no sentido figurado, pois transmiti o pensamento do homem de espírito. Só que o Verissimo, visto dessa forma, esteve mesmo lá, através da mensagem que já existe na obra dele. No *Incidente em Antares*, o escritor gaúcho realça a importância da greve como arma de luta por melhores condições de trabalho, e várias vezes condena, pela boca de seus personagens, a ganância de certas minorias. Ora, essa postura crítica reapareceu na sessão e continua válida, já que nunca se viu tanta cobiça como hoje em dia, quando os Shylocks mandam no mundo e os bancos é que dão calote nos clientes...

— Calote eu sei o que é. Mas "chailoque"?

— Shylock é o personagem principal de *O mercador de Veneza*, o judeu shakesperiano que vive de emprestar dinheiro a juros descabidos. Nos países de língua inglesa virou sinônimo de usurário, morrinha, explorador...

— Ah, já entendi. É o pessoal do FMI e do Banco Mundial...

— Exatamente. Depois do Verissimo recebi o Jorge Amado, que, por sua vez, falou das crianças pobres, vivendo ao deus-dará, dormindo em trapiches ou embaixo de ponte, e na sessão usei quase literalmente as palavras dele, dos *Capitães da areia*. Agora diga você se esse não é outro recado válido nos dias de hoje, quando persiste no Brasil, sem solução à vista, o dramático problema dos menores abandonados? Nem respeitar a Declaração dos Direitos da Criança, que tem mais de cinquenta anos, a gente consegue. Na sequência da sessão incluí o Rui Barbosa, que reafirmou, com alguma liberdade poética, seu protesto contra a injustiça, a corrupção e a prepotência, males que também têm barba branca, mas continuam à solta por aí. Quanto ao João Cabral, de quem já falamos, continua atualíssimo, pois, apesar da ação social de governos populares, o Nordeste ainda sofre de uma elevada mortalidade infantil, sem mencionar a esperança de vida dos naturais, vergonhosamente baixa. De modo que vou parar por aqui, meu caro Júlio. Se você concordou com as minhas premissas socráticas, não pode discordar agora da conclusão: existem, sim, grandes almas entre nós, espíritos iluminados que têm muito a dizer, e sua literatura precisa cumprir uma missão, que é a de abrir os olhos desse bando de iletrados chamado população brasileira. Nossos conterrâneos do Centro Ariel não fogem à regra, vai por mim, nem mesmo os poucos por lá que têm curso superior. Portanto, não menti, mas disse a verdade, como queria demonstrar... *Quod erat demonstrandum!*

O que a gente faz com uma cara desses? Era dia de trégua e, mesmo que não fosse, eu estava sem gás para debater com o cego charlatão, capaz de arranjar argumento para tudo, com fôlego de fundista. De modo que, em vez de fazer uma réplica, optei por não dizer nem que sim nem que não, em cima do muro, mais neutro que a Suíça, que sobrevive a todas as guerras:

— É um ponto de vista, seu Zé.

— Só isso? Não vai contra-argumentar?

— Já disse, é um ponto de vista, e bastante aceitável.

Ele sorriu vitorioso, enquanto eu completava a frase para mim mesmo, falando com os meus botões:

— Aceitável, sim, mas só no dia em que alguém, em plena posse de suas faculdades mentais, aceitar o ponto de vista de um cego...

18

Veio o domingo, foi-se o domingo, passaram-se mais três dias rápidos.

Na quinta-feira, as instruções começaram cedo:

— Júlio, meu caro, mudei de ideia. Vamos deixar o Monteiro Lobato para a próxima e atacar de Lima Barreto na sessão de hoje. Se você não se importa, vá lá no porão buscar o *Triste fim de Policarpo Quaresma*...

Fui e levei mais tempo para achar o livro do que seria normal, porque estava fora de ordem, não com o resto da ficção, mas na caixa de "Dicionários", embaixo de um *Vocabulário Tupi-Guarani Português*, do professor Silveira Bueno. Para justificar a demora, subi com os dois volumes.

— Fez bem! — exclamou o velho. — Estes livros se completam. O Policarpo do Lima queria ver o tupi-guarani transformado em língua oficial do Brasil. E o Silveira Bueno organizou esse vocabulário porque tinha o sangue do bandeirante Bartolomeu Bueno, que os índios chamavam de Anhanguera...

— O "diabo velho" — lembrei. — Deram esse apelido porque ele ameaçou pôr fogo no rio, depois de ter incendiado uma cuia de aguardente.

— Muito bem! — ironizou Z. — Vê-se que você tem o ginasial completo. Mas vamos lá, faça a leitura do *Triste fim...* para mim...

Tive vontade de dar um triste fim no diabo do velho, mas, como sempre, acabei fazendo o que ele pedia. Dessa vez eu vinha munido de Água Prata, alcalina e bicarbonatada, que serviu de pretexto para breves pausas em que gargarejava com as bolinhas de gás, de modo que a leitura transcorresse úmida, fresca e indolor. Num desses intervalos, Z tirou o celular do bolso e fez uma rápida ligação:

— Patrícia, querida, é o papai. Será que você consegue achar no Google o obituário do Lima Barreto para mim?... É? Então obrigado, filha. Até mais!

Mais tarde, feita a minha parte, pude ter algumas horas de descanso, chegando fresco, à noitinha, no Centro Ariel. Não faltou ninguém. Após os preâmbulos de praxe, na sala à meia-luz com cheiro de cravo de defunto, o espírito do autor carioca baixou na pauliceia desvairada, vindo do aléé-éém com a nobre missão de abrir a cabeça do povo brasileiro, ali reduzido a nove cabeças:

— Eu sou o Limbo Barreto e estou no Lima!

A falha foi tão sutil que ninguém, fora este calígrafo, se deu conta de que o médium parecia o Hortelino Troca-Letras:

"Morri em 1922, contra a minha vontade, pois gostava da vida. Tanto que a minha caveira continua a rir no caixão, até hoje, como faziam os leitores dos meus contos nas revistas *Fon-Fon*, *Careta*, *O Malho* ou *Brás Cubas*, onde eu me divertia em pôr a nu os ridículos da época. Mas a morte não é motivo para riso, nem mesmo para humor negro. Minha última viagem foi num trem suburbano da Central do Brasil, dentro de um ataúde apertado, com destino ao cemitério São João Baptista, e o vagão balançava tanto que a minha alma se desprendeu do corpo, atirada de um lado para o outro, vagando perigosamente. O trem da Central, que desastre! Que horror! É como uma barca de Caronte à deriva, sepultura em vida, um semienterramento, enterro da razão condutora, de cuja ausência os corpos raramente se ressentem. Com que terror, uma espécie de pavor de cousa sobrenatural, espanto de inimigo invisível e onipresente, não se referia a gente pobre a esse meio de transporte coletivo, temível e precário. Consegui finalmente me agarrar a um banco, onde me sentei ao lado de um funcionário da ferrovia, homem do povo, sofrido, que trazia com ele dois diários diferentes, *A Noite* e

O Jornal, e lia as notícias ora de um, ora de outro, banhado em lágrimas. Ele não se dava conta da minha presença invisível, de modo que me pus a ler também, vício de jornalista, erguendo a cabeça por cima dos seus ombros:

"Falleceu em sua residencia, á rua Major Mascarenhas, estação da Piedade, onde vivia ha muitos annos, um dos nossos mais festejados escriptores, Lima Barreto. Esse passamento, aliás esperado, pois que, de havia mezes, elle apresentava serios symptomas de grave enfermidade, a que concorria a sua indole irreprimivelmente bohemia, veiu estremunhar numa dolorosa surpresa todo o nosso mundo mental, que via em Lima Barreto o verdadeiro escriptor typico do nosso povo, o impressionista admiravel da vida deste Rio de Janeiro, onde elle nasceu e de onde nunca saiu, o psychologo carregado e amargo das nossas ruas, dos nossos bairros pobres e de certos typos victoriosos e dominadores do nosso meio, que eram retalhados em complascencia pela sua ironia acre".

"Ha tres dias recolhera-se á casa e não mais saira. Ante-hontem, ás 5 horas da tarde, uma de suas irmãs, em obediencia ás prescripções médicas, penetrára em seu quarto para dar-lhe uma colher de remedio; achou-o em estado de agonia. A familia pediu a Assistencia, que já o encontrou morto."

Senti pena do ferroviário, comovido com a sincera pena que ele sentia por mim. Ouvi alguém no banco detrás comentar à boca pequena o número modesto de pessoas que me acompanhava, o cortejo esquálido e pobre que me seguiria até o cemitério. Mas eu já tinha recebido homenagens de sobra no velório, por onde muita gente simples desfilara, tão chorosa como o funcionário da Central. Por isso, deixei meu corpo seguir sem mim, parti para a encosta do Corcovado e subi o morro em espírito, escalando a estátua do Redentor, até pousar no seu braço direito, levando com um pé de vento que me chutou para cá, nesta nuvem de esquina, onde, que pasmo o meu!, funciona um botequim de primeira.

— Quer pura ou com limão, Barretinho?

A garçonete era uma velha conhecida, ou, dito de outra forma, era uma alma que eu já conhecia de outras encadernações:

— Para mim pura, Dercy, obrigado. Mas que confusão é essa, porque estão tirando as mesas e deixam só as cadeiras?

— Ah, isso foi uma ideia maluca de alguém. O pessoal está improvisando um palanque em cima do balcão e alinhando as cadeiras para a plateia. Dizem que o Monteiro Lobato vai fazer um pronunciamento importante...

Mais um espírito que eu conhecia de longa data, escritor prolífico e excelente contista, famoso pelos seus livros infantis.

— Ele ainda não veio nem disse nada — Dercy explicou, — mas já se sabe que vai propor uma série de palestras aqui no Mosca Morta, que não são bem palestras: a ideia é fazer o pessoal criar uma história coletiva, onde cada um vai compor uma parte, se é que entendi direito.

— Espere aí! Se ele ainda não disse nada, como já se sabe?

— Ah, meu filho, chama-se onisciência. Aqui neste bar todo mundo é meio oniscientista, até euzinha da Silveira. A gente já sabe de tudo antes de acontecer. Mas é só por alto, porque ninguém tem saco para os detalhes, e o Lobato é que vai explicar as minúcias para o pessoal. Ele deve chegar a qualquer momento, daí essa zona...

Enfileiravam as cadeiras diante do balcão, como se fosse passar um filme do Carlitos ou estrear uma peça da Sarah Bernhardt, e o pessoal foi-se sentando. Quantos espíritos notáveis que eu sempre admirei! O Bento Teixeira, autor de *Prosopopeia*; o Gregório de Matos, o Basílio da Gama, o Santa Rita Durão, o José de Alencar, o Macedo, o Gonçalves Dias, e não só poetas ou escritores, também cronistas, Gabriel Soares, Gândavo, Rocha Pita, Frei Vicente do Salvador, Armitage, Aires do Casal, Pereira da Silva, Handelmann (*Geschichte von Brasilien*), Melo Moraes, Capistrano de Abreu, Southey, Varnhagen, e ainda exploradores e viajantes, como Hans Staden, que escreveu o primeiro livro sobre o Brasil, editado em Marpurgo, em 1547, Jean de Léry, Saint-Hilaire, Martins, o príncipe de Wied-Neuwied, John Mawe, Von Eschwege, Agassiz, Couto de Magalhães e também Cook, Darwin, Freycinet, Bougainville e até o famoso Pigafetta, cronista da viagem de Magalhães, todos estes, a bem dizer, brasileiros honorários, porque, de uma forma ou de outra, fizeram nos seus relatos inúmeras referências ao Brasil.

De repente, vejo a figura franzina do Monteiro Lobato surgir nos ombros do Gregório, que o alçou até o balcão, onde o pai da Emília se pôs de pé, como se estivesse numa tribuna. Senti um frenesim no público, à espera de ouvir o espírito criador do Sítio do Picapau Amarelo. Ele era acima de tudo brasileiro. Não tinha predileção por esta ou aquela parte de seu país, tanto assim que aquilo que o fazia vibrar de paixão não eram só os pampas do Sul com o seu gado, não era o café de São Paulo, não eram o ouro e os diamantes de Minas, não era a beleza da Guanabara, não era a altura de Paulo Afonso, não era o estro de Gonçalves Dias, o ímpeto de Andrade Neves, o brilho do Machado ou o caráter nacional de heróis sem caráter como o Macunaíma do Mário, ainda que Lobato criticasse os modernistas, nem mesmo a graça do *O homem que sabia javanês*, conto pré-modernista da minha modesta pena: era tudo isso junto, reunido sob a bandeira estrelada do Cruzeiro.

O escritor taubateano bateu com os pés no balcão, num gesto *pro forma*, pois já estavam todos de olhos postos nele, e ergueu o braço, pedindo a palavra."

Neste ponto, a cabeça do cego pendeu para o lado.

19

Fui comer pizza com o pessoal, que estava tão excitado quanto a garçonete do céu, a começar pela Didi, sempre a primeira em arroubos entusiásticos:

— Que sessão, minha gente! Ninguém menos do que o Lima Barreto! O conto do homem que sabia javanês eu li nos anos 70, no meu tempo de estudante.

— Se fosse só o Lima, já era o máximo, mas tivemos uma coleção completa de grandes mestres, a nata da literatura! — aderiu o Ernani.

— E tudo graças à mediunidade positiva do seu José, que só atrai espíritos iluminados. — disse eu, para merecer o salário que o velho me pagava.

— Deus o proteja! — juntou-se o Oliveira, ele que tinha virado a casaca desde que o cego recebera a dona Nelma.

Seguiram-se mais loas e encômios para Z, que andou um tempo nas bocas, elevado a polo magnético do espiritismo, até chegar a primeira pizza, quando foi feita uma pausa, com acirrada disputa pelos maiores pedaços. Todos servidos, retomou-se o fio da conversa:

— O que vocês acharam dessa história do Monteiro Lobato? — perguntou o Tutia, o nissei discreto, que estreava na Brancaleone e, até então, só tinha aberto a boca para comer pão com linguiça.

O Ernani simplificou:

— Que história? O Lobato subiu no balcão, mas ainda não disse nada...

— Não disse — a Didi fez a ressalva —, mas a Dercy Gonçalves já adiantou que ele vai sugerir a criação de uma história em conjunto, falando um espírito de cada vez. Não era isso?

— Pode ser, mas não ficou definido — insistiu o Ernani.

— Nem nós sabemos se algum dia vai ficar — voltou o Tutia, que tinha nas mãos um copo de chope meio cheio ou meio vazio. — Hoje baixou o Lima Barreto e descreveu a chegada do Monteiro Lobato no bar. Mas quem garante que seu José vai receber o próprio Lobato? E se receber, quem garante que ele vai falar na tal história?

— Talvez isso aconteça — arrisquei dizer, já sabendo que acertava. — Acho que a história, essa que os espíritos ficaram de criar, deve ter a ver com a missão que lhes foi confiada pelo anjo, conforme disse dona Nelma.

— Exatamente — confirmou a Didi, minha eterna aliada.

— Tenho tudo por escrito — fiz notar — se bem me lembro, a missão era recriar o mundo, a começar pelo Brasil. As palavras eram essas e o elo de ligação com a humanidade ia ser o Centro Ariel, via seu José, com a nossa ajuda. Estou certo ou errado?

— Certíssimo — confirmou o Tutia. — Mas, se é assim, e a gente é o elo, acho que devíamos gravar um DVD das sessões, para depois pôr no YouTube ou criar uma comunidade no Facebook. Já imaginaram, o Monteiro Lobato nos dias de hoje fazendo um pronunciamento pela internet?

— Ô Milton, você nem parece espírita, rapaz! — O Ernani foi um pouco rude. — Não dá para gravar DVD nenhum, porque vídeo, gravador, computador, tudo isso interfere na sessão. Os aparelhos criam campos energéticos que perturbam a comunicação do médium com as presenças espirituais. Por isso o seu José pede para anotar à mão, com lápis e papel. O Júlio faz isso agora, mas quem fazia antes era eu...

Olhei para ele sem saber se tinha ali um rival ferido, a quem tivesse roubado o lugar. Ele apanhou a dúvida no ar:

— Não se avexe. A minha letra é pior que a do Tutankâmon...

A noite foi instrutiva. Depois da questão das interferências, a conversa derivou para a burocracia do Centro, permitindo-me compreender sutilezas que antes me escapavam. Entre outras, descobri que o Ariel tinha uma presidente, a filha da dona Nelma, Zefinha, temporariamente afastada para cuidar do inventário da mãe, e que havia reuniões também noutros dias da semana, com um segundo médium, Luís Leite, presente na pizzaria, que aplicava passes magnéticos e fazia tratamentos de "desobsessão", para afastar os espíritos vingativos, além de orientar a meditação na presença de espíritos benfazejos.

Teve mais, só que o chope estava bom e não foi só o japonês que bebeu, por isso não me peçam para lembrar de mais nada. Depois, a conta foi paga e cada um saiu para o seu lado, inclusive eu e a Didi, que nos separamos diante do grupo e nos juntamos um quarteirão à frente, evitando assim que se soubesse da nossa ligação. Não era por ela, era por mim, que sempre detestei expor as minhas partes íntimas. Mas, lamentavelmente, esse secretismo acabou por ser o motivo da nossa primeira briga:

— Você não gosta de mim?

— Ué, Didi, que pergunta é essa?

— Por que nós não podemos sair da pizzaria juntos, se estamos juntos?

— Quem está junto? Que eu saiba nós somos apenas bons amigos.

— Quer dizer que para você é só isso?

— Só isso o quê?

— Cama?

— Não é só cama, Didi, claro que não. É sexo também...

— Não brinque. Eu estou falando sério.

— Ok, vamos falar sério: pensei que para você estava bem assim, do jeito que está. Eu nunca disse que estava apaixonado e não vejo mal em irmos para a cama. A gente é saudável, maior de idade, não tem nada de errado...

— Eu nunca iria para a cama com um homem só por ir para a cama.

— Ah, é? E o que você fez quando me convidou para ir na sua casa tomar café, logo que a gente se conheceu?

— Eu gosto de você. Gostei desde a primeira vez que nos vimos.

Aiii... que paulada! Aquilo não estava no programa. Para que, ó Deus do céu, as mulheres têm de vir sempre com essa conversa? Até então, a gente bebia café coado na hora, gozava o mate na cuia, passávamos juntos noites de Cabíria, longas e escaldantes. Estava tudo ótimo, não havia problema nenhum. E, de repente, não mais que de repente, cataprum!, lá vem ela com esse "eu gosto de você", tão fora de propósito e extemporâneo. Foi como se o café fervesse ou ela jogasse água fria no meu chimarrão. Fiquei triste, desolado. Uma relação tão bonita e lá vinha o amor querendo estragar tudo.

Nessa noite, não conseguimos nos entender mais. A Didi tinha quebrado o encanto. Fui mais cedo para casa, descafeinado e desenxabido.

20

Dia seguinte, manhã de sol. Desci para tomar o café com Z, mas ele já tinha tomado com as netas, conforme me esclareceu a Sônia:

— Elas não têm aula hoje. Ele levou as duas para o quarto dele.

Fiz um lanche na cozinha e depois fui lá, receber as tarefas do dia. Bati na porta do quarto, acrescentei um "bom dia!" e ouvi a voz de Z, afável:

— Pode entrar!

O cego estava brincando com as meninas, mais sorridente do que o costume, e uma delas tinha nas mãos o *Vocabulário Tupi-Guarani Português*, que eu trouxera do porão no dia anterior. Achei graça naquilo. Por uma questão de princípio, além de economia, a família de Z não tinha televisão em casa. E não é que dava certo? As gêmeas não sentiam nenhuma falta da TV, conversavam muito, davam-se bem e brincavam de tudo. Além de ler livros, é claro...

— Me dê uma ajuda aqui, Júlio!

— Estou às ordens, seu Zé.

— Eu estava explicando para a Laurinha e a Clarinha que a gente fala tupi-guarani o dia inteiro, sem saber. Quer ver só? — Ele dirigiu-se às netas. — Vamos lá, meninas, repitam aqui para o Júlio onde mora a tia Clementina...

— No Jabaquara — responderam as duas, quase em uníssono.

— E o que quer dizer Jabaquara?

— Esconderijo do fujão!

— Muito bem! Agora mostrem no dicionário para o tio Júlio...

A Laurinha deu-me o livro já aberto na página do jota e indicou com o dedinho o que elas tinham encontrado: *jabaquara*, de *yabá*, fujão, e *quara*, refúgio, esconderijo. O bairro, no tempo dos índios, tinha sido um quilombo de escravos foragidos, daí o nome.

— E onde fica a praia onde a gente vai sempre? — perguntou o avô.

— Ubatuba! — gritaram as duas, que estavam gostando da brincadeira.

— Júlio, lê aí o que quer dizer isso para a gente, por favor...

Fui à letra u:

— Ubatuba vem de *ybá-tiba*, o lugar das canoas.

— Olhem só, meninas, prestem atenção nessa palavrinha *tiba* ou *tuba*, que significa lugar. Como *ybá* quer dizer canoa, vira o lugar das canoas.

— *Tuba* e *tiba* são a mesma coisa? — perguntei ao cego.

— Sim, me lembro bem. No livro, o Silveira Bueno explica que os índios pronunciavam um u com som de i, ou um i meio u, como no francês também acontece, por exemplo, em *plus*... Daí que os jesuítas, quando grafavam a palavra, escreviam ora com u, ora com i, mas era a mesma, *tiba* ou *tuba*, querendo dizer "lugar", como você viu. Por isso tantos lugares no Brasil têm nomes como Ubatuba, Sepetiba, Caraguatatuba, Itatiba, Araçatuba, Guaratiba...

— O que quer dizer Guaratiba, avô?

Vi no livro:

— O lugar das garças. *Guará* é garça...

— Ah, então deve ser um lugar muito bonito! — disse a Clarinha.

— Cheio de garça! — riu o velho, que parecia não ter problemas morais em fazer trocadilhos.

— Diz mais palavras para a gente dizer, avô...

— Antes vamos ver uma parecida com Guaratiba, que é Guarapiranga, o nome de uma represa. A gente já sabe o que é *guará*, falta saber o que é *piranga*...

Fui ao vocabulário:

— Vermelho. Guarapiranga é garça vermelha. — E acrescentei: — Então, até o hino nacional brasileiro começa em tupi-guarani, quando a gente canta "ouviram do Ipiranga às margens plácidas". Deixa eu ver... humm, está aqui: *y* é rio. Portanto, o riacho do Ipiranga, onde D. Pedro I proclamou a independência do Brasil, é o rio vermelho...

— Só se fosse naquele tempo — contestou Z. — Hoje em dia, com a poluição, o Ipiranga já deve estar marrom. É o y-marrom!

As netas acharam graça, o avô puxou por elas:

— Digam bem alto, meninas: é certo ou errado jogar sujeira nos rios?

— Erraaaado!

Compreendi o intuito didático e fui mais longe:

— O rio Tietê também está marrom, porque virou lata de lixo da indústria química. E o Tamanduateí, porque foi transformado em privada pública.

— Que pena! — fez o velho. — Tamanduateí é uma palavra tão bonita...

Verifiquei:

— *Tá-monduá* é caçador de formiga; *teí* significa muitos; então quer dizer "caçadores de formiga em grande número". No tempo dos índios, deviam aparecer muitos tamanduás para beber água no rio...

— Se bebessem agora, os coitados morriam na hora...

— De nojo! — acrescentei.

— E a gente, não brinca mais?

Era a Laurinha, chateada porque os dois adultos falavam entre si.

— Claro que sim, minha querida! — O cego esticou a mão na direção dela, que subiu para os braços do avô. — Como se chama aquela fruta gostosa que você pede para a Sônia fazer suco?

— Caju!

Eu era o leitor oficial da família:

— Caju, ou *acayu*, fruta amarela, ácida, muito usada para refrescos.

— Me pega também, avô?

— Espere um pouco, Clarinha. Uma de cada vez, que o avô não aguenta...

— Então fala para eu dizer uma palavra.

— Qual é o nome do parque onde vocês andam de bicicleta com o papai?

— Ibirapuera!

Lá fui eu:

— Hum... *Ybyrapuera*, capoeira, mata que foi cortada.

— Quem lembra o nome do rio que a gente falou agorinha?

— Tamanduateí! — gritaram as duas.

— Não esse, o outro...

Pararam para pensar, a Laurinha disse primeiro:

— Tietê!

— Agora é a minha vez de ficar no colo, avô! — exigiu a Clarinha, chateada porque a irmã se lembrara da palavra e ela não.

— *Ty*, rio, como *y*; e *etê*, fundo; portanto rio fundo — prossegui. — Ou então outra hipótese, diz o Silveira Bueno, porque *etê* também significa verdadeiro, daí que seria o rio verdadeiro, já que era a via principal dos indígenas. E ainda tem mais uma, *tiê-tiê*, significando muitos *tiês*, que se abreviou para *tietê*: o rio dos *tiês*, que são canários da terra, a explicação preferida do autor.

— E pensar que os paulistas de hoje passam pelas pontes, por cima do rio, sem saber disso! — exclamou o velho, desalentado.

— Fora os que estão de carro, engarrafados na marginal — lembrei.

— Milhares! Centenas de milhares!

— Mais palavras, avô! — exigiram as meninas.

— Agora chega. O vovô está cansado!

— Ahh...

— Mas enquanto o Júlio guarda o Vocabulário no porão, nós três vamos ensaiar uma coisa para ele ver. Certo?

A alternativa não pareceu satisfazer as elétricas criaturas, que fizeram um muxoxo emiliano, mas era melhor do que nada. O cego voltou-se para mim:

— Leve de volta o Silveira Bueno, por favor, e aproveite para pegar *Caçadas de Pedrinho*, do Monteiro Lobato...

As netas armaram logo uma algazarra, mas Z foi firme:

— Esse vocês já leram. Agora nós vamos ensaiar, e chega...

Fui fazer o que ele pedia e tardei um pouco mais, de propósito, para dar tempo ao velho de organizar o tal ensaio, fosse o que fosse. Do porão, eu podia ouvir as gêmeas berrando no quarto, repetindo uma frase qualquer, mas não conseguia distinguir o que diziam. Voltei minutos depois:

— *Eccomi!* Trago o livro.

O velho e as meninas estavam frente a frente, ele na postura de maestro, elas na de grupo coral. Z perguntou:

— Prontas?

— Sim!

— Então digam bem alto para o Júlio ouvir: o fruto amarelo na capoeira da mata que foi cortada junto ao rio com muitos caçadores de formigas e garças vermelhas no lugar das canoas onde se escondem os pretos fujões!

E elas, aos gritos:

— Caju, Ibirapuera, Tamanduateí, Guarapiranga, Ubatuba, Jabaquara!

21

Eu estava começando a gostar do danado do cego. Nao sei se isso é bom ou ruim para um cuidador. Negócios, negócios, amigos à parte, recomenda o ditado, apesar da minha pouca crença na sabedoria popular. Se o povo fosse mesmo sábio, não vivia tão mal, a exemplo dos meus esfarrapados compatriotas. É verdade que somos um povo alegre, não digo que não; mas a hiena também ri e come o que come. Por isso, fico em dúvida sobre se devo ou não me afeiçoar a meu cliente, mesmo reconhecendo que Z, de uns tempos para cá, subiu alguns pontos na escala Júlio de valores, passando de amigo a confessor:

— O que é que o senhor acha, seu Zé?

Eu tinha acabado de lhe contar sobre o meu caso com a Didi.

— Você quer mesmo que eu ache alguma coisa?

— Quero, senão não perguntava.

— Então, digo o seguinte: se seu objetivo era manter a relação de vocês em segredo, falhou totalmente. Para começar, falhou agora, ao me contar. Mas, muito antes, a Didi já deve ter comentado o caso de vocês com a melhor amiga dela, se é que não tornou a coisa pública numa roda de chá com dez amigas. Que segredo, nada! As mulheres são seres sociais como as formigas, não vivem sem se comunicar umas com as outras, falando de tudo e mais alguma coisa, mas principalmente sobre a vida amorosa. Revelam tudo, com riqueza de detalhes, para trocar impressões, encontrar apoio, saber se fizeram isto bem, aquilo mal, quais as sugestões das amigas, e às vezes até das inimigas, para que o malfeito seja remendado e as benfeitorias melhoradas. É um papo íntimo, corporativo, longo, alicerçado na ajuda mútua, como se tivessem aberto a Cooperativa do Amor. Elas vivem chorando umas no ombro das outras, sempre por culpa nossa, mas também se juntam

107

com frequência, a maior parte do tempo eu diria, para rir da nossa estupidez... você quer que eu continue ou já está de saco cheio?

— Não, seu Zé, o que é isso! Estou gostando, pode continuar.

— Está bem, mas antes me explique essa maluquice de dizer que você só queria ir para a cama com ela.

— Fui honesto, ué!

— Honesto? Está mais para burro, né? Eu não tinha dito para você que a Didi era de uma família alemã, gente conservadora, com uma formação rígida? Sua honestidade deve ter caído como uma bomba...

— Pois é, fui honesto e me dei mal. Mas acho injusto, porque tem muito malandro que se faz de pierrô apaixonado e se dá bem: leva flor, se ajoelha, jura amor eterno e, depois que consegue molhar o biscoito, vai fazer o mesmo com outra Colombina. As mulheres são otárias, seu Zé. A Didi ganhava mais em ter um amigo colorido honesto do que em virar mulher de malandro...

— Como se a questão fosse assim tão simples.

— Então qual é a complicação que eu não estou vendo?

— Ela gosta de você, mas você não gosta dela...

— Até gosto, mas não amo. Faz tempo que não amo ninguém, e fazia mais tempo ainda que eu não transava com alguém. Claro, também acho melhor sexo com amor. Mas diga aí, seu Zé: como é que o cara faz entre um amor e outro? Entra no mosteiro? Vai para a zona? Fica na mão? Sinceramente, amizade colorida é o melhor sexo sem amor que eu conheço.

— Há quanto tempo você não se apaixona?

— Já perdi a conta, uns seis anos, talvez. Nunca mais me apaixonei depois que meu casamento foi para o brejo. Mas a minha ex, essa eu amei de verdade. Vivemos treze anos e três meses juntos, não foi pouco. Antes dela, eu nunca tinha tido uma relação tão séria, pacífica e feliz.

— Pode-se saber qual é o nome da moça?

— Lara.

— Como a Lara do *Dr. Jivago*...

— A própria: uma grande paixão que acabou mal.

— Então a sua história lembra o livro do Pasternak?

— Acho que é pior, porque a história dele era inventada e a minha é real. Na dele, a gente sabia o que se passava e, na minha, eu não entendi nada.

— Não entendeu o quê?

— A Lara preparou o terreno devagar e se mandou sem que eu percebesse o que estava acontecendo. Depois, quando caiu a ficha, já era tarde.

— Então ela foi cuidadosa, sinal de que não queria machucar você.

— Eu preferia uma machadada a ser cortado devagarinho a gilete. Os alemães têm um ditado para isso: *"Lieber ein Ende mit Schrecken als ein Schrecken ohne Ende"*, é melhor um fim com susto do que um susto sem fim.

— Acha possível que vocês ainda consigam se acertar?

— Bem que eu queria. Para falar a verdade, esse era e continua a ser o meu sonho, porém não no sentido que o senhor pode pensar. A Lara já se casou com outro cara e tem até dois filhos desse casamento. Faz tempo que a gente se separou. O problema é que eu continuo sonhando com ela, todas as noites, sem descanso. É mais um pesadelo, espécie de conto fantástico ou filme de terror: ela aparece quando menos se espera, em tudo quanto é lugar, e depois desaparece tão misteriosamente como apareceu. Em geral, ela some no meio de um beijo ou coisa melhor, porque são sonhos semieróticos, e corre tudo às mil maravilhas até que, pluft!, ela se desfaz nos meus braços como se fosse de areia. Então acordo com as mãos frias, o coração aos pulos, e passo o resto da noite com insônia, me recriminando por ter perdido o amor da minha vida.

— Isso lembra o eterno retorno do Nietzsche, a repetição infinita. Ou os labirintos do Borges, onde a gente sempre acaba voltando para o mesmo lugar. Mas se parece também com os pesadelos do Kafka. Seja como for, o sentimento por trás dos seus sonhos é de amor, não há dúvida, do mais puro que há...

— Já perdeu a pureza, seu Zé. Depois que misturei com Valium, Prozac, Zyprexa, minha cabeça fundiu e o coração parou, não de bater, mas de amar. Também se acabaram muitas das minhas amizades no processo. Uma delas até vem confirmar sua teoria do Solidarnosc afetivo entre as mulheres...

— Como assim?

— Eu e a Lara tínhamos uma amiga, ou eu julgava que fosse minha amiga, e quando o casamento desceu a ladeira, comigo ensimesmado e a Lara se sentindo excluída, ela precisou destapar a panela de pressão, indo se confessar com essa tal, a Bel. Era uma mineira que me tratava bem, ria, fazia festa, tudo mineiramente correto, mas logo tomou as dores da Lara e começou a mudar: primeiro parou de rir, depois já me olhava torto, aí passou a fazer comentários agressivos, se metendo nas nossas conversas, e por fim deixou de ir lá em casa, a Lara é que ia na dela. Nunca mais me convidou para nada, nem festa de aniversário nem Natal nem Bar Mitzvah. Não vou dizer que ela foi responsável pela separação, porque o fim do meu casamento é culpa minha, mas que a Bel virou um diabinho no ombro da Lara, isso virou, soprando no ouvido dela não elogios à minha pessoa, mas veneno puro, peçonha, cuspe de cobra. Essa víbora fez a cabeça da minha mulher na direção do divórcio e, tenho certeza, deu o empurrãozinho final quando nos viu à beira do abismo...

— Há pessoas assim. São infelizes, estão insatisfeitas consigo mesmas ou com o próprio casamento, e não têm coragem de mudar sua vida, então metem a colher na dos outros. Vivem na pele alheia, espelhando falhas de caráter, ódios pessoais, carências, e dando palpite onde não são chamadas. Mas no seu caso, ela foi chamada, a Lara é que meteu a amiga no meio...

— Amiga da onça! Só serviu para eu perder a confiança nas pessoas. Até hoje rola um mal-estar físico, espécie de horror, se eu dou de cara com mulheres ruivas, sardentas e desbotadas como ela era...

Z fez um gesto com as mãos, passando-as sobre a minha cabeça, e depois assoprou com força, num tratamento de "desobsessão", para expulsar o espírito vingativo que se apoderara de mim:

— *Vade retro*!

Fiz a minha parte, também em latim canônico:

— *Amen*!

22

Chegou o domingo, desta vez sem chuva, e acabou sendo um domingo sem Didi, porque ela não atendia às chamadas e mantinha vazia a caixa de mensagens do meu celular. Falo da caixa de entrada, porque a de saída ficou cheia.

O que é que nego faz numa horas dessas? Vou ser específico: por "nego", entenda-se um ex-jornalista, formado pela Escola de Comunicações e Artes da Universidade de São Paulo, com o *Proficiency in English* da Cultura Inglesa, três anos de alemão pelo Instituto Goethe, italiano em família, aulas de francês com uma mestra que usava *soutiens* XL, além de "portunhol" fluente com Certificado de Qualidade ISO 9001 para a América Latina, fora outros lustros, hoje cuidador por azares da sorte. Sem parentes a quem recorrer, sem amigos que tivessem sobrevivido ao furacão da minha crise, sem filhos, sem mulher na ativa, amigas coloridas ou P&B, e ainda por cima órfão, sem pai nem mãe.

Na Turiassu é que eu não ia ficar, a menos que fosse um caso perdido. Quem é que fica no local de trabalho aos domingos se não for doido varrido, espanado e escovado? Claro, há infelizes que não têm alternativa, médicos e enfermeiras de plantão, bombeiros, maquinistas de metrô, bilheteiros de cinema, policiais civis e militares, funcionários do Playcenter, atores, chefes de cozinha, pilotos e aeromoças, caixas de supermercado, motoristas de táxi, uma longa lista que faz lembrar o bloco "Nóis sofre mais nóis goza", de Olinda, com gente que não pode pular o carnaval na terça gorda e, para compensar, sai na quarta de cinzas. Eu sim, tinha alternativa. Só não sabia qual. E estava sofrendo sem gozar.

Não quero ficar chorando minha solidão no ombro de vocês. Só toco no assunto porque não sou o único portador desse mal, penso que é generalizado em nossos dias, ainda que invisível, porque ninguém anda por aí com uma placa na testa dizendo "Sou um solitário" ou "Eu não tenho ninguém" ou "Sou tímido e não consigo fazer amigos" ou "A minha maneira de ser afugenta as pessoas" ou "Fui abandonado" ou "Pisei na bola e fui excluído do meu círculo" ou "Sou feia e ninguém me quer" ou "Perdi os meus entes queridos" ou... ponham aí a placa personalizada de cada um de vocês, porque, se não sofrem disso, devem pensar no futuro, quando estiverem caquéticos e a família os deixar de lado, num canto qualquer, sem ninguém, porque nem todo velho tem cuidador, e mesmo quem tem pode acabar nas mãos erradas, no maior sufoco, se é que me entendem. Penso que escolhi a atual profissão porque já me identificava de algum modo com a solidão dos meus clientes, em nada diferentes dos velhos nos asilos, igualmente tristes, uns fora outros dentro de casa, exilados em seu próprio corpo, deixados pelas suas faculdades, a memória que os abandona, os dentes que se vão embora, as pernas que já não querem andar com eles, as forças perdidas, a vontade desaparecida. Sei do que falo, é assim que me sinto hoje, embora seja dia de descanso, faça sol e ainda me faltem uns anos para a *vecchiaia*.

Saí a pé, sem destino fixo, e fui parar no Minhocão, que aos domingos é fechado ao trânsito, ocupado por gente que não tem nada para fazer e vai fazê-lo ali: jovens pais ensinando os filhos pequenos a andar de bicicleta, *joggers* com equipamento sofisticado preso ao braço para medir as pulsações e o rendimento atlético, garotos de skate, menininhas de patins, casais tomando sol, senhoras de sombrinha, velhotes de boné e, que colírio!, muitas, inumeráveis mulheres no viço da juventude, usando vestes de Lycra, calças justas, bermudinhas, shorts mínimos, as formas explicitadas, expostas, escancaradas, banhadas pela luz do sol que as trazia para dentro de mim pela transparente retina, daí para o nervo ótico, depois para um lobo qualquer do meu cérebro que se ligou, ficando eletrizado, maluco beleza. Ai, ai, esta minha adolescência madura, a meia-idade sem tino! A Didi pode ter me abandonado mas, felizmente, a testosterona é fiel, continua firme. Quem diria que há poucos minutos, tão escasso tempo, eu era aquele pobre ser solitário e triste que a vida tinha abandonado num recanto esquecido da Turiassu? Viadagem da grossa.

Percorri a passarela de asfalto apreciando aquele desfile sexy e, chegando na Consolação, eu já me sentia consolado. Subi até a esquina com a Paulista, na altura do Belas Artes, um dos meus cinemas favoritos, que não sei até quando vai durar, porque o proprietário do imóvel quer despejar o público; entrei, pedi uma água mineral e, depois de olhar para os cartazes, me decidi por um filme de que nunca ouvira falar, pois prefiro não ter a menor ideia do que vou ver, para ser surpreendido, o que pode ser bom mas quase sempre é ruim. Não me queixo do que vi, uma americanada cheia de efeitos especiais e carros batendo uns nos outros que me ajudou a passar o tempo, mas vou ter de lhes pedir desculpas, pois já não me recordo do enredo, se era drama ou comédia, atual ou de época, quem era o ator principal ou qual o nome do diretor. Nem tudo se perdeu, porém, porque tenho certeza de que era uma superprodução da Metro-Goldwyn-Meyer, lembro-me perfeitamente do rugido do leão.

Eu já tinha caminhado o suficiente para um domingo, por isso saí da sala de projeção em direção ao metrô, fui da estação Consolação à Brigadeiro, peguei um ônibus até a rua Treze de Maio e embiquei para a Cantina Roperto, de que me ficara a vontade no domingo anterior. Tirei a barriga da miséria com os portentosos bifes da casa e, metabolismo já cedendo, um Chianti tinto nas veias, permiti-me a mordomia de um táxi, bandeira dois mais gorjeta, que me trouxe de volta à casa do patronato, ao abrigo dos lençóis Santista.

O dia seguinte ia ser uma segunda-feira, mas nem dei por isso.

23

Segunda, terceira, quarta...

O Nilo Peçanha engatou a quinta e acelerou o velho Fiat na Fernão Dias, fazendo as curvas sem tirar o pé, costurando e ultrapassando pelo acostamento, para meu desespero, que seguia ao lado dele no banco da frente, enquanto, no detrás, Z e o Garcia do Bandolim pareciam dois Joões Teimosos, atirados para lá e para cá pela ação da força centrífuga. Mas não se queixavam, mantendo uma conversa normal, do gênero que teriam, por exemplo, um tipo que se julga Napoleão com outro que diz ser Jesus Cristo.

Esse campeão de Fórmula 1 de que lhes falo, caso não se recordem, é o violonista do "Choro de Velho", e a ideia da viagem era ir a Bragança Paulista comprar pinga diretamente no alambique. Por sugestão de quem? Vocês sabem tão bem quanto eu. Enquanto a paisagem passava a mil por hora, eu amaldiçoava o cego bebum e pensava nos desequilíbrios da vida, porque o Peçanha podia dirigir o automóvel devagar e tocar violão depressa, mas dava-se justamente o contrário. Agradeço a Deus, Alá, Thor, Zeus, Amon, Shiva, Quetzalcóatl e Tupã por termos chegado vivos e inteiros, contra todas as probabilidades ateias.

A bem da verdade, acabei por me divertir no lugar, e nem sei dizer do que gostei mais, se do alambique em si ou do proprietário, um paulista do interior com ar simplório, de nome Olavo, que tinha forte acento caipira. Ele começou por nos levar numa visita guiada, mostrando desde a máquina de moer cana até a piscina com o mosto fermentado, de onde se retiram as partes sólidas e se preserva o líquido, depois as cubas usadas na fervura do caldo e os tubos por onde segue o vapor, um deles com o belo nome de "pescoço de cisne", até

O espírito da coisa

o recipiente de condensação e o bico final do alambique, de onde o destilado pinga, pinga... daí a designação popular. Tudo visto, passamos à degustação, em que o Jeca Tatu, digo isso sem maldade, nos ofereceu cachaça de graça, a começar por uma especial de cor amarelo-ouro, translúcida, conservada há dez anos em tonéis de carvalho. O caipira encheu quatro copos até a borda, generoso, e esperou pela nossa reação, que não tardou. Z foi o porta-voz do grupo:

— Um mel! Um mel puríssimo!

— Óia, entonces comparem com pinga da nova, tirada inda ontem...

Toca a encher os copos outra vez, gratuitamente:

— Boa também! É outra coisa, mas é boa! — desta vez falou o Garcia, meio tonto, pois andava fraco e tinha virado a pinga nova de uma talagada só.

— Ocêis têm de provar mais esta aqui, qui não é nova nem véia, pra mó de compará com as outras duas...

Outra rodada grátis, com direito a um comentário do Nilo, que já tinha o nariz ligeiramente avermelhado:

— Coisa de louco! A verdade está no meio!

— Inté agora foi pura, mas tem umazinha com canela que é boa dimais...

O Olavo não olhava para ninharias, servindo pinga de graça para quatro marmanjões solúveis em álcool:

— Humm, que delííí-ciaa! A canela dá um gostinho todo especial... — Esta observação já foi minha, expressa com sentimento, dirigida aos dois Olavos, aos dois Nilos, aos dois Pintos e aos dois cegos.

Foi quando o caipira perguntou, sem qualquer malícia:

— Arguém qué comprá uma garrafinha?

Foi um descalabro. Cada um de nós saiu dali com três garrafões de cinco litros, da pinga velha, da nova, da mediana, mais várias garrafas de cachaça com canela, com limão, com malagueta, tudo, menos dente de piranha e chocalho de cobra, que estavam em falta. Claro que essa leva já não foi de graça, pobre do capiau, o Olavo também tinha de

115

sobreviver. Nenhum de nós regulou mixaria ou reclamou do preço, à altura do teor alcoólico, nem ficou com a impressão de que o alambiqueiro era trambiqueiro, pelo contrário, as despedidas foram calorosas e efusivas como se ele fosse o juiz de paz ali da terra, amigo da família, e o Peçanha ainda achou de bom tom deixar-lhe uma gorjeta decente, porque já tínhamos bebido demais à conta do homem. Meteu a mão no bolso, vazio, perguntou ao Z e ao Garcia se lhes sobrava algum, zero, e, como nenhum dos três tinha mais dinheiro, acabaram pedindo para eu fazer a gentileza. Claro que fiz! Não ficava bem quatro espertos capitalistas passarem a perna num interiorano ingênuo...

Antes de pegar a estrada, fomos ao centro da cidade à procura de um bar e da famosa linguiça de Bragança, à moda italiana, com orégano, noz-moscada e pimenta calabresa. Feita a encomenda, a que se juntaram uns pãezinhos quentes, soltando vapor, farnel pago com meus últimos tostões, a volta a Sampa consistiu num piquenique dentro do carro, com cachaça recém-comprada e volumosos sanduíches da legítima bragantina. A fome era tanta que me distraí comendo, a vista enevoada pelo álcool, e não vi mais nada, o que julgo ter acontecido também com o Peçanha, porque me recordo vagamente de uma miríade de sons estridentes, ao longo da viagem, como toques de buzina, seguidos por vozes vindas de fora, que duravam pouco, ultrapassadas, como se o vento as levasse:

— Fidapuuuuuuuuuuuuuuuuu...

24

Água Branca, árvores, lago, passarinhos, sol da manhã.

Fui com o cego até o parque e nos sentamos em frente à casa de sapé, para beber o café coado pela negra simpática. Ia ser o primeiro do dia. Eu estava com uma ressaca de proporções marítimas e a linguiça da véspera vinha em ondas dar à praia, ou melhor, ao lago do parque, onde eu já tinha ido umas três vezes alimentar as carpas. Z competia comigo para ver qual dos dois morria primeiro. Meu fígado estava pior que o dele; em compensação, a cara dele parecia o meu fígado. A negra deve ter sentido nosso drama, porque fez questão de nos servir antes de qualquer outra pessoa, com um alerta:

— Cuidado que tá pegando fogo!

Eram copinhos de plástico, que a gente segurou pelas bordas, para não queimar os dedos, sorvendo o café com repetidos sssfff!, uma fração de cada vez. O velho gemia:

— Ai, que ressaca! Estou pagando o preço pela pinga de ontem.

— Só se for os juros, seu Zé. A pinga o senhor já pagou, e bem paga!

— Pois é, aquele capiau não era nada bobo.

— Lá se foi a sua teoria do Centro roubar mais que a periferia. E o tal do Olavo ainda fez pouco do seu método para economizar fortunas...

Z não respondeu, só abanou a cabeça, desanimado, enquanto eu arriscava um gole inteiro de café quente. Senti um calorzinho bom descer pelo esôfago até se aninhar na barriga, sem ameaçar subir de volta. A bebida forte cortou meu enjoo e fez bem para o cego, pois vi que a cara dele tinha ganhado mais cor, passando de amarelo fígado para amarelo vivo. Com o estímulo do ar fresco e do cheiro de mato,

117

decidi abrir o *Caçadas de Pedrinho*, que trazia comigo, e comecei a fazer meu trabalho, com a aprovação abanada pelo meu cliente. Não foi preciso muitas páginas para eu me ver tão excitado com aquela história de onças como no meu tempo de menino. Viajei. A casa de sapé virou o Sítio do Picapau Amarelo e a preta do café se transformou na Tia Nastácia. Mas devo ter lido alto demais, porque as pessoas começaram a me rodear, interessadas, enquanto o violeiro olhava torto. Senti que estávamos demais ali. Peguei o cego pela mão e saí andando com ele, em respeito ao músico, que tinha toda razão para ficar chateado: o capiau Monteiro Lobato, como quem não quer nada, viera com artes e manhas lhe roubar a audiência.

Depois do almoço, dormimos a tarde inteira. Não sei dizer o cego, mas eu tive um sono agitado, cheio de sonhos, dos quais guardei apenas um...

...Eu estava no lago da Água Branca, vendo as carpas, e apareceu uma graciosa sereia, com a cara da minha ex. Fiquei extasiado. Suas escamas brilhavam dentro d'água, sob os raios do sol, que a refração fazia incidir ora nela, ora no lodo, ora nas pedras. Ferido pela seta de Eros, mergulhei atrás da formosa criatura tentando agarrá-la. Mas ela nadava mais rápido do que eu, com seu rabo de peixe, e ficou girando à minha volta, em círculos perfeitos, brincando comigo. Andamos no pega-pega no fundo do lago, até que, quase sem fôlego, consegui agarrar seus cabelos, que ficavam para trás, ondulantes como uma anêmona. Puxei-a para mim, passei o braço em torno da sua cintura e beijei-a ardorosamente. Foi a parte mais bonita do sonho, porque ela retribuiu com uma lufada de ar fresco, enchendo os meus pulmões, enquanto borbulhas subiam à superfície. Fiquei respirando pela sua boca, subaquático e feliz, até que se deu a transformação: seus cabelos viraram tentáculos com aguilhões, sua boca, uma ventosa pegajosa, e toda ela uma lula gigante, pronta para me engolir ou, na melhor das hipóteses, me fazer uma lipoaspiração. Acordei sobressaltado, todo suado, com as mãos frias e o coração aos pulos, fora a dor de corno por ter perdido o grande amor da minha vida...

Naquela noite, por volta das nove, meu cliente, já curado da ressaca, convidou os frequentadores do Centro Espírita Ariel a se dirigirem para a sala das sessões. Atrasei-me um minuto, o suficiente para perder meu lugar, pois alguém se sentara numa cadeira diferente, alterando a disposição das pessoas ao redor da mesa, sendo que o Tutia foi parar no meu posto, de frente para o velho, a Didi à direita, o Celso Luís no lugar da Didi e eu no dele, ao lado do Oliveira, que mantinha seu lugar costumeiro, tal como as outras três pessoas e, claro, o próprio Z. O cego, sem se dar conta de nada disso, disse a oração de Davi, emitiu vibrações positivas em todas as direções e, após as preliminares, "poSSeSSão, SeSSão, SeSSão!", recebeu diante de nós o grande escritor, tradutor e editor taubateano, cujo sotaque, curiosamente, era igual ao do Olavo alambiqueiro:

— Sô o Montero Lobato e tô no limbo, pessoár!

Já ninguém se escandalizava com o tom caricatural do início, à espera do desenvolvimento da coisa, que costumava ser mais bem ajambrado:

"Morri como vivi, com derrame cerebral, pois sempre pensei, disse o que pensava, escrevi o que dizia pensar e traduzi o que pensavam os outros. Passei a vida entre os livros, no mundo da lua, e na morte me vi cercado por eles, já que meu velório foi na Biblioteca Municipal de São Paulo, de onde o corpo saiu para o Cemitério da Consolação. Espírito progressista, não subi ao céu com asas de anjo nem montei na garupa do Pégaso, mas peguei um moderno elevador de vidro e estrutura metálica, daquele dos bons, que "voou" até o duocentésimo vigésimo terceiro andar como se tivesse cheirado pó de pirlimpimpim, abrindo as portas automáticas em frente à nuvem 1948-J, onde funcionava um bar. A recepcionista, uma esplêndida mulher, viva e espirituosa, me lembrou a Emília:

— O que é isso na sua testa, homem, uma taturana?

— São as minhas sobrancelhas.

— Ah! Então você só pode ser o Monteiro Lobato. Vá entrando, rápido, que eles já estão à sua espera...

— Eles quem?

Em vez de responder, ela chamou um matulão, que me pôs sobre os seus ombros e cruzou um auditório apinhado de gente, deixando-me em cima de um balcão em jeito de palanque. Foi só aí que reconheci, maravilha das maravilhas!, a ilustre clientela do lugar: o Gregório de Matos, meu portador, e tantos outros espíritos combativos, escritores de nomeada, velhos companheiros de lutas e de letras. Naquele instante, como se um ser superior soprasse as palavras no meu ouvido, eu soube exatamente o que devia dizer para eles. Bati com os pés no tampo para chamar a atenção:

— Camaradas!

Todos viraram-se para mim.

— Após dedicarmos nossa existência aos problemas da Botocúndia, sem encontrar a solução, só nos resta agora passar a inexistência fazendo isso. Temos uma missão! Nós, que escrevemos com todos os efes e erres, fomos aqui reunidos por altos desígnios para a criação conjunta de uma história exemplar, capaz de pôr fim às injustiças do outro mundo, falo do outro que era o um quando este era o outro, a começar pelo Brasil, essa enorme injustiça com milhões de quilômetros quadrados: o latifundiário vive à larga, o Jeca, apertado, o rico, por cima, o pobre, por baixo, apesar das riquezas paquidérmicas que lá abundam, do solo fértil aos tesouros do subsolo, da costa atlântica à imensa Amazônia. A terra mais rica está entregue ao agronegócio, que é de poucos, a floresta tropical aos madeireiros japoneses e outros tipos de olhos fechados, os minérios à Vale, que algum infeliz privatizou, e, no litoral paulista, a Petrobras precisa ser defendida dos apetites despertados pelo pré-sal. Mas eu já tinha pré-visto e pré-dito que o futuro dependia de petróleo, ferro e estradas. Acham que alguém me ouviu? Se ouviu, não deu atenção, e se deu, não foi o bastante. Por isso, chega de pré-fácios! Vamos direto a essa história missionária, em que cada um tem o direito e o dever de fazer seu capítulo. Eu não me importo de começar, se alguém der o mote, uma ideiazinha de jeito...

Uma onda de entusiasmo atravessou o salão, nem tanto pela proposta, mas pelo efeito do álcool, pois a Dercy servia pinga com

Biotônico Fontoura por conta da casa. As primeiras sugestões não demoraram a surgir:

— Uma ode à boemia! — gritou Boca do Inferno.

— Um poema contra a escravidão! — Contrapôs Castro Alves.

— Um libelo malhando o trabalho assalariado! — Sugeriu Karl Marx, que tinha entrado no bar de penetra e, espantosamente, se expressava em português.

Gustavo Corção levantou o braço, insatisfeito:

— O fato de esse senhor ter escrito *O Capital* não o autoriza a se meter na nossa história. Melhor uma novela policial do que outro panfleto marxista contra a exploração dos trabalhadores, que já ninguém aguenta...

O alemão não se deu por achado:

— Façam um romance policial, então: em vez de malhar, vocês podem matar o trabalho.

— Falou, barbudo! — aderiu a Dercy. — O trabalho é uma chatice!

— Viva a vagabundagem! — gritou Lima Barreto.

— O trabalho é uma abstração — lembrou Rui Barbosa, — Quando alguém lê uma história de ficção, gosta de ver personagens, não conceitos...

— Abstração? — Verissimo discordou. — Pois eu não conheço nada mais concreto do que um dia útil: quando termina, parece que um trator passou em cima da gente. E se isso vale para o trabalho intelectual, digo, se um escritor já fica quebrado na construção da obra literária, no seu escritório, com a bunda na cadeira, que trabalho não dará a obra propriamente dita, no canteiro onde dá duro o servente de pedreiro, que vive carregando pedra, de sol a sol. Vai lá dizer para ele que o trabalho é uma abstração, vai...

Gostei daquilo, vi logo que dava um conto ou coisa maior:

— O Verissimo está certíssimo: um dia útil nada mais é que a ideia do trabalho posta em prática, e não tem nada de abstrato, ao contrário, parece feito de concreto armado. Tomemos a segunda-feira, por exemplo. Ela podia ser a vilã da nossa história, como a bruxa da Branca de Neve, o papão ou, melhor ainda, a Cuca! Só que, em vez de pegar as criancinhas, pega o papai que foi na roça e a mamãe que foi trabalhar...

Jorge Amado levantou uma questão pertinente:

— Os dias úteis são cinco, não um. No mesmo saco da segunda-feira, temos de meter todas as irmãs: a terça, a quarta, a quinta e a sexta.

— Mais malvadas que as irmãs da Cinderela. — apoiou alguém.

— Morte às irmãs malvadas! — fez outro ao fundo.

— Morte às irmãs malvadas! — gritaram todos.

Considerei:

— Pois se vamos matá-las, que seja uma por vez, para o sofrimento delas durar bastante.

— Uma por capítulo, — sugeriu Moacyr Scliar — sem dó nem piedade!

— E um capítulo por autor — acrescentou José Lins do Rego, — para que cada um de nós possa enfiar a peixeira no bucho das safadas, como os senadores que cortaram as asas do tirano César!

— Apoiado! — concordou o bar em peso.

— Esperem aí! — gritou a recepcionista com ar de Emília. — Está faltando o herói da história. Ou um anti-herói, como o Jeca Tatu...

Já que ela citava um personagem meu, improvisei:

— Se as vilãs são irmãs, então o Jeca Tatu pode ter irmãos. Imaginem que um deles migrou para a cidade, arranjou um emprego mixuruca e sofre todos os dias úteis da semana, de manhã até a noite. Está cheio de carnês para pagar, endividado até o pescoço, e vive embasbacado diante da televisão, enrolado pelos anúncios, acreditando que é preciso consumir para ser feliz.

— Ah, assim já gosto mais! E que nome você dava para ele?

— Joca Tutu, que tal? Um herói que só pensa em dinheiro...

— Boa! — fez a "Emília". — Então comece essa história de uma vez, que já está ficando tarde. Não quero ver ninguém reclamando na hora de fechar o bar...

25

Joca Tutu chegou ao trabalho todo arrepiado, como quem levou um grande susto, os olhos cheios de receio.

— Que bicho te mordeu? — perguntou um colega, o João Simone, enquanto tomavam café na copa da empresa.

— Agora há pouco, quando meu despertador tocou, ouvi um terrível rugido junto com o "trriin" do relógio. Acordei e vi um vulto na janela, olhando para mim — respondeu o Joca, todo treme-treme que nem vara verde.

— Que vulto?

— Um bicho peludo, feio, dentuço! Tenho certeza de que era a segunda fera...

— Segunda fera?

— Ou segunda-feira, como queira. Esse dia terrível que só perde para onça, a primeira entre as feras do Brasil...

— Ai, ai! Não me diga! A segunda à solta por aí? Vamos já avisar a polícia...

— Nem pense — advertiu o Joca. É um animal de estimação dos patrões. A polícia ainda vai querer protegê-la e trata de nos levar direto para a cadeia. Melhor ficarmos calados e caçarmos a malvada.

O Simone fez cara de espanto:

— Você bebeu? Não sabe que a segunda tem dentes superpotentes que moem gente?

Joca deu um murro na mesa, avermelhando de ódio.

— Pois juro que hei de trazer aquela fera morta, arrastada pelo rabo! E as irmãs dela também, da terça à sexta. Não aguento mais passar a semana trancado no escritório, de manhã à noite, para ganhar um salário mínimo, enquanto o patrão não faz nada e fica com a parte da onça...

— Bem sei que você é corajoso como um touro miura, mas olhe que segunda é segunda. Com uma patada derruba qualquer trabalhador.

Joca não se intimidou.

— Quero só ver! Vou já organizar a caçada e acabar com a raça desse bicho ruim. Quem for brasileiro que me siga!

Outra colega, a Lúcia, que acabara de entrar e ouvira parte da conversa, encheu-se de admiração por tamanha ousadia. Não deixou por menos:

— Pois também vou! — alistou-se. Uma mulher de peito arrebatado não tem medo de fera nenhuma, nem primeira nem segunda. Vamos chamar mais gente....

Reunidos os reforços dentro da firma, decidiu-se pela ação imediata, na hora do almoço. O tempo disponível foi gasto em preparativos: Joca Tutu pegaria uma espingarda de chumbinho que tinha em casa; Lúcia, um serrote do pai dela, que era marceneiro; o Sarda, Jorge Sardinha, da seção de informática, um sabre das suas aulas de Tai Chi, bastante pontudo; o Simone, as setas que retirou de um alvo preso à parede; e a Elisa, baixinha hiperativa responsável pelo almoxarifado, um saco plástico normalíssimo, ninguém entendeu para quê.

Ao meio-dia foram para a casa do Joca, onde a fera tinha sido vista naquela manhã. No quintal, ao lado da janela do quarto, os rastos da segunda eram visíveis no capim recém-pisado. Os cinco heróis, bem armados, seguiram pé ante pé a pista fresca até que o Simone, que era o mais alto, deu o alerta:

— Olhem lá...

— Onde? — perguntaram todos, excitados.

— Lá longe, dentro da lata de lixo — lá, lá...

De fato, alguma coisa se mexia na lata e não demorou para que uma carranca dentuça se erguesse, temível, espiando para o lado dos colegas de empresa.

— Avante, galera! — gritou Joca.

— Avante! — repetiram todos, em pé de guerra.

Joca Tutu avançou com o grupo para o ataque. Enquanto isso, a segunda fera saía do esconderijo e com um andar sinuoso de tigre sem bengala dirigia-se, agachada, para o lado deles. Era a hora agá. Joca ergueu a espingarda e com voz de marechal de campo deu o berro:

— Fogo!

O grandão Simone atirou uma saraivada de setas, mas só uma acertou o alvo, mesmo assim de lado, furando a orelha da inimiga, o que só serviu para irritá-la. Joca disparou o chumbinho mas foi um tiro sem efeito que nem arranhou a pele da bichona. Tinham calculado mal a balística e superestimado a artilharia. A segunda fera arreganhou os dentes e partiu na direção dos atacantes.

A coisa estava preta e Joca, desapontado com a incompetência das armas de tiro e arremesso, ordenou a retirada:

— Pernas para que te quero!

Foi um corre-corre. Cada um por si. Que nem um bando de saguis, foram todos buscar refúgio na única árvore que havia por perto, uma amoreira velha onde mal cabia a turma toda. Mas, quando a bicha chegou, já estava cada macaco no seu galho, fora de perigo.

A segunda, furibunda, ali ficou, sem recolher as garras, com os olhos fixos nos trabalhadores que a tinham ludibriado. Era evidente que não ia largar o osso enquanto eles não descessem.

— Agora ela vai ver o que é bom para a tosse — disse Joca, apanhando com um lenço várias taturanas que abundavam na amoreira, alimentando-se das suas folhas. Eram do gênero "Lonomia Obliqua", denominadas "taturanas assassinas", devido ao poderoso veneno de seus pelos, que pode provocar hemorragias, insuficiência renal e até morte. Ele apanhou um punhado delas e, ajeitando-se no galho que ficava bem por cima da rival, atirou-lhe as taturanas em plena cara.

Toma, bichana! Aqueles pelinhos finíssimos, tão perigosos, que penetram nos poros e queimam a vista, deixaram a segunda quase cega, debatendo-se com dores insuportáveis. Ela se pôs a dar mais saltos que um circo de pulgas, enquanto esfregava os olhos com as munhecas, como se tivessem malagueta.

— É agora! Avança, tropa! — gritou Joca voando pelo tronco abaixo.

Todos o seguiram. De armas em punho se lançaram contra a fera com sede de vingança. Lúcia raspou-lhe o serrote no couro, para cá e para lá, como se a bicha fosse de madeira compensada. O Sarda enterrou-lhe no pandulho o sabre do Tai Chi. A brava Elisa, com risco de levar uma mordida, enfiou o saco plástico na cabeçorra da malvada, impedindo-a de respirar. E o Joca martelou o crânio da animália com a coronha da espingarda, fazendo inúmeros galos naquela cabeça dura.

Assim sob ataque frontal, lateral e pela retaguarda, e com pelos de taturana assassina entrando pelos poros, a segunda-feira não teve outra saída senão morrer. Foi fechando os olhos, estrebuchando e... adeus, Zebedeu! Quando deu o último suspiro, Joca Tutu, na maior das alegrias, soltou um grito de guerra:

— Jacarepaguá, guá, guá...

E todos os colegas, em uníssono:

— Hurra! Hurra! Verde amarelo!..."

Nesse momento, o cego teve um estremecimento e deixou pender a cabeça.

26

O dia seguinte foi feriado, era Sexta da Paixão, e a patroa reivindicou o pai para ela, pois pretendia ir com Z e as meninas visitar uns parentes. Sobrou o tempo todo para mim, que não sabia o que fazer nem com meio minuto.

Sem a companhia do cego, e visto que na noite anterior não tinha havido pizza por falta de quórum, pois todos se descolaram do compromisso por um motivo ou por outro (a Didi provavelmente para me evitar), senti nas costas o peso da Semana Santa: eu era o próprio Jesus Cristo, um mártir na via-crúcis, sedento, ferido e abandonado pela humanidade. Estava mais uma vez a sós com a tarefa de compreender meu destino, e foi o que tentei fazer enquanto apanhava um ônibus atrás do outro, sem destino, decidido a fugir do tédio e da sensação de vazio e nulidade. Se não tinha mais amigos, ao menos o sistema de transportes coletivos, sempre lotado, me garantia calor humano. Se minha existência estava em ponto morto, paralisada por sedativos como os que se dão aos animais selvagens, então que os motoristas de ônibus, mais selvagens do que eu, acelerassem pelas ruas da cidade, criando a ilusão de movimento.

Depois de percorrer um caminho tortuoso das Perdizes até o aeroporto de Congonhas, via Santa Cecília, Consolação, Jardim Paulista, Ibirapuera, Itaim Bibi, Moema, Brooklin e Campo Belo, nos dois sentidos, concluí que minha vida não tinha sentido nenhum. Sendo assim, virei a página da cuca, refiro-me à cabeça, não à bruxa folclórica com boca de jacaré, e encontrei um assunto mais interessante para me entreter: a história iniciada no Centro Espírita Ariel pelo grande médium e ator performático Z, no papel de Monteiro Lobato.

Primeira pergunta: o que o cego maluco pretendia com aquilo?

Pergunta número dois: e se o único maluco no caso fosse eu?

Devo reconhecer que, desde os primórdios, quando o velho sugeriu irmos ao shopping, daquela vez em que vimos tudo sem comprar nada, Z mostrara ter ideias próprias, a bem dizer anarquistas, em total desacordo com o modelo socioeconômico vigente, mas nada que se pudesse rotular de insano. Tal como muita gente boa, ele era contra o consumismo incoerente, em que as pessoas compram não um tênis, mas o nome do tênis, pagando muito mais do que o tênis vale, que dirá seu nome; e Z também se opunha ao popular sistema de crediário, pelo qual as pessoas pedem emprestado xis e depois têm de pagar xis mais ípsilon, em que ípsilon é um valor absurdo, na verdade um roubo descabido, desonroso e desavergonhado. Até aí, quem podia condenar meu cliente?

Sobre os espíritos fajutos, os que ele fingia receber, isso sim constituía um ato de má-fé, digno de reprovação e censura, mesmo reconhecendo que sua encenação não fazia mal a ninguém, pelo contrário, podia até fazer bem, como Z gostava de argumentar. Em nossas discussões, ele tinha defendido várias vezes que os encontros no Ariel eram sessões culturais de leitura, e não vejo como discordar disso. Até digo mais: leitura feita por um ator de talento, bafejado pelo dom da imitação, que punha em cima da mesa, em voz límpida e clara, salvo um tique ou outro, alguns dos melhores textos do gênio literário brasileiro.

Quanto à nova história iniciada no inferninho do céu, onde Z fantasiava a matança dos dias úteis, eu ainda não sabia o que pensar. O cego fizera o cerco à segunda-feira, num pastiche inspirado por *Caçadas de Pedrinho*, a bem dizer uma cópia deslavada do original lobatiano, e o *maledetto* dia útil tinha levado tanta porrada, paulada e punhalada, que ficara inutilizado. E agora, José? Falo de Z, claro. Qual o próximo passo? Como seria o próximo capítulo?

Fosse qual fosse a continuação dessa novela policial, com arcabouço de história infantil e tessitura de realismo fantástico, e por mais dias úteis que fossem imaginariamente mortos, uma coisa era certa: o senhor José Antônio de Souza não era nenhum assassino, eu sei disso porque sou um. O cego não passava de uma criança grande e inofensiva, que brincava com os frequentadores do Centro Ariel como com as netas dele, na base do faz de conta, incapaz de ferir alguém. O seu jogo era uma típica brincadeira de roda, onde as pessoas giravam, giravam, à volta da mesa das sessões, sem tirar a bunda da cadeira, confinadas numa saleta de um modesto sobradinho de uma vila da Pompeia. Ali ficava tudo nos conformes, certinho, contido e limitado, tal como acontece com a vida íntima dos casais, entre quatro paredes, a salvo da indiscrição pública.

Se um dia Z tinha imaginado mudar o Brasil com aquilo, e por tabela o mundo, então ele não enganava só os outros, enganava a si próprio também. Que poder tem o ficcionista se não o de encantar um público forçosamente restrito, como um flautista encanta uma serpente e uma serpente encanta um passarinho? Por alguns instantes ele faz crer a alguém que as coisas não são o que são ou, por outra, que as coisas são como poderiam ser. Puro encantamento, sem maiores consequências, sem mudar em nada o fato das coisas serem como são.

O seu Zé, tão cheio de prosa, não passava de um Zé Ninguém como eu, ou pior, porque ainda tinha a pretensão de mudar o mundo, ser ouvido por milhões.

Rá, rá, rá...

27

— A senhora pode repetir? — eu pedi, incrédulo.

— Alguém pôs no YouTube o meu pai falando na sessão espírita. Devem ter filmado sem vocês perceberem. Já foi visto por milhares de internautas.

— Mas isso... isso não é possível! — balbuciei. — Uma filmadora ia interferir com as presenças espirituais!

A patroa me olhou nos olhos como seu eu fosse um imbecil. Caí em mim:

— Certo, claro. Mas quem é que ia filmar o seu Zé?

— Não faço a menor ideia. Pelo que meu pai diz, além do médium só tem oito pessoas em volta da mesa...

Bingo! De repente me lembrei da dança das cadeiras na última sessão, quando o Tutia se sentou no meu lugar, de frente para o cego, e também que o japonês já tinha falado, na pizzaria, em divulgar a mensagem de Z no YouTube. A profissão do Milton era filmar casamentos, batizados, aniversários. Tudo batia certo, era evidente que o sacana tinha sorrateiramente tomado a iniciativa de filmar o velho e pôr a caçada da segunda-feira na internet, tornando a coisa pública, achando que prestava um serviço à causa dos espíritos. *Puta que los parió!*

— Venha cá. Venha ver no computador... — fez a Patrícia, me puxando pelo braço.

Ah, meus amigos, não posso nem quero mudar de assunto, pois essa novidade do YouTube é uma bomba, mas quase tive uma convulsão com o toque daquela mão macia, delicada e febril. Depois de uma sexta-feira sem paixão, além das longas e repetidas temporadas em que eu vivia sem um beijo, um abraço, um aperto de mão, o simples roçar daqueles dedinhos na minha pele e a pressão que fizeram para mudar a minha trajetória, significaram para mim, foram assim... como direi?, bem, deixa para lá, não direi nada. Eu só queria fazer um pequeno desabafo e, visto que já chegamos ao escritório da casa, as imagens na internet têm prioridade.

Elas lembravam o expressionismo alemão, o filme *Nosferatu,* de Murnau.

— Olhe a cara do papai como ficou expressiva! — disse a patroa. — Apesar da iluminação fraca, só luz de vela, a imagem até que não está má...

— Apesar, não, graças à vela é que o jogo de luz e sombra ganhou essa força. Deu um ar fantasmagórico para o seu Zé, o que só fica bem num médium.

A Patrícia baixou os olhos, preocupada, depois voltou a me fixar, pronta para dizer algo importante:

— Meu caro Júlio, a gente se conhece pouco, mas o papai confia em você. E como eu confio nele, vou pedir licença para me abrir. Você pode me ouvir?

Se eu podia ouvir aquele anjo? Que pergunta mais descabida.

— Fale à vontade.

— Você sabe que meu pai não é médium, é só meio maluquinho, e se diverte à custa dos outros. No início eu dizia para ele ter cuidado, mas como ninguém se queixou, acabei me acostumando com a ideia. Só que era um grupo pequeno, não o público do YouTube. Agora que a coisa ganhou outra proporção, nós vamos ter de proteger o papai de alguma forma. Posso contar com você?

— Não vejo o que a gente possa fazer. O filme está na internet, não tem volta.

— Volta não tem. Mas daqui para a frente todo o cuidado é pouco... Ela me olhava, ansiosa.

— Claro que a senhora pode contar comigo! — tranquilizei o anjo.

— Obrigada! Talvez seja melhor você ir lá conversar com meu pai sobre esse assunto. Ele está no quarto dele, lendo.

— Vou já, então.

Eu estava saindo da sala quando ela deu aquele gorjeio:

— Ah, e pare com esse negócio de senhora, por favor: meu nome é Patrícia.

Levitei até o quarto do cego, flutuando pelos corredores, passando pela cozinha a meio metro do solo, saudando Sônia, que nem notou aquele sujeito voador não identificado. Era véspera de Páscoa, época de renovação. Será que era desta que eu estava me renovando? Não sei. Só sei que um novo sentimento estava saindo do ovo de chocolate, sutil, mas com a sutileza de um Pernalonga. Pa-trí-cia! Paa-trí-ci-aa! Pê, a, tê, erre, i, cê, i, a! Paa-trís-ciia. Ah, a vida é bela! Tudo de que um homem precisa é de um bom viaduto nas horas de lazer, cheio de atletas bonitas, ou um nome frágil e gentil entregue de mão beijada a seus cuidados.

Bati na porta, o cego disse para eu entrar.

— Então o senhor acaba de ficar famoso, não é, seu Zé?

— Você acha mesmo?

— Milhares de pessoas vendo seu vídeo, o que o senhor quer que eu diga?

— Não é de mim que vão falar. É da morte dos dias úteis, o tal *dream come true*, um sonho realizado para essa gente aí.

— O senhor se subestima, o que deixa esse pessoal intrigado é um médium cego octogenário à luz de vela encarnando o espírito de Monteiro Lobato...

— Ah, isso também, sem dúvida! Mas é só o invólucro, o importante é que eles prestem atenção ao que o Lobato tem a dizer.

Putz, Z era dose! Se, quando ele era um Zé Ninguém já não dava para aguentar aquele papo panfletário, agora com a fama é que eu estava feito.

— Quem você acha que me filmou?

— O Milton Tutia. Ele vive de filmar festas e já tinha falado em YouTube na pizzaria. Pode deixar que dou uma prensa nele...

— Que prensa, você bebeu? Minha filha elogiou as imagens e eu gostei do som. O japa é bom. A gente vai precisar dele para gravar as próximas sessões.

Entrei em estado de coma:

— Seu Zé!, até agora o senhor se safou, mas daqui para a frente a coisa pode feder. Se a gente continuar assim, circulando com uma fraude na autoestrada da informação, qualquer dia vamos ser atropelados por um caminhão de espíritas ofendidos. Fanático religioso é capaz de tudo.

— Você já teve oitenta e dois anos alguma vez na vida, meu rapaz?

— Não, mas espero ter um dia.

— Você vai chegar lá, fique tranquilo. E, quando acontecer, vai ver que não vale a pena se preocupar à toa. Posso morrer a qualquer hora, sempre pude, mas agora é a sério. Portanto, vamos em frente que atrás vem gente.

— Isso é egoísmo, seu Zé. Sua filha está preocupada com o senhor.

— Ah, a Patrícia, é a luz dos meus olhos! Quando ela era criança, além de MPB, eu punha o Bob Dylan para ela ouvir. Foi ele que disse "When you ain't got nothing, you got nothing to lose". Quem não tem nada, não tem nada a perder.

— Sei inglês, seu Zé. Mas olhe, quanto a mim, tenho muito a perder. Estou gostando deste emprego, veja lá se não vai acabar com a minha boquinha...

O cego sorriu, sentindo-se acarinhado. Era evidente que eu estava mais preocupado com ele do que com o emprego. Z sorria bonito.

— Que livro é esse na sua mão? — perguntei, para disfarçar a viadagem.

— Uma coletânea de textos anarquistas, seleção de George Woodcock.

— Parece que alguém prensou as folhas num ralador de queijo.

— O braille é um alfabeto muito simples, se você quiser eu ensino.

— Outra hora a gente faz isso. Mas agora, se bem conheço o senhor, que é um anarca de primeira, eu só queria saber o que pretende fazer com esses textos.

— Muito simples, Julinho: estou à procura de alguma coisa para pôr no lugar da segunda-feira. Rei morto, rei posto.

Cocei o topo do crânio, no lugar da coroa. Gostar do maluco do cego não era fácil, até porque ele não facilitava, adorava uma complicação.

Não tinha jeito, a internet ia dar merda.

28

A família convidou-nos, a mim e à Sônia, os agregados da casa, para o almoço de Páscoa, o dia da ressurreição. Eles podiam não ser cristãos, mas eram meio anarquistas, agiam como se os homens fossem todos irmãos. E Cristo não era anarquista mas pregava, com o perdão do verbo, que somos todos filhos de Deus, um princípio parecido. A Patrícia, na ausência das gêmeas, que tinham saído com o pai, decidiu tomar conta da cozinha, informou que ia fazer uma galinha caipira e liberou a empregada, mandando-a passear, ainda que a Sônia tenha feito questão de cortar os alhos e picar as cebolas para o refogado. O cego me deu idêntico tratamento e assim fomos, eu e a mulata, dar um passeio pelas veredas da Água Branca.

— Cheio de curvas este parque... — eu disse, com sentimento, observando com o rabo do olho o equivalente da minha colega.

— Acho lindos estes caminhos, as árvores, os lagos, tudo! Foi aqui que eu conheci o meu marido.

— Marido? Olhem só para isso, Sônia casada! E eu achando que você era uma daquelas solteironas empedernidas metidas a difícil.

— Casada mais ou menos, né? Não é no papel, é só entre eu e ele.

— Isso não é pecado?

— Não. Pecado é o que eu faço com ele sempre que temos um tempinho...

Santa Efigênia! A danada da mulata, pela primeira vez desde que eu a conhecia, entrava em detalhes sobre sua vida privada, com o veneno e a malícia da raça. Veio à minha cabeça a pergunta valendo um milhão de dólares: "Onde foi que eu acertei?". No dia anterior, a patroa, agora, ela. Duas mulheres discretas se abrindo comigo de

135

uma hora para a outra. Pelo jeito, a confiança do cego era contagiosa e estava virando uma confiança cega.

— O que é que o seu marido faz?

— É segurança. Foi lutador de boxe. Tem um metro e noventa e dois.

— Ah...

E eu que passara o tempo todo cantando a mulher do Cassius Clay! Menos mal que ela dava um desconto, tendo em vista a minha condição de medicado, e não se queixava em casa de assédio sexual no trabalho. Até porque sou um tipo frágil: tenho um e setenta, não sei lutar nem tenho seguro.

— Você não está com fome, Sônia? — perguntei, diante do lago, desviando o assunto para águas mais tranquilas.

— Mais ou menos.

— Também eu. O que você me diz da galinha da patroa?

— ?

Corrigi a parte dúbia:

— A Patrícia cozinha bem?

— Ah... Melhor do que eu. Até a carne branca, que para mim não tem sabor de nada, do jeito que ela faz fica uma delícia!

Com que então, boa cozinheira? Mas como não o ser? Pés de galinha, cartilagens, carne de pescoço, nada, nem o osso mais insosso haveria de resistir ao toque daquelas mãos de fada... Já não bastasse a Paa-tríís-cia ser quem era.

— Deve estar na hora — sugeri, desejoso de voltar para a Turiassu.

— Vamos nessa — concordou a Sônia, mulher do peso pesado.

A surpresa foi encontrar na casa um casal de velhos que eu desconhecia: a irmã de Z, dona Eunice, também cega, muito magra e elegante, acompanhada pelo marido, Norberto Delano Flores, um velho alto, atlético e bem conservado, que dava a impressão de ter sido militar. Apresentações feitas, sentamo-nos todos à mesa da sala, onde a comida já estava posta, fumegando em finas conchas de faiança portuguesa.

O seu Norberto, que me olhava com curiosidade, perguntou logo o que eu fazia, ao que respondi com as credenciais de jornalista, já que era domingo de Páscoa e o cuidador estava de folga. Então o velho enxerido quis saber em que jornal eu trabalhava e dei-lhe o nome do último, que é uma badalada folha de São Paulo, ao que o marcial senhor sorriu com todos os dentes, que eram dele mesmo, bateu com força no meu ombro e disse, como se me condecorasse:

— Muito bem! Aprovo inteiramente as ideias do seu jornal...

Bem, aí é que está: eu é que não aprovava o conservadorismo do jornalão, propriedade de uma família tradicional paulistana, como tantos títulos da nossa grande imprensa. Mas o cunhado do cego já estava embalado:

— Ainda hoje li lá uma resenha interessante sobre a nova biografia do Ronald Reagan, o grande ator e ex-presidente norte-americano.

Z, que até então estivera quieto, sentiu-se empurrado para a conversa:

— Grande ator, aquele caubói? Só se for no papel de presidente...

O cunhado não pestanejou:

— Nós devemos ao Reagan o fim da União Soviética, caro Zé!

— Nós quem, cara-pálida?

— Eu, você, o planeta inteiro. Se não fosse pelo seu programa "Guerra nas Estrelas", para garantir a defesa do mundo livre com armas nucleares no espaço, não ia ter *glasnost* nem *perestroika* que dessem jeito no comunismo.

— Delícia esta galinha caipira! — comentou efusiva dona Eunice, com tal ímpeto que me pareceu haver ali, a par do sincero elogio, uma sutil intenção de interromper a discussão política, que começara cedo demais.

— Obrigado, tia-querida-do-meu-coração! — A patroa fez o jogo da velha. — A senhora é sempre a gentileza em pessoa...

— Pois eu não diria isso se não fosse verdade, menina. Está perfeito: prato forte com tempero delicado, sabor caseiro com a finesse de restaurante francês. Você precisa me dar a receita para eu tentar repetir esta delícia lá em casa... Não é boa ideia, Norberto?

— Ah, sim, excelente! Eu até aceito mais uma coxa...

O tio foi servido, a tia respirou, o clima se desanuviou. E Z voltou à carga:

— Você diz então que foi o Reagan e o Gorbachev, não apitou nada?

— Apitar o quê? — voltou o cunhado. — Nem apito ele tinha. O Gorba sabia que a tecnologia espacial soviética estava uns vinte anos atrasada em relação à americana. Era cair por bem ou por mal. Ele preferiu por bem, é claro...

— Então me explique um negócio, "Norba": não satisfeito em saber que os Estados Unidos são o país que mais guerras atiçou nos últimos dois séculos, você achava bacana ter ogivas nucleares no espaço, em cima das nossas cabeças?

— Armas de dissuasão. Não eram para ser usadas...

— Ah, então deviam ser como as de Hiroshima e Nagasaki: bastaram duas para dissuadir 250 mil seres humanos de continuar vivos.

— Ô Zé, para com isso! Os Estados Unidos tinham sido atacados.

— E o Iraque, também atacou a América?

Com os ânimos exaltados, achei de bom tom fazer o jogo das mulheres:

— A senhora tem toda razão, dona Eunice! Isto não é uma galinha, é uma obra de arte, um poema culinário...

— Ah... — sorriu a velha. — Um apoiante da nossa causa!

— Também quer mais uma coxa? — perguntou Patrícia, envaidecida com o meu elogio ou feliz com a nova intervenção na reunião de cúpula.

— Prefiro o peito e um pouquinho mais dessa mistura de milho, ervilha e cebola frita, que é de comer rezando...

— Temperei com vinho branco, que dá um sabor especial ao refogado.

— Ah! — exclamou a senhora cega, antes de acrescentar, com o mesmo gene humorista do irmão: — Então é por isso que estou vendo tudo em dobro!

Todos riram, uns mais que os outros, e seu Norberto disse ao Z:

— O Iraque não atacou, mas podia. O Saddam tinha armas de destruição em massa...

— Sem essa, cunhadão! Ficou provado o contrário. Foi só pretexto para os Estados Unidos meterem a mão no petróleo dos caras, porque essas guerras não visam outra coisa senão dinheiro. Ganha a indústria bélica, depois se enriquece o setor privado que reconstrói o que eles mesmos destruíram. Só espero que um dia você enxergue tão bem como eu: as únicas armas de destruição em massa usadas na história da humanidade chamavam-se Little Boy e Fat Man.

— Ok, Zé, você venceu: as bombas foram usadas, morreu gente inocente, pode ficar com bronca dos gringos. Mas enquanto você fala, fala, eles arriscam a vida para defender a liberdade e a democracia em todo o planeta...

— É sim, agora sou eu que dou a mão à palmatória: para defender os interesses das suas corporações, eles arriscam a vida nos quatro cantos da Terra. Só que a vida dos outros, certo? Até inventaram o eufemismo "danos colaterais", para justificar a morte de civis não americanos.

— Alguém mais quer galinha? — Patrícia fez uma última tentativa de catequizar os selvagens.

— Eu aceito um petaço — disse Z, algo nervoso.

— Depois do tio Zé eu mesma me sirvo de uma asinha. — Juntou-se a Sônia, que continuava a se sentir empregada entre os patrões anarquistas.

— Hoje quem serve você sou eu. — disse a Pat, sem afetação.

— Se a senhora insiste...

— Se "você" insiste!

— Se você insiste...

O Norberto interrompeu o pingue-pongue e foi ele que insistiu:

— Diga só uma coisa, Zé: você preferia o Irã com armas nucleares? Ou a Venezuela? Ou Cuba?

— Eu, como você sabe, prefiro o mundo sem armas de nenhuma espécie.

— E sem elas como é que a gente ia combater o terrorismo?

— Qual terrorismo? O do Reagan ou dos Bush, que o Obama agora vende em nova embalagem?

— O da Al Qaeda, minha anta!

— Ai, ai... Para combater o terrorismo da Al Qaeda, seu cabeça de bagre, sugiro o pacifismo do Almanara. Kibes em vez de mísseis!

Desta vez, dona Eunice, Pat, Sônia e eu ficamos calados, sem ânimo para intervir, seguros de que a paz do domingo já tinha sido irremediavelmente arrasada pela bombástica discussão. Nem a Páscoa, o dia da ressurreição, tinha conseguido renovar os lugares-comuns daquele debate de velhos, nem a própria galinha caipira, se ressuscitasse dentro da concha cantando o "Luar do Sertão", conseguiria fazer alguém esquecer o Reagan, a "Guerra nas Estrelas", a queda da União Soviética, o Iraque e o Afeganistão. Para não falar da anta e do bagre.

Foi só nessa altura que me dei conta de uma omissão: nem Z nem Pat tinham mencionado os vídeos do cego no YouTube. Mas a explicação era óbvia: se os velhos já brigavam por nada, tendo motivo podiam declarar a guerra total. Enfim, quero que se danem e se matem! Para mim, havia um escudo antimísseis à mesa, uma ilha de Páscoa, onde eu me refugiei várias vezes ao longo do almoço: a minha crescente simpatia pela Pat (só abuso do apelido porque serve para Patrícia e para patroa), na verdade um sentimento doce, gentil e delicado de que eu já não me julgava mais capaz. Nenhuma grande causa me comovia tanto.

29

Às vezes eu queria ser como Z, capaz de me transformar noutra pessoa. Por exemplo: tornar-me alguém que nunca tivesse assassinado uma velha. Bem sei que isso é impossível, mas não consigo deixar de sonhar com a metamorfose, essa espécie de conto do Kafka ao contrário: a barata virando gente. Porque se eu não puder me tornar outro homem, com as mãos finalmente limpas, a alma purificada, então nem devo cortejar a Pat ou pensar nela um segundo que seja. Não seria justo para a minha bem-amada. Não seria ético da minha parte, e até um assassino impiedoso pode ter seu código de conduta, mais ainda um matador arrependido, que é alguém capaz de distinguir o certo do errado. Falo assim porque finalmente ando lendo a *Ética prática*, de Peter Singer, que o cego me emprestou tempos atrás, e concordo com quase tudo o que diz o filósofo australiano. Pela lógica desse professor de Princeton, não seria correto eu fingir que sou o que não sou para seduzir a Pat, fazê-la apaixonar-se por mim e, tendo alcançado o meu objetivo, só então revelar para ela que o objeto de sua paixão era um maníaco assassino. Sentiram o drama? O conflito que eu ia instalar naquela cabecinha? Seria mais ou menos como no filme *A escolha de Sofia*, em que a personagem central não tem escolha nenhuma: a Pat teria de escolher entre continuar comigo e sofrer ou... me abandonar e sofrer do mesmo jeito. Não ficava bem. Leio o livro do Singer para não me esquecer disso e, como sou, ou fiquei, após os remédios, muito impressionável, ando tão Caxias com a questão da ética que estou outra vez sem saber o que fazer. Por um lado, amo e quero ser correspondido. Por outro, sinto-me indigno de receber amor. Não vejo como sair dessa. Talvez mais para a frente, noutra parte do livro do Singer, pois até agora só li o primeiro capítulo, ele revele algum segredo sobre o aspecto universal do juízo ético que me possa tirar desse beco. Vai saber...

Ah, é verdade, eu já ia esquecendo: hoje é um dia útil.

Começou cedo. Eu e Z tomamos o café da manhã na padaria de Santana, onde ficamos de prosa com o Pinto velho garçom, depois fomos parar em Santo André, para tomar o pulso do Garcia do Bandolim, que vai bem, obrigado, antes de fazermos meia-volta, via sebo do Josias na XV de Novembro, para Z saber das novidades pelo Nuno engraçado vendedor de livros, após o que retornamos a pé para a Turiassu, enfatizo, no pé-dois, de táxi-sola. Foi durante essa caminhada, enquanto o cego se entretinha com o sol na sua cara, que eu pude fazer a reflexão sobre a ética das minhas práticas, descrita acima, desde o quilômetro zero até o momento em que meu cliente andarilho decidiu fazer uma parada na Água Branca, antes de ir para casa. No parque, sem ar, com palpitações, as pernas bambas e os pés em pandarecos, cansado do metiê de cuidador de cego, finalmente compreendi a profundidade do gênio do meu médium fajuto:

— Seu Zé, agora vejo que a ideia dos seus espíritos foi brilhante...

— Qual?

— Eliminar o trabalho! Matar os dias úteis! Eu adoraria ter podido acompanhar os caçadores de sua história, só para enfiar um balaço na testa de um deles, no melhor estilo do Lobato. Pena que era tudo ficção...

— Era. Mas pode deixar de ser.

— Como assim?

— Se fizermos a coisa direito e soubermos agarrar a grande oportunidade que aí está, a ficção pode contagiar a realidade.

— A oportunidade que o senhor diz é a internet?

— Exatamente. Os anarquistas clássicos adotam duas formas básicas de luta, a ação direta e a propaganda. Eu estou velho demais para a primeira, então só sobra a outra. Vamos prosseguir na trilha aberta pelo japonês.

— Humm... Já pensou quem vai ser o espírito da próxima sessão?

— Ainda não. Estou mais preocupado em saber como vai o interesse pelo meu vídeo. Quando chegarmos em casa, vamos ao escritório dar uma olhada...

— Hoje, seu Zé? Não pode ser amanhã? Estou exausto.

— Antes a gente descansa meia horinha...

Mal consegui tomar um banho no breve intervalo. Só não travesseirei o velho porque andava lúcido demais para aprontar outra dessas. Só não pedi demissão porque estava cada vez mais apegado a meu cliente. Só não me recusei a ir para a sala do computador porque estava caído pela Pat, presente no local. Tenho de reconhecer: são muitos sós para um homem só.

— Oitenta mil, trezentos e dois visitantes! — Patrícia leu no vídeo do PC, entre incrédula e temerosa, enquanto eu, muito próximo da felicidade, aspirava discretamente o perfume do seu xampu.

— Seu Zé, isso aí é um estádio de futebol lotado! — exclamei, com dois segundos de atraso, sem vontade de soltar o ar. — O espírito do Monteiro Lobato podia encher o Pacaembu com o velório da segunda-feira...

O cego foi econômico:

— É bom. Mas podia ser melhor.

Para minha tristeza, ele logo deixou o escritório, de modo que eu também tive de deixar a Pat para trás, saindo de baixo dos caracóis dos seus cabelos. Eu e Z acabamos na mesa de fórmica da cozinha, onde comemos milho frio e galinha fria, sem o menor gás, refiro-me a nós, não ao fogão, para aquecer os restos da véspera. Estávamos tontos de sono, mas ainda deu para trocar duas palavrinhas, e me lembro do velho responder de forma engraçada a uma pergunta minha:

— Como é que o senhor explica a sua irmã Eunice, liberada, anarquista, ser casada com seu Norberto, um tipo de direita, conservador?

— O amor é surdo.

Tive de rir. Achei a transposição perfeita, tratando-se de quem se tratava.

— É difícil não admirar a sua inteligência, seu Zé. O senhor pode ser cego, mas não perde para nenhuma águia. Queria eu ter os seus dons!

— Dons? Que dons? O homem, todo homem na face da Terra, é capaz de tudo. Basta ele querer e se esforçar. Não existe esse negócio de dom.

— Ah, existe, sim senhor! Sua memória, por exemplo. Eu não sou capaz de guardar capítulos inteiros de um livro depois de uma breve leitura. Mas o senhor lembra-se de frases completas e ainda consegue improvisar em cima delas como se tocasse jazz no seu clarinete.

— É tudo questão de treino. Se você treinar sua memória todos os dias, ela se desenvolve, como os músculos numa academia de ginástica.

— Pode ser, já ouvi falar nisso. Mas então dou um exemplo melhor que a memória: seu dom para imitar vozes. Esse, seu Zé, não tem para ninguém, ou o cara é um imitador nato, traz o dom do berço, ou não vai aprender nunca...

— Se treinar, aprende. Repito essa coisa na qual eu acredito firmemente: não existe dom, só a vontade do homem.

— Então estamos empatados, é a sua opinião contra a minha.

— Mas eu posso provar.

— Ah, lá vem o senhor! Hoje eu não quero ouvir argumento nenhum...

— Eu não ia provar com palavras e sim com fatos: a minha proposta é que você também comece a imitar vozes.

— O senhor bebeu? Nunca ia dar certo.

— Se treinar bastante, você vai ficar tão bom nisso quanto eu.

Parei para pensar. Desta vez o velho não viera com bazófias, ao contrário, sugeria pôr a teoria à prova, com uma experiência concreta de fácil verificação. Se eu andava lendo a *Ética prática*, do Singer, então por que não aceitar a ideia de uma "Imitação Prática", do Z? Decidi topar a parada:

— Treinar como?

— Imitando alguém. Ouça a voz de qualquer pessoa, com atenção, o maior número de vezes possível, fixando o tom, o timbre, a modulação, todos os vícios de linguagem, seus mínimos cacoetes. Se fizer um curso de empostação de voz, melhor. E escolha um imitado que depois a gente possa verificar, o Gilberto Gil, por exemplo. Mais tarde você canta uma música dele e a gente compara com o disco, ou diz uma frase de entrevista e a gente confronta com a gravação.

— Ok, seu Zé, combinado! Já sei quem eu quero imitar...

— Quem?

— O senhor mesmo.

— Ora, ora! É uma honra. Então começamos o treinamento amanhã. Feito o trato, fomos para a caminha, fazer naninha.

30

— Brrrrrrr...brrrrrr...brrrrr...brrrrrrrrrrr...

— Sentiu a vibração nos lábios? Agora o exercício dois...

— Trrrr...trrr...trr...

— Ihh, está fraco. Você precisa comer mais feijão, rapaz! Força!

— TRRrrrrr...TRRRRRrr...TRRRRRRRRRRR!

— Ah, agora sim! Gostei de ver. Sentiu a vibração na língua?

— Senti uma dormência, seu Zé! Vamos parar um pouquinho? Já faz mais de meia hora que a gente está nisso...

— Não se preocupe, esses exercícios relaxam a prega vocal. Eu disse que os dons são questão de treino e esforço mas, se você não colaborar, não consigo provar a minha teoria.

— Colaboro, sim. Mas o senhor não tem um exercício menos vibrante?

— Tenho um por agora: silêncio. Cale a boca, se quer descansar a voz.

Estávamos os dois no parque, sob um céu cinzento. Era engraçado ver como Z girava a cabeça, primeiro no sentido do relógio e depois ao contrário, à procura do sol, vale dizer do calor no rosto que o alertava para a posição que o sol ocupava no céu. Parecia uma daquelas parabólicas que giram lentamente para captar sinais enviados por satélite. Não encontrando nada, o cego passou a fungar algumas vezes, como se cheirasse a atmosfera. Depois disse:

— Melhor a gente procurar um lugar coberto.

Mal terminou a frase, um trovão reboou com estrondo, enquanto o raio caía nas redondezas, rasgando um clarão nas nuvens. Que grande susto, o meu! Creio já ter mencionado nesta história que Z, com longas barbas e uma vasta cabeleira, lembrava uma espécie de deus no ocaso. Pois vê-lo em tal sintonia com a natureza só corroborava a hipótese de sua divindade. Para a minha cabeça doente, era difícil processar o caráter tecnológico e científico do aparelho giratório, para não dizer cheiratório, que eu tinha à minha frente. Será que Z era mesmo quem me dizia ser? Será que ele gozava com a cara dos outros ou com a minha? Nada impedia que o cego fosse de fato um médium e recebesse espíritos, se bem que de um tipo especial, com sintonia fina e frequência etérea, só artistas e literatos. Ele podia simplesmente estar fingindo para mim que fingia ser médium, quando na verdade era mesmo o médium que fingia não ser. Sei lá... pode ser também que eu esteja delirando de novo. Melhor pôr os pés na terra:

— Vamos nessa, seu Zé! A tempestade vai cair!

Não deu tempo para chegar em casa, mas São Pedro sabia o que estava fazendo, porque a meio do caminho a gente se abrigou num pé-sujo nordestino da melhor qualidade. Seu Zé sentiu o cheirinho da carne-seca que soltava fumo na chapa e pediu duas porções, no capricho, com pinga da casa. Comemos e bebemos com prazer e surpresa:

— Tão perto e a gente nunca tinha vindo aqui! — disse ele.

— Pois é. Temos de agradecer ao aguaceiro.

— Chuva de água benta! — Z fez o sinal da cruz em direção à porta da rua, de onde o vento trazia a umidade. — Tem alguma sobremesa à vista?

— O cardápio rabiscado no azulejo diz "quejo di cualho cum melado".

— Vou querer! Pode pedir um para mim...

Pedi dois, um para cada um. Se somarmos a essa sobremesa o couvert da casa, linguiça calabresa frita em rodelas com macaxeira e cebola, mais o arroz branco, o feijão de corda e a manteiga de garrafa que acompanhavam o charque, tudo devidamente molhado com pinga, suor e cerveja, a circunferência de nosso estômago já começava a merecer um lugar no calendário da Pirelli. Não me lembro de ter ouvido nenhum de nós se queixar.

Após o ritual do cafezinho, que coincidiu com o fim chuva, o velho quis ir direto para casa, ansioso por ter notícias de números atualizados no YouTube. Como a Pat tinha ido trabalhar, ela que fazia *freelances* para uma empresa de pesquisa, coube a mim abrir a página do site e proceder à contagem:

— Noventa e sete mil, quatrocentos e trinta e três visitantes, uns quinze mil a mais do que ontem...

— As visitas crescem meio devagar. É pena...

— Queria mais rápido do que isso, seu Zé?

Ele não respondeu. Parece que não era o bastante para viabilizar fosse o que fosse que o velho tinha em mente. Notei um certo desalento em sua expressão mas eu não podia fazer nada para ajudar...

Ou será que podia? Claro que podia! Eu era um jornalista, cacete!

Aleguei que meu metabolismo exigia melhores condições de trabalho para digerir o jabá e pedi licença ao velho para ir fazer uma sesta. No quarto, peguei o celular e liguei para um colega da folha onde eu trabalhara. Expliquei o assunto, exaltei o número crescente de visitantes que ia ao YouTube ver o espírito do Monteiro Lobato contar histórias pela boca de um médium cego, mencionei a morte da segunda-feira e falei-lhe do caráter carismático de Z no Centro Ariel, chamando atenção para o *physique du rôle* do personagem, que fazia lembrar o druida Panoramix dos gibis do Asterix. Ele ficou interessado.

Essas coisas levam tempo, o colega ia ter de ver o vídeo, mostrar para o editor, esperar pela reunião de pauta e passar por várias instâncias de decisão no jornal, mas... Z parecia atrair sempre fenômenos favoráveis: menos de duas horas depois recebi a chamada do repórter com o pedido de entrevista. Passada outra hora, a campainha tocou. O colega trazia com ele um fotógrafo e eu acomodei-os na sala de estar, antes de ir à casinha dos fundos chamar o cego. Contei ao Z o que se passava, acrescentando a intimação:

— Vamos lá para a sala enfrentar as feras, seu Zé! Estão à sua espera...

Ele estava inseguro, coisa rara:

— A ideia é boa, mas por que você não me avisou que ia fazer isso?

— Surpresa, ué! Que jornal não ia querer entrevistar o octogenário que já recebeu cem mil visitantes no YouTube, o médium que encarnou o espírito do Monteiro Lobato e ainda matou um dia útil?

A insegurança persistia:

— Se tivesse avisado, eu podia ter me preparado melhor.

— Dá licença, seu Zé...

Tomei a iniciativa de correr o meu pente pelos seus cabelos, que estavam um caos, ainda que a barba não tivesse jeito, mais enrolada do que os caracóis da Pat. Acrescentei palavras de apoio para ver se o acalmava:

— O senhor é o rei do improviso, vai tirar a entrevista de letra. É só dizer o que der na telha. Tenho certeza de que vai ser um sucesso e os leitores vão curtir. Não era isso que o senhor queria?

— Isso o quê?

— Propaganda, ué! Que raio de anarquista clássico o senhor é?

Ele ficou uns segundos processando a frase, por fim retomou a habitual coragem, abriu um sorriso e me deu um tapinha amistoso nas costas:

— O mesmo tipo de anarquista que você está me saindo, meu caro Júlio...

Na ótica do cego, penso que esse era o maior elogio que ele podia fazer a alguém no arco de toda uma existência. De modo que, sentindo-me lisonjeado e feliz, como se tão poucas palavras pudessem salvar a minha alma, peguei-o pela mão e fomos lá falar com os caras. A entrevista durou trinta minutos. Quando ia a meio, a Pat entrou na sala, de volta do trabalho, e olhou surpresa para o grupo, dando um sorriso padrão. Mas, ao ver um gravador ligado e ser inteirada do que se passava, o sorriso desapareceu. Ela fuzilou-me com o olhar.

Antes de sair da sala, deixando o pai à vontade com o repórter, sob os flashes do fotógrafo, fez-me um discreto sinal para que a seguisse:

— Puxa vida, Júlio! — ela fez a cobrança na cozinha. — Que história é essa? Você não tinha prometido que me ajudava a proteger o papai?

— Tudo bem, Patrícia — tentei amenizar —, esse repórter é um ex-colega meu, profissional competente. Além disso, é gente boa...

— Que importa? Você esquece toda a gente ruim que vai ver a cara do meu pai nos jornais, como se já não bastasse o YouTube?

— O seu Zé não fez nada de errado, fique tranquila.

A frase era infeliz, só piorou o estado de aflição da patroa. Se é que antes eu ainda podia aspirar a zero vírgula zero zero um por cento de probabilidades de me dar bem com ela, a remota chance foi para a cucuia naquele momento.

Zangada, Pat afundou-se no seu quarto e eu voltei para a sala, onde a entrevista tinha acabado de acabar. O meu colega apertava a mão do cego, agradecendo sua disponibilidade, e a seguir veio se despedir:

— Estamos de saída, Júlio! Obrigado pela dica e até um dia desses...

— Obrigado a vocês. Até a próxima!

Ele já estava de costas, junto à porta, mas lembrou-se de dizer, voltando a cabeça para mim, com uma enorme falta de tato:

— Melhoras para a sua depressão!

Putz! Primeiro, a zanga da Pat; agora, essa gafe desagradável.

31

Quarta-feira, o *day-after*.

A matéria estava em todas as bancas desde as primeiras horas da manhã, sendo que à folha impressa se juntara a edição on-line, com o texto completo da entrevista e trechos do áudio gravado na Turiassu. Não havia rigorosamente nada ali que comprometesse Z, até porque o cego era cobra criada, respondera ao repórter que não conhecia o conteúdo do vídeo, por dois simples motivos: quando um espírito falava pela sua voz, ele estava fora de si, não se lembrando de nada depois que saía do transe; e, por ser cego, não podia ver as imagens do YouTube, abstendo-se também de ouvir a mensagem, por razões que não quis divulgar, deixando claro, porém, que eram de ordem espiritual, e que as seguia rigidamente, como médium responsável, cioso da seriedade dessas manifestações. De maneira que o material publicado não acrescentava grande coisa ao que já se conhecia, o primeiro vídeo do YouTube, as tais imagens que cem mil internautas já tinham visto, a voz do Lobato, a morte de um dia útil.

Mas dizer que a entrevista não tinha dado resultados seria falso. Dera, sim, e como! Depois de termos lido, eu e Pat, tanto a folha impressa como a versão on-line, pondo o áudio da entrevista para tocar, Z era um sorriso só, ainda que não nos permitisse verificar a evolução da contagem no YouTube antes do meio-dia, horário que fixou arbitrariamente. Conteve nossa ansiedade lembrando que quem tinha de estar nervoso era ele, o que não era o caso. Chegada a hora, enfim, entramos no site, onde havia uma bomba à nossa espera. A Pat perdeu a voz, de olhão aberto, e coube a mim fazer o anúncio:

— Trezentos e vinte mil, cento e quarenta e nove visitantes!

O jornal conseguira fazer o número triplicar de um dia para o outro.

Emocionado, o cego primeiro beijou a Pat, depois puxou-me pelos braços e bateu seu ombro direito contra o meu, seguido do esquerdo, em movimentos cruzados, terminando por agarrar a minha cabeça com as duas mãos e me dar um solene beijo na testa, como ele vira uma vez fazerem dois soldados num filme sobre a ocupação francesa da Argélia:

— É como se fôssemos dois veteranos da Legião Estrangeira — esclareceu —, sitiados há mais de um mês pelos tuaregues, no meio do deserto, sem víveres nem água potável, protegidos atrás dos cadáveres dos companheiros, depois de dar o último tiro, com a última bala, matando o último inimigo... *C'est fini la contredanse, mon ami!* Vencemos!

Confesso que, às vezes, eu tinha a impressão de não ser o único louco naquela casa. Mas o que ele dizia fazia sentido: se seu intuito era propagandear certas ideias, então a minha colaboração tinha valido por um tiro bem dado; e a forma como ele próprio evitara se expor na entrevista equivalia a um sólido cadáver de legionário entre ele e as balas dos tuaregues. Metaforicamente falando, é claro. Mas ainda tínhamos outros assuntos para tratar:

— Vamos ao porão à procura do Mário de Andrade! — fez Z.

Fomos lá, mas o Mário não estava (ah, ah!). Em vez dele, encontramos um exemplar de *Macunaíma*, com que o autor modernista dera uma virada na literatura do seu tempo. Quem ainda não leu não pense que vai ter vida fácil. É um livro, até certo ponto, poliglota, tantos são os termos em tupi, banto e outros dialetos africanos que percorrem a narrativa. Além de ser complexo, tamanha a criatividade do escritor paulista, que emprega um vasto vocabulário e abusa de citações folclóricas, exigindo atenção redobrada. Confesso que penei bastante, até porque tive de ler tudo de primeira, a seco, sem uma só gota de água potável por perto. Não foram poucas as reprimendas que Z me fez, insatisfeito com a mediocridade da minha interpretação:

— Mais vivacidade, rapaz! Isso não é um atestado de óbito, é sangue novo circulando no corpo literário do Brasil...

— Mais picardia, minha santa! O Macunaíma não é aquela sua tia italiana que vivia se confessando na igreja Nossa Senhora de Achiropita...

— Mais emoção, seu iceberg! Você está lendo um romance incendiário, não boiando distraído na frente do Titanic...

— Mais colorido, cara-pálida! Isso não é foto 3 x 4 a preto e branco, é a obra de um cara que foi retratado pela Tarsila do Amaral...

— Mais poesia, jovem! Você está lendo alguém que ao morrer inspirou um poema do Vinícius, não uma receita de bolo de fubá...

— Mais...

A julgar pelo modo passivo com que me submeti à acidez crítica do meu cliente, sem que me passasse pela cabeça tapar sua boca com um travesseiro, parece-me razoável concluir que não tenho estofo de assassino. Não matei o velho naquele dia. E motivos para o crime não faltavam, pois a vítima potencial fazia questão de os fornecer, ela própria, uns atrás dos outros. Mesmo assim, agi como uma pessoa normal, capaz de manter um comportamento socialmente aceito. O fato de Z continuar respirando talvez seja a prova de que eu afinal não teria sufocado a cliente anterior. Ou assim eu gostaria de acreditar.

— Um gênio, o Mário de Andrade! — acabei por entrar na do cego.

— Gênio da raça, sim, que alguns críticos não hesitaram em colocar no nível do Machado. O Mário era um intelectual que sabia falar a língua do povo: com igual facilidade escrevia um ensaio acadêmico sobre música erudita brasileira ou passava a noite no Bar Franciscano, com vista para o Vale do Anhangabaú, onde bebia montes de "pedras", umas grandes canecas de cerveja, jogando conversa fora com o garçom ou amigos como Antonio Candido, Carlos Drummond de Andrade, Fernando Sabino, Décio de Almeida Prado e outros do mesmo naipe.

— Nenhum de paus ou espadas, eu presumo.

— Só ases, todos de ouros. Mas eu ia dizer para concluir que, além disso, o Mário era engajado. Ele fez parte da cúpula paulista da ABE, a Associação Brasileira de Escritores, que arregimentou intelectuais contra a ditadura do Estado Novo. Quando fizeram em Sampa o I Congresso Brasileiro de Escritores, ele estava na linha de frente com gente como Oswald de Andrade, Sérgio Milliet ou Monteiro Lobato, *la crème de la crème*. Sou suspeito para falar, porque a minha veia anarquista me leva a ser contra qualquer Estado, seja ele novo, velho ou de meia-idade...

— Fale à vontade, seu Zé. Não sou exatamente um defensor do Estado, visto o estado em que nós estamos. Por falar nisso, posso ir beber um copo de água e descansar um pouquinho?

— Vá, descanse meia hora. Depois, se a Patrícia não estiver por aí, veja se me arranja alguma gravação com a voz do Mário de Andrade na internet.

— Posso tentar, mas o homem morreu há mais de cinquenta anos...

Por mais que aquilo tudo tivesse interesse, o trabalho fosse agradável, o empregador, simpático, a patroa, uma princesa sensual e graciosa como a Aleta das Ilhas Nevoentas, desenhada pelo Hal Foster no gibi do Príncipe Valente, voltei a pensar seriamente em pedir minha demissão.

Ou então um aumento salarial, na casa dos trinta por cento, proporcional às minhas crescentes responsabilidades.

32

A quinta-feira foi uma repetição da quarta.

Não obstante seus memoráveis dons, Z sentiu necessidade de prolongar o estudo de *Macunaíma*, cuja complexidade era visível no meu esforço para ler o texto de uma forma vívida e fluente. Mas, para proteger minhas cordas vocais, protagonistas do experimento da imitação, o velho ao menos teve a decência de pedir à Sônia para me comprar pastilhas de hortelã e um garrafão de cinco litros de água mineral. Estou sendo benevolente com ele porque, como já disse há tempos, Z era responsável, ético e probo. Mas ninguém é perfeito. Nada impede que sua preocupação com minha saúde vocal, na verdade, tivesse única e exclusivamente a ver com o seu método para poupar fortunas, numa antecipação bem calculada a meu pedido de aumento.

A tarde foi diferente: passamos uma hora na sala de estar com o Tutia, para quem eu tinha telefonado, a pedido de Z, convocando uma reunião. Não vou reproduzir o que se disse nesse encontro, para não maçar ninguém, pois foi uma conversa técnica, versando sobre o equipamento de gravação, a melhor forma de registrar a sessão, o enquadramento da imagem, a captação de som e outras chatices do gênero. A opinião unânime foi que em time que está ganhando não se mexe, isto é, o japonês deveria fazer tudo exatamente como da primeira vez. E ficamos por aí. Depois o visitante foi embora, não sem antes encher a barriga com o chá das cinco e biscoitos de polvilho à moda goiana, que o próprio Mário de Andrade aprovaria, pela mão folclórica da Sônia.

O tempo restante que antecedeu a sessão foi de descanso, tanto para mim como para Z, que dormiu até às sete e acordou inteiro.

Ele banhou-se, penteou-se, vestiu-se e lá fomos nós para a Pompeia, onde se deu uma cena curiosa logo à entrada do Ariel. Um rapazinho desconhecido aproximou-se e dirigiu a palavra ao cego, de forma bastante respeitosa, devo dizer:

— Boa noite... eu moro aqui na vila.

Z percebeu que estava diante de um pré-adolescente:

— Diga, meu filho.

— É que eu vi o senhor no YouTube...

— E?

— Eu queria pedir um autógrafo para o Monteiro Lobato.

O cego sorriu diante de tamanha inocência:

— Eu também, meu filho. Mas tendo em conta o lugar onde ele está agora, é melhor a gente não ter pressa em fazer isso...

Z segurou no meu ombro e seguimos para o sobrado, deixando o garoto para trás, sem o ambicionado autógrafo, com cara de tacho.

Às vinte e uma horas e quinze minutos de mais uma quinta-feira, após as preliminares, soou a clássica frase de abertura, na voz que eu encontrara a muito custo na internet:

— Ôrra meu, sou o Mário de Andrade e estou no limbo!

O espírito só não pediu "um chopps e dois pastel" porque decidiu falar da sua viagem para o além. Não demonstrou pesar:

"Morri, e daí? Eu já disse uma vez que ninguém se faz escritor, e que eu tinha a certeza de o ter sido desde que concebido. Pois agora digo que ninguém se desfaz escritor, e que continuo a sê-lo mesmo depois de ter morrido. Não vejo diferença entre o lado de cá e o de lá, se tanto cá como lá-lá-lá nada impede o poeta de cantar. Aqui não falta nem uma boa 'pedra', como as do Franciscano, que abriu filial nesta nuvem com vista aérea para São Paulo. Morri sim, e não foi o fim. Nada mudou se continuo a ter a companhia do Drummond, do Sabino, se o grande Pixinguinha, no palco desta casa, ainda toca como um anjo. Nada mudou se ainda sou escritor, como o meu avô materno e o meu pai, eu que refinei a raça e depois de morto virei biblioteca pública. Minha obra continua viva. Fui um homem de espírito e agora sou o espírito do Homem, empenhado na eterna tarefa de recriação do mundo. Se é minha missão reformular o Brasil, vai ser canja, porque de Brasil entendo eu: festas regionais, música, carnaval, danças populares, folclore, mitos indígenas, cultos africanos e o diabo a quatro. Está para nascer um modernista melhor do que eu para modernizar esta terra. Querem a prova? Vou matar mais um dia útil para libertar o país do trabalho assalariado. Lá vai o segundo capítulo da história que o Lobato começou:

— *Ôh Pomba Gira!*
— *Va-mo gi-rá!...*
Era o seguinte. Já tinham saudado todos os santos do candomblé. Disseram saravá pra Iansã que dispara paixão doida desenfreada, pra Ogum e Obaluaiê, pra Iroco, pra Iemanjá que dá tesão para procriar, pra todos eles e o ça-ierê terminou. Mãe Veínha sentou num tronco-trono e todos os filhos de santo, em pé, no maior suadouro, Joca Tutu e seus colegas João Simone, Sarda, Elisa e Lúcia, mais metalúrgicos pedreiros motoboys domésticas garis estivadores funileiros motoristas garçons mineiros secretárias seguranças ferroviários vendedores guardas-noturnos mecânicos carteiros encanadores padeiros caixas de supermercado, esses todos que temiam a terça-feira abusada irmã da segunda morta e muito bem morta vieram pôr vela na terra rodeando o trono. As luzes fizeram dançar a sombra da cunhã na parede. Então Joca emborcou sete cálices de cachaça pra ganhar poder.

Todos estavam febris arfantes impacientes pedindo que um santo desalmado baixasse no terreiro naquela noite. O que Joca Tutu queria era que Exu viesse, pra se vingar da terça-feira, de todas as vezes que ela mordera as partes dele onde mais doía, no bolso no tempo na vida no riso na dignidade do herói assalariado. Exu era o Arranca-Toco, bom para destruir obstáculos e vencer inimigos.

Quando deu doze badaladas foram comer o bode cujas partes estavam no pegi, sob o retrato de Exu. O bode fora temperado com pólvora queimada e raspa de unha de gato preto. A mãe de santo abençoou a oferenda com um pelo-sinal invertido. Todos os pés de chinelo famintos sem ter onde cair mastigaram a carne consagrada e engoliram muita cana pra esquecer as irmãs malévolas de segunda a sexta, as manas sacanas, família depravada, vá de ré! Joca Tutu só girava que rebolava e de repente vomitou pinga na mesa. Foi aviso.

Nem bem a invocação reiniciou veio corcovear no meio da sala uma fêmea, que era a Elisa baixote do almoxarifado, com um gemido choramingado e cantoria nova. Deu tremedeira em todo mundo e o velame sacudiu as sombras da cunhã que nem assombração de piche, era Exu! O ogã batia o atabaque, uns ritmos doidos. A Elisa de cara maquiada, o suor colando a camisa transparente na pele o bico dos seios pontudos sem sutiã aparecendo estertorava no centro da sala. As tetas batiam que nem balangandãs nos ombros na barriga, plafe, plofe! Ela cantou que cantou e afinal a baba espumou nos beiços, a anã deu grito e caiu dura no santo.

Teve o silêncio sacrossanto. Depois Mãe Veínha chegou junto do corpo rijo da Elisa, despiu a roupa toda ficaram só penduricalhos, brincos, colares de contas, chocalho amarrado na canela. Ia pegando o sangue escuro do bode e esfregando no cocuruto da babalaô. Mas foi começar, a baixinha se estortegou e uma catinga de iodo fedeu no terreiro, puff. Então a feiticeira iniciou a oração sacra de Exu.

Quando terminou, a Elisa abriu os olhos, rebolando mui diferente de agora-antes, e já não era a baixinha almoxarife colega de Joca era o cavalo do santo. Era Exu, a alma-xerife que agora cantava naquele terreiro.

As duas nuas executavam um jongo pavoroso. Todos pelados como vieram ao mundo aguardavam a escolha do Filho de Exu pelo Cão recém-chegado. Joca Tutu fazia figa querendo o cariapemba pra implorar uma sova mortal na terça-feira. De improviso, foi gingando, tropeçou no Exu e caiu em cima dele brincando vencedor. E a consagração do Filho foi festejada por todos os colegas antiterça, que se urarizaram em homenagem ao preferido do icá.

Depois dessa cerimônia o satã foi levado pruma tripeça nunca senta-
da, pra cena da adoração. Os jecas os operários fabris os pequenos agri-
cultores os sem-terra as prostitutas os futebolistas, todos vinham lamber
o pó e depois de batida a cabeça na terra, do lado canhoto, beijavam o
uamoti. A baixinha gania uns roncos de dor e de gôzo, olhos virados para
dentro, um fio de baba pendurado. Era Exu, o Cumpadre mais bacanudo
daqueles macumbeiros.

Depois foi a vez do peditório. Um plantonista pediu para trabalhar
menos e Exu consentiu. Um latifundiário pediu para não ter mais sem-
-terra na fazenda dêle e Exu riu falando que isso não consentia não. Um
motorista pediu para a hérnia discal dêle parar de dar facada nas costas
com o molejo do caminhão e Exu consentiu. Até que falou Joca Tutu o
filho novo do santo. E disse:

— Venho implorar pra meu pai por causa que estou arreliado.

— Quem é você? — perguntou Exu.

— Joca Tutu, o herói.

— Uhum... o patrão gostou, sobrenome começado por Tu tem tutano...

E prometeu fazer tudo o que herói quisesse. E Joca pediu o contrário
do que queria porque Exu faz sempre tudo de trás para diante: que não
fizesse a terça morrer de morte doída nem sofrer de morte matada. Pois
ela terça era uma bisca, sucuri que espremia e quebrava os ossos de quem
trabalhava, bicha rasteira, cobra criada de estimação dos ricos, engolidora
de gente pobre espoliada.

Então foi uma miséria. Exu cruzou dois pauzinhos de canela aben-
çoados por sacristão sifilítico e ordenou que o eu da terça-feira viesse
dentro dêle apanhar uma tunda mortal dolorida. Não passou um mi-
nuto, o eu da terça veio e entrou no eu da Elisa, e Exu falou para o seu
filho descer o cacete no eu que estava naquele corpinho. O herói nem não
pensou duas vezes: deu com vontade. Deu até não mais poder, indiferente
aos gritos do Exu:

— Ai que dor dor dor!
Não me bate, meu senhor!

Por fim a Elisa malhada moída de pancada e cheia de hematomas teve um desmaio... Joca mandou que o eu da terça-feira fôsse tomar um banho de ácido e o corpo de Exu fumaçou queimando o terreiro. E Joca mandou que o eu da terça levasse as cornadas de um zebu bravo, a rabada de um jacaré-açu, a picada dum escorpião peçonhento e as dentadas afiadas de mil piranhas famélicas e o corpo de Exu era só hemorragia. A sala se encheu dum vudum terrível. Exu chorava:

— Ai que dor dor dor!

Joca Tutu gozava com a própria maldade e tudo o eu da terça-feira sofreu pelo corpo de Exu. Depois o herói enjoou da coisa, porque a fêmea já não respirava largada no chão de terra, coberta de pó vermelho, nem dava para ver o que era pó o que era terça. Teve um silêncio mortal. E era de doer.

Também nos lugares que não eram ali, todos os lugares, a terça-feira tinha virado poeira. Empoeirou os calendários de mesa os de oficina mecânica pra pôr na parede com mulher pelada os pequenos com imã pra grudar na geladeira as agendas dos executivos os livros de ponto com dias úteis pra assinar horário de entrada de almoço de saída até de ir no banheiro fazer xixi e os rádios-relógios com data e despertadores modernos com display digital também ficaram cobertos de pó, todo lugar que tinha a terça-feira deixou de ter, todo lugar onde ela se via se deixou de ver, só pó tudo pó nada mais que pó. Vinham patrões de todos os tipos desolados, industriais em desespero como viúvas, empresários se lamentando, acionistas tristes, agentes financeiros chorando dor da perda, especialistas da Bolsa de Valores em baixa, veio até presidente do Banco Central sem poder presidenciar nem bancar nem centralizar mais nada. A terça tinha perdido o sangue, a parte líquida secara, a sólida desmilinguira. Tinha partido a cabeça com as cornadas do boi, quebrou as pernas com a rabada do sáurio, jazia queimada marcada de dentes moída pela pancadaria, pulverizada, só grãozinhos como estátua de areia de praia.

No terreiro não se ouvia um pio. Mãe Veínha fez a grande oração invertida do capeta, que é sacrilégio puro:

— *Pai Exu assim assado rei dos quintos dos inferno, marvado canhoto da esquerda debaixo, nóis não te fazemo a nossa prece nem oferecemo os charuto, o bode e a caninha! Padre Exu de cada noite, seja desfeita vossa vontade no calor da senzala onde desobedecemo nosso Pai Exu, e assim para sempre não seja, amém!...*

Saravá pro fio de Exu!

— *Saravá!* — *saudaram todos.*

Enquanto Joca Tutu fazia o agradecimento, Exu evaporou deu no pé saiu como por magia e o corpo da Elisa ficou vivo outra vez, sarando com um copo de pinga, respirando de repente. Fez um barulhão quando a fêmea vomitou um colar de pedrinhas de breu e o cheiro das contas tomou conta. A colega de Joca Tutu voltou da morte da terça-feira baixinha como sempre só que fatigada e agora era só a Elisa ali, Exu tinha escafedido.

E todos caíram na gandaia comendo cantando pulando vadiando libertinos escandalosos. E os filhos de santo Joca Tutu, Lúcia, João Simone, Sarda e Elisa saíram na madrugada sabendo que o dia que ia nascer era outro, terça nunca mais, essa já deixara lugar vago para ir encontrar a irmã segunda excomungada nos fundos do inferno. Então o sábado o domingo como que aumentavam, a semana ia ter quatro dias para os colegas coçarem e recoçarem as partes. Semana inglesa, qual! Semana brasileira, macunaímica, cada vez mais preguiçosa, isto sim: três dias de trabaio, quatro pra num fazê um caraio... Saravá, Mãe Veínha! Vitória pra Exu painho!"

O velho calou-se subitamente e deixou pender a cabeça, com um rio de suor escorrendo pela testa e outro de saliva pelos fios da barba, esgotado como se tivesse sido ele, não a Elisa da história, o cavalo de Exu.

33

Parecia fazer muito tempo que o grupo do Ariel não ia à Brancaleone, estavam todos mais excitados que de costume, muita coisa tinha acontecido. Logo na entrada, refiro-me aos pães de linguiça, berinjela e azeitoninhas pretas, dois blocos de interesse dividiram a mesa, uns falando da sessão da noite, outros elogiando a iniciativa do Tutia e o número crescente de internautas que via Z no YouTube:

— Chegou na casa dos quinhentos mil! — O Luís Leite estava atônito. — E isso em menos de uma semana...

— Mais sete dias e vai passar do milhão — exagerava o japonês, inflado de orgulho, ele que tinha armado aquele circo.

Na outra ponta da mesa, ouvia-se a Didi:

— Gente, estou até agora arrepiada com o espírito do Mário de Andrade! — A coroa alemã mostrou o braço, com os pelinhos loiros todos eriçados, ela que, além de curtir cinema, sabia dar valor a um bom literato.

— Um mestre! — fazia coro o Ernani, com tal empenho que mais parecia estar vaselinando a colega com segundas intenções. — A forma como ele descreve a macumba, o palavreado tão brasileiro, as figuras do povo que arranja...

O Tutia, sequioso de público, uniu as duas pontas da conversa:

— Pois eu filmei a sessão inteira — garantiu, valorizando o seu papel de cineasta e *nerd* informático. — Está prontinha para entrar no YouTube...

— Fez bem! — Oliveira reafirmou o que se sabia: — Temos de divulgar a missão dos espíritos, a história para mudar tudo, pelo bem do Brasil e do mundo!

A declaração era outra prova de que o ex-detrator e inimigo de Z estava definitivamente vencido, ou assim parecia, já que nem eu e a Didi, juntos, defendíamos com tanto ardor a causa, para não dizer a fraude, do velho.

— Não sei se é porque eu caí de paraquedas nessa história — observou um jovem comensal que estreava na Brancaleone, de nome Jonas, recém-convertido ao espiritismo —, mas ainda não percebi como as mortes da segunda e da terça, num universo de ficção, vão mudar alguma coisa no Brasil, que dirá no mundo...

Mmm, fiz com os meus botões, uma cabeça pensante! O personagem em questão era muito novo, não só nesta narrativa como na idade, e sobrinho do garçom, ou seja, um Pinto, mas isso vamos deixar de lado. Calouro do Centro Ariel, ele tinha vindo ocupar, à mesa das sessões, a cadeira de outro personagem que vocês não chegaram a conhecer, e é até melhor assim, pois esse era tão inexpressivo e desinteressante que ainda me estragava o livro. Já este Jonas, no vigor da idade, tinha um ar vivaço, a cara simpática e não era nada bobo, como se depreendia de sua dúvida, mais do que pertinente. Decidi conduzir a conversa, pelo sim, pelo não:

— Para entender isso você teria de entender a sessão anterior, de que não participou. Mas posso explicar: a segunda e a terça, além das suas irmãs outras-feiras, são vilãs de uma ficção criada por literatos desencarnados; nesse folhetim, elas estão sendo mortas uma a uma porque representam o trabalho, tal como é praticado hoje, onde uns poucos engordam suas contas bancárias à custa dos outros, todos os outros, que recebem um salário magro, sem gordura nenhuma. É essa situação injusta que os espíritos querem mudar...

— Ah, boa! — os olhos do jovem brilharam. — Se é assim, também sou a favor de uma dieta mais equilibrada para os brasileiros...

— Bem-vindo ao clube — acolhi o rapaz, que era bom entendedor.

— Mas vou ser chato: ainda acho que essa história não vai mudar nada se as pessoas no Brasil de carne e osso não fizerem alguma coisa.

— Pois eu já fiz a minha parte — o Tutia voltou a chamar a atenção para o fato, disposto a recuperar seu protagonismo à mesa. — Graças a mim, milhares de internautas viram a sessão do Lobato e agora vão poder ver a do Mário.

O jovem Jonas aprovou com a cabeça:

— Talvez eu possa fazer alguma coisa também. A minha namorada está numa ONG que apoia tudo quanto é iniciativa libertária no planeta. Vou cantar essa bola para ela, falar da morte dos dias úteis que representa o fim do trabalho assalariado, e ver se o grupo dela pode dar uma força...

Nesse instante, os olhares foram atraídos para a porta de entrada da pizzaria, onde acabara de surgir uma dupla inesperada: lá vinham o cego e o Pinto, de mãos dadas, dispostos a se juntar ao grupo. O Ernani arrastou mais duas cadeiras para junto da mesa:

— Sente-se, seu José! Que alegria o senhor por aqui!

— A que a gente deve a honra? — perguntou a Didi.

— Aos nossos estômagos vazios — respondeu o Pinto.

Uma nova rodada de pizza margherita foi pedida e daí a pouco inundava o ar com o delicioso perfume do manjericão. Os velhos a atacaram como duas queixadas em chão de mandioca, cavando, lambuzando os focinhos e grunhindo.

— O que é a fome! — fez Didi, chocada.

Z deu-se conta de que ele e o Pinto tinham se tornado a atração da mesa e, à falta de uma boa desculpa para as más maneiras, derivou:

— A fome é uma tristeza. Mas não esta nossa, aguda, que passa em dois minutos, e sim a fome crônica de quase um bilhão de seres humanos.

Esse era o seu Zé que eu conhecia. Dei-lhe corda:

— Pois é. E o mais triste é saber que esse pessoal não vai matar a fome tão cedo, com o preço dos alimentos subindo do jeito que está. Vi no telejornal que o trigo aumentou 100% em um ano em alguns países do norte da África.

— Nem é preciso ir tão longe — lembrou o Jonas, — basta olhar para o preço destas pizzas, feitas de trigo: uma margherita aqui sai a 45 reais.

— Quarenta e cinco! — assustou-se Z. — Ô Pinto, você devia ter me avisado!

— E eu lá sabia, Zé? Estou tão besta como você!

— É fácil entender a crise alimentar e a subida do grão — disse o Oliveira, com certa empáfia: — a população mundial não para de crescer e, quanto mais subdesenvolvida, pior, porque os pobres se reproduzem como ratos. Aí aumenta a procura do pão, a oferta não acompanha e os custos disparam. Só tem uma saída: ensinar essa gente a usar preservativos e anticoncepcionais ou então implantar um programa internacional de esterilização das massas.

Houve um certo mal-estar à mesa, onde ninguém parecia concordar com o epíteto de ratos atribuído aos pobres nem partilhar do preconceito embutido naquela maneira de ver, de quem olha o mundo de cima. O jovem Jonas reagiu:

— Acho que não é por aí...

— Não? — o Oliveira mediu o rapaz, que devia ter a metade da idade dele. — E baseado em quantos anos de experiência você diz isso?

— Baseado no curso de Economia que ele concluiu em primeiro lugar na Fundação Getúlio Vargas. — O Pinto saiu em defesa do sobrinho, num tom duro, de cabeça erguida. — Explique aí sua versão para nós, Jonas.

O Oliveira não dava sorte naquela pizzaria. Mas o rapaz maneirou:

— Com todo o respeito, seu Oliveira, a alta dos alimentos tem a ver com outros fatores, uma globalização mal-feita, os armadores, o custo do petróleo, o agronegócio, a especulação financeira. Se o tema não fosse tão complexo, eu até podia destrinchar algumas coisas. Mas não quero monopolizar a conversa.

— Há séculos a gente é vítima de monopólios — Z abriu o caminho: — um a mais, um a menos...

— É. Explique aí o seu ponto que agora nós ficamos curiosos! — juntou-se o Ernani, enquanto os outros assentiam com a cabeça.

— Então vou tentar ser breve e não complicar. Tem um italiano chamado Luca Colombo que fala em duas formas de fazer o comércio dos alimentos, uma de curto e outra de longo alcance. Na primeira, o país planta de tudo e consome o que planta, sem problemas: é como se eu tivesse uma horta no quintal de casa, com o essencial, tomate, cenoura, verduras, e não precisasse comprar fora. É o comércio de circuito curto porque está tudo à mão, produtores e consumidores são vizinhos, o transporte é fácil e rápido, e os alimentos mais diversos chegam baratos à mesa do cidadão...

— E o de longo alcance? — fez a Didi, para encorajar o rapaz.

— Esse é o globalizado, o que está aí, onde ninguém planta para consumir, é para exportar. É de longo alcance porque vai para longe. Mas quem exporta é o agronegócio, a plantação mecanizada em enormes extensões de terra, fazendo monocultura. O pequeno agricultor com sua horta variada não tem vez. No caso do Brasil, os grandes fazendeiros só plantam soja, soja e mais soja. Ou então cana-de-açúcar, cana-de-açúcar e cana-de-açúcar, por causa do biocombustível. É assim hoje em dia. Na Costa Rica, por exemplo, onde uma empresa norte-americana, a United Fruit, controla tudo, é só banana, banana e mais banana. Aí vêm os neoliberais e dizem: os costa-riquenhos vão ganhar dinheiro exportando banana para poder desenvolver o seu país. Mas é mentira, virou a Costa Pobre, porque os nativos ganham uma miséria para colher a banana e não têm terra onde plantar tomate, cenoura, alface, a chamada agricultura de subsistência, então precisam importar a preços vis ou passam fome, como os nossos sem-terra. Quem ganha com a economia de longo alcance é a minoria de sempre: o agronegócio da Costa Rica que vende banana para o Japão, o armador que leva a banana de navio até o outro lado do mundo, os donos do petróleo que abastecem o navio, um grupo seleto de intermediários. Mas não pensem que depois o povo japonês come banana da Costa Rica, porque isso é só para quem pode, a fruta chega da viagem por cinco continentes com o preço quintuplicado. No Japão, ninguém compra banana a preço de banana: quem tem dinheiro come e quem não tem ganha uma banana...

Houve um silêncio admirado, enquanto o garoto fazia o clássico gesto.

— Terminou? — perguntou o Oliveira.

— Ainda não, faltou falar na especulação com os alimentos, que não é nova, mas agora atinge proporções alarmantes. Por exemplo, há cada vez mais fundos de investimento apostando na flutuação dos preços dos cereais. Já foi dito que o trigo subiu 100% num ano nalguns países, acrescento que o milho subiu 95% em outros, mas os mercados financeiros não dizem que o preço subiu, eles dizem que o preço valorizou. Ou seja, os investidores lucram com a fome dos outros. O mundo virou um cassino e as fichas da roleta são os pratos vazios dessa gente...

O rapaz virou-se para o Oliveira:

— Pronto, terminei.

Ficamos à espera da réplica, mas houve apenas uma pausa embaraçosa enquanto o outro buscava algum contra-argumento válido, aparentemente sem sucesso. À falta de resposta, saiu pela tangente:

— Interessante sua análise. Mas não invalida nada do que eu disse...

E mordeu um grande pedaço de margherita fria, pondo-se a ruminar a mozarela, como quem dá o debate por encerrado. O tio Pinto fez a síntese:

— Então é por isso que, quando sobe o preço da gasolina, sobe o do pão... — constatou, ele que trabalhava numa padaria. — Bela globalização, essa!

— O mundo gira em volta do petróleo — o jovem Jonas fechou com a moral da história. — Eis aí o grande motivo pelo qual um sexto do planeta tem fome crônica, como bem lembrou seu José.

Findo o debate, findas as pizzas, pediu-se a conta. Já tínhamos consumido mais trigo num jantar do que milhões de seres humanos num mês. Alguns de nós coçavam os olhos, outros bocejavam, e era quase certo que íamos passar a noite com um peso no estômago, se não na consciência, tentando digerir aquela conversa. Mal chegou a dolorosa, o Pinto, com sua prática de garçom velho, fez de cabeça a rápida divisão do total pelo número de comensais:

— Noventa reais por cabeça...

— Noventa reais! — urrou Z.

Não deu outra. A máquina de calcular confirmou: noventa *per capita* por uma média de cinco pedaços de pizza e outros tantos chopes, incluída a entrada, noves fora, com gorjeta. Pagar, Z até pagou, mas só depois de reclamar, chiar, espernear, dar a cornada de um zebu bravo, a rabada de um jacaré-açu e meter o pau no tal comércio de longo alcance, alegando que seu dinheiro era curto.

34

— Mmmaaamm...mmeeemmeem...miimm...

— Não, não é assim. Você tem de mastigar mais as sílabas, como se fossem miolo de pão: MiiMMiiiMimiiMMM...

— MooMMoomMMm... mMmuuuMMuuMMMM...

— Isso, muito bem! Está vendo como é só treinar que se consegue?

— Vamos parar um pouquinho, seu Zé?

— Com preguiça não se chega a lugar nenhum. Tem de praticar mais.

— Não é preguiça: acho que desloquei o maxilar...

— Ah, nesse caso, paramos. Quer que eu ponha seu queixo no lugar?

— Não, obrigado. Isso já passa...

Eu não sabia se ia passar tão cedo, mas deixar o cego capaz de tudo treinar fisioterapia comigo só se eu fosse mais maluco do que já era. Fiquei movendo a boca para os lados, enquanto ele desfiava o verbo no banco da Água Branca, diante da casa de sapé, à beira do lago, nosso reduto de eleição:

— Outra coisa que você podia treinar era a memória, Júlio. Bom de texto você já deve ser, a julgar pelos jornais onde trabalhou. Escrever e lembrar, como você sabe, têm tudo a ver...

— Perdi metade das minhas lembranças, seu Zé.

— Nada do que se aprende se apaga do subconsciente.

— Depois dos remédios, não tenho sub, tenho infraconsciente...

— Bobagem! Leia um livro qualquer e depois tente reproduzir trechos do que leu. Não precisa ser exatamente com as mesmas palavras. Se esquecer as que o autor escreveu, use outras com igual sentido, guie-se pelo contexto.

— Se eu fosse entrar nessa, preferia ser original.

— A originalidade é um mito moderno, criado para fazer dinheiro. Veja a chamada "propriedade intelectual", o *copyright*: não há nada mais capitalista do que isso, a ideia que é possível sermos donos das ideias. Quer coisa mais besta do que a disputa sobre quem inventou o avião, os irmãos Wright ou o Santos Dumont? Os norte-americanos insistem naqueles, os brasileiros, neste, mas, na verdade, foram os três, mais o sujeito que pela primeira vez contou a história de Ícaro. Quem é o pai de certas descobertas científicas que acontecem ao mesmo tempo em dois ou três países diferentes? Quem inventou a roda? Para mim não foi um homem, foi o Homem, genérico, ou seja, nós todos, a Humanidade. Na literatura, pior, é quase impossível não se referir a alguma coisa já dita. Certo está o Jorge Luis Borges quando ultrapassa essa coisa competitiva da autoria, incorporando bibliotecas inteiras a seus livros, ele que é o rei das citações. Há um autor contemporâneo, Enrique Vila-Matas, que faz a defesa do modelo borgeano, essa "narrativa capaz de acolher com hospitalidade várias tendências literárias", citando para isso outro autor, o francês Gracg, para quem "o gênio não passa de um contributo de bactérias particulares, uma delicada química individual no meio da qual um espírito novo absorve, transforma e, finalmente, restitui com uma forma inédita, não o mundo em bruto, e sim a enorme matéria que o precede". O Gracg também dizia que "não há escritores que não estejam inseridos numa cadeia ininterrupta de escritores", o que não deixa de ser a descrição perfeita da tradição medieval dos monges copistas, que não se limitavam a copiar, pois muitas vezes acrescentavam ao livro copiado suas próprias ideias sobre o tema do livro. E já que estou citando autores que citam, vou citar o Umberto Eco, quando ele diz que "a Idade Média foi uma época de autores que se copiavam em cadeia sem se citar, até porque era uma época de cultura manuscrita — com os manuscritos dificilmente acessíveis — e copiar era o único meio de fazer circular as ideias. Ninguém pensava que fosse delito e, de cópia em cópia, era frequente já ninguém saber de quem verdadeiramente era a paternidade de uma fórmula, pois no fim de contas pensava-se que se uma ideia era verdadeira pertencia a todos"...

— Seu Zé, posso falar?

— Deixa só eu terminar: o Eco diz ainda que, ao contrário do que se pensa, "a cultura medieval tem o sentido da inovação, mas esforça-se por escondê-la sob as vestes da repetição, ao contrário da cultura contemporânea, que finge inovar mesmo quando repete". Pronto, pode falar...

— Tanta conversa só para dizer que é melhor copiar do que ser original?

— Aprenda com os mestres, Júlio: o Picasso, antes de ser original, pintou à maneira dos clássicos, imitou Van Gogh, testou todos os estilos. Shakespeare, mais original impossível, reescrevia histórias alheias. Eu mesmo leio os livros e depois, nas sessões, dou-lhes outro contexto, altero as circunstâncias, mudo os personagens e seus fins. Nisso, sou moderno: faço reciclagem...

Leio os livros? Mas Z não lia os livros, quem lia era eu! Que o meu cliente reciclasse, tudo bem. Eu até achava as sugestões do velho aceitáveis, podiam me ajudar a voltar à ativa, devagar e sempre. Mas ainda que não me custasse nada seguir os seus doutos conselhos, fiquei na minha. De momento, era bastante ter o maxilar deslocado...

— Bacana, o sobrinho do Pinto, você não achou? — Z mudou de assunto, em vista do meu aparente desinteresse.

— Hum, hum... — resmunguei, enquanto massageava a boca.

— Cabeça boa, consciente, bem formado: se todos os jovens de Pindorama fossem como ele, o futuro deste país estava garantido. Concorda?

— Hum, hum...

A negra simpática, tão habituada à nossa presença no "sítio" que dizia sentir a nossa falta quando não aparecíamos, veio oferecer um cafezinho recém-tirado, soltando vapor. Aceitamos e agradecemos, repetindo o ritual consagrado, que era segurar os copinhos plásticos pela borda, sorver o líquido escaldante aos bocados e lançar um olhar pensativo para o infinito, o que é duplamente maneira de dizer, pois o cego não via e a minha vista estancava cinquenta metros à frente, no paredão das cavalariças, antes da arena das feiras de gado. Se acrescentarmos à cena um sutil cheiro de estrume, próprio do interior, só faltava eu e Z ficarmos de cócoras e enrolarmos dois cigarrinhos de palha para sermos confundidos com a dupla caipira local. O velho ainda tentou puxar por mim:

— Calmo, isto aqui, não é, Júlio? Bom para descansar depois das nossas quintas-feiras.

— Hum, hum...

— E este cafezinho caboclo é do "mió". A gente bebe com gosto e nem se lembra que foi por causa dele que São Paulo se tornou a grande metrópole que é, uma das maiores do mundo, já ultrapassou até Itu em número de habitantes. As plantações de café eram o trigo de antigamente, estavam em alta, enriquecendo os fazendeiros, enquanto os escravos negros e depois os imigrantes italianos tinham de regar a terra com sangue. Sempre ouvi dizer que a melhor terra para o café era a vermelha, vai ver que é por isso...

Z fez uma pausa, como quem dá uma tragada num cigarrinho imaginário, sentindo o espírito da palha entre os dedos, curtindo o travo do fumo goiano de faz de conta, soprando a hipotética fumaça e mostrando os dentes amarelados pelo vício da mente. Depois deu uma cusparada real no chão e me perguntou:

— O seu queixo está melhor?

— Hum, hum...

— Então diga devagar: Ma-cu-na-í-ma. Tente imitar a minha voz.

— Ma-cu-na-í-ma. — testei o maxilar.

— Mais mastigado. E mais grave, eu não tenho essa voz afeminada.

— Mma-cu-nna-í-MMaa...

— Mais alto.

— MMA-CU-NNNAA-ÍÍÍÍ-M...AAiiiiiii! — o queixo saiu do lugar de novo.

— É... falta prática. Ainda vamos ter de treinar muito, certo?

— Hum, huum! — gemi, a dor se propagando pelo esternocleidomastoideo.

Vida de cuidador tem disso, requer paciência, o profissional precisa ter espírito de sacrifício. Cuidador de cego, é pior. E, dependendo do cego, meus amigos, a coisa só vai com desprendimento, força de vontade, resiliência e um elevado grau de tolerância. Sou muito bom, senão estava feito com Z.

— Que tal uma caminhada até o centro? — ele sugeriu.

Falei bem devagar:

— O senhor não prefere descansar, seu Zé? Olhe que o corpo humano tem limites, principalmente na sua idade...

— Já ouviu falar do Emil Zatopek?

— Atleta iugoslavo?

— Tchecoslovaco. Na Olimpíada de 1952 ele ganhou a medalha de ouro nos cinco mil metros, depois outra nos dez mil e à última hora resolveu correr também a maratona. Adivinhe quem foi o primeirão...

— Posso saber aonde o senhor quer chegar com isso?

— O medalhado foi ele, único a conseguir essa façanha no atletismo. Onde eu quero chegar é que ele treinava todo dia, chovesse ou fizesse sol. O Zatopek nem teria participado daquela Olimpíada se ouvisse os médicos, que diziam para ele não competir porque tinha uma infecção qualquer. Então não me venha falar em limites, Julinho. É treino, treino e mais treino, seja para ganhar medalhas, afiar as cordas vocais ou desenferrujar as pernas, não importa se o cara tem oito ou oitenta anos. Vamos nessa, que o centro nos espera! No caminho você treina sua dicção...

Fiz uma última tentativa desesperada:

— O senhor não prefere ir para casa ver como ficou o YouTube do Mário de Andrade, seu Zé?

Z ficou uns segundos sem reagir, depois alegrou meu coração:

— É... pode ser uma ideia. Que horas são?

Peguei o relógio de pulso que trago sempre no bolso, uma mania:

— Quinze e trinta.

— Já deve ter dado tempo para acontecer alguma coisa. Vamos para casa, então. Um a zero para você...

A Patrícia não estava, para minha decepção. Mas o escritório emanava o perfume da patroa e ao menos meu nariz ficou contente. Liguei o PC, cliquei o Explorer, abri o site do YouTube e, antes de dar *play* no vídeo, vi a contagem:

— Setenta e um mil, trezentos e vinte e oito pessoas já visitaram o Mário de Andrade, seu Zé...

— Nada mal. Deu mais que o outro, da primeira vez.

— Agora o senhor é conhecido, vai mais rápido.

— Então põe aí pra eu ouvir, Julinho.

Depois de ouvir a sessão sem qualquer comentário, Z disse que estava cansado e foi para o quarto dele, liberando o cuidador. Já estava escurecendo, a Patrícia não vinha tão cedo, as gêmeas estavam com o pai, a Sônia devia estar fazendo compras ou atividade do gênero. Eu não sabia se pegava um livro para ler, jantava fora ou comprava uma bicicleta. Era sempre difícil lidar com o isolamento, eu que já ficara isolado tempo suficiente durante a crise depressiva. E havia ainda a questão dos hormônios, pois me faltavam uns meses para a andropausa. Sem esperanças em relação à Pat, confesso que me deu uma certa saudade do café da Didi, bem como de seu chimarrão teutônico, ela que tanto me aquecia com suas efusivas infusões. É certo que, enquanto me lembrava disso, eu podia ir à cozinha fazer um chá de camomila, levar para o quarto e tomar comigo mesmo, a título de consolação. Mas um homem da minha idade já não se diverte fazendo certas coisas sozinho, a graça toda está no ritual, num *tea for two* ou *thé à trois* ou em grupo, com um jogo de chá de doze peças. O fato é que não havia Didi nem outros convidados e eu sozinho era pouco. Que fazer?

Voltei ao escritório, liguei o computador e fui procurar no Google um site pornô, para passar o tempo. Todos pareciam iguais, com pequenas variantes, e a expressão *free porn* era comum à maioria, mas o que mais me motivou foi um em português, não exatamente pelo conteúdo, mas pelos títulos dos filmes e pelos textos promocionais. Por exemplo: "Coroa taradão inaugura frente e verso", seguido do comentário "esse coroa cheio de Viagra está se dando bem, pegou a loirinha virginal e manda ver dos dois lados da moeda"; ou "Gatinha se lambuza com Magnum de chocolate", acrescido de "a tesuda lambe o sorvetão afro-brasileiro e toma banho de leite condensado"; ou ainda "Dona de casa toda molhadinha", com a explicação "encanador mostra ferramenta, mete o desentupidor na pia e faz o serviço completo". O autor daquilo podia não ser elegível para a cadeira de Guimarães Rosa na Academia Brasileira de Letras, mas tinha um certo estilo, gostemos ou não, e era um tipo cultivado, a julgar pela profusão de suas metáforas. Falo de cadeira porque na juventude fui leitor assíduo e fã das obras completas do Carlos Zéfiro, autor de algumas pérolas impagáveis, a exemplo de "o seu membro intumescido balançava como um poste ao vento". A propósito, não foi boa ideia ver o site pornográfico, porque a descomunal ferramenta do tal encanador me deixou deprimido, eu que, por um capricho da natureza, calço 39 e sou todo proporcional. Confesso que certa vez tive de mentir para preservar meu casamento, quando eu e a ex vimos juntos um filme erótico com um desses exemplares de jiboia em ação. Foi preciso explicar à jovem esposa que ela não devia acreditar em tudo o que mostravam no cinema, pois o *make-up* e a pós-produção 3D permitiam alterar o tamanho das imagens, a exemplo do nariz do Depardieu em *Cyrano*, sendo óbvio que, no caso em questão, tinham usado o Photoshop para aumentar os atributos do ator com recursos de *copy/paste*. Não sei se minha cara-metade, como a gatinha tesuda do leite condensado, engoliu a história, mas eu certamente fiquei traumatizado com aquele longa-metragem.

Esperem aí... ouviram o barulho na porta da rua?

Sim, exato: os passos da Pat, acabada de entrar. Fechei o site e desliguei o computador, subitamente perturbado pela chegada da patroa logo quando eu me deleitava com sexo virtual, como quando minha mãe batia na porta do banheiro nos meus desvarios adolescentes. Visto que eu ainda não era capaz de conciliar o sentimento puro que me brotava da alma com a devassidão do desejo que ardia no meu corpo, fui para o quarto e me tranquei, sem coragem de encarar a Pat. Estranho ateu era eu, que me sentia em pecado diante daquela santa, sem saber se bebia do cálice sagrado ou se comia a carne profana. Mas nisso, convenhamos, não sou nem mais nem menos perturbado do que vocês — os tarados que me leem —, já que noventa por cento dos seres humanos são incapazes de atingir a plenitude de sua vida erótica, divididos como estão entre o amor sem sexo e o sexo sem amor. Tomem esta!

35

O sábado acabou sem novidades, mas o domingo começou bem: eu tinha sugerido que desta vez fosse o cuidador a fazer o almoço da família, reduzida no fim de semana ao pai e à filha, e os dois gostaram da ideia. A patroa, para dar força, pôs-se logo a ajeitar as panelas, enquanto Z bebericava no boteco do canto.

— Vai um copinho, Júlio? Esta é da boa, do alambique do Olavo...

— Obrigado, mas tenho de ficar sóbrio para não errar na receita.

Eu ia fazer um cuscuz paulista, tinha a assistente dos sonhos de qualquer *chef*, sentia-me integrado, vale dizer familiarizado com tudo naquela casa, e estava com vontade de impressionar. Dourei a pílula, digo, os alhos e as cebolas em azeite, juntei milho não geneticamente modificado, que eu fizera questão de ir comprar, mais cogumelos fatiados, azeitonas sem caroço e uma dúzia de tomates maduros dos quais retirara a casca, escaldando-os na mesma água onde cozinhava uns ovos caipiras; abri três latas de sardinha sem pele nem espinhas, separei algumas tiras e juntei as restantes ao refogado, salgando tudo sem pesar a mão e apimentando de leve com malagueta curtida em óleo; juntei água e deixei a mistura cozinhar até ficar no ponto, enquanto besuntava uma fôrma de bolo com fina camada de azeite, onde "colei" lascas dos ovos cozidos e as tiras de sardinha, só para enfeitar o pavão; na panela, fui jogando a farinha de milho em flocos e mexendo tudo com uma colher de pau, sem parar para descansar, mesmo se me doía o braço, como se faz em Minas com o doce de leite ou no Norte da Itália com a polenta tradicional; avaliei várias vezes a consistência, até que nem fosse uma massa seca e dura nem uma pasta mole e úmida, mas o meio-termo, o ponto exato onde estão o sabor e a sabedoria; depois passei o grude da panela para a fôrma, e pronto: já estava feito e bem-feito o verdadeiro cuscuz paulista da minha mãe. Uma horinha esfriando na geladeira seria o suficiente para servir a iguaria dominical à Júlio d'Ercole, um "chef" *mezzo* italiano, meio *brasiliano*.

Aproveitei o intervalo para ir tomar um banho, enquanto a Pat foi para o quarto dela e o velho continuou de sentinela diante do garrafão. Perto das duas e meia nos juntamos à mesa e Z foi o primeiro a provar o cuscuz:

— Delícia, Júlio! O único senão é que eu vou ter de dispensar você como cuidador para contratar como cozinheiro...

— Mestre cuca de primeira, sim senhor! — Concordou a Pat, de boca cheia. — Está saborosíssimo!

— Não exagerem, minha gente! Vocês é que estavam mortos de fome...

Modéstia nunca foi o meu forte mas... eu estaria vendo coisas ou a Pat sorria para mim enquanto comia, tendo trocado de roupa, arrumado o cabelo, pintado os lábios? Esplendorosa, não vejo outra forma de descrever a patroa, que se comportava sempre como uma dama, com gentileza e fidalguia. Eu, ela e Z ficamos falando de amenidades e nenhum de nós quis saber de Internet, política, espiritismo, nem mesmo de literatura. A filha contou ao pai, e eu ouvi interessado, sobre o progresso que as gêmeas faziam na escola, o telefonema que a tia Eunice lhe fizera, a amiga de longos anos que ela reencontrara, e toda a vida do dia a dia veio à baila, num convívio amoroso e feliz. A sobremesa, um delicioso tiramissu que a Sônia tinha deixado na geladeira também foi motivo de *chiacchiera*, ou tagarelice:

— "Tira" vem de "tirare", o verbo atirar ou jogar; "mi" é o pronome reflexivo; e "su" é em cima — resolvi explicar, eu que era descendente do monge copista Umberto d'Ercole: — "tiramissu" significa "joga-me para cima"...

— Ah! Viu só, papai, aprendemos mais uma! — Pat curtiu a tradução. — Por coincidência, está passando nos cinemas um filme chamado *Italiano para principiantes*, que uma amiga minha viu e recomendou vivamente...

— Por que vocês não vão ver? — sugeriu Z, provocando uma entorse no meu ventrículo esquerdo e um estiramento da válvula aórtica. — Eu fico bem...

Patrícia repreendeu o velho:

— Que feio, papai! Faça o favor de não constranger o Júlio, que deve ter coisas melhores para fazer do que levar sua filha ao cinema...

Eu posso ser doido, mas não varrido. O cego praticamente tinha jogado a filha nas minhas mãos e ela, em vez de reclamar, tinha acabado de sugerir que minha companhia não a desagradava. Era uma daquelas vezes em que um homem deve pensar "agora ou nunca!", sabendo que não vai ter oportunidade igual nem em dois mil anos. Reagi numa fração de segundo:

— Eu teria muito prazer em levar você ao cinema, Pat, se seu Zé diz que fica bem sozinho. Por acaso li a crítica desse filme no jornal, e falam bem. É dos que gosto de ver, melhor do que qualquer *blockbuster* americano...

Pela primeira vez eu usava o diminutivo "Pat" de viva voz, tomando com ela uma liberdade que até aí evitara a todo custo. Mas quem não arrisca não petisca. Pela sua evidente reação de agrado, o brilho no olhar, o sorriso discreto, até mesmo um certo rubor acanhado impossível de disfarçar, senti que tinha encontrado o caminho das pedras. O velho contribuiu de forma decisiva:

— Então vão, meus filhos, antes que vocês percam a sessão das seis...

A tarde estava cinzenta e chuvosa, o que até o último dos meus dias terei de agradecer a São Pedro, porque isso nos obrigou, a mim e à Pat, a dividir um guarda-chuva, andando de rosto colado até o Shopping Bourbon, na própria Turiassu, onde ficava a sala. Claro que não me aproveitei da situação para tirar casquinha de seu espaço vital. Posso ser tudo, mas a burrice não é uma das minhas qualidades. Aprendo com os erros, e já tinha errado muito, perdendo mulheres por ser precipitado, demonstrar interesse excessivo ou ter uma atitude dependente em relação a seu afeto, ou ainda por ser ingênuo e moralista, um currículo lamentável. Desta vez, nem pensar: com a Pat, seria diferente, tudo feito nos conformes. Não sou um grande mestre, mas dou para o gasto no xadrez, já ganhei vários torneios entre amigos: aprendi que não vale a pena tentar comer a rainha logo nos primeiros movimentos, pois é certo que vamos acabar caindo do cavalo ou tendo de ir falar com o bispo ou trancados na torre ou tratados como um peão ou... bem, vocês já entenderam. Comportei-me com a Pat como se fosse irmão dela, talvez daquele tipo que viceja nos antigos folhetins românticos, perturbado e incestuoso, mas um irmão.

O filme, dirigido com talento e sensibilidade, mostrava de forma calorosa um grupo de pessoas e suas carências afetivas. Até onde sei, o diretor fazia parte do Dogma, movimento do cinema escandinavo e a prova de que nem tudo está podre no reino da Dinamarca. Há quem abomine a linguagem direta, frontal e minimalista dessa corrente, mas Pat curtiu tanto quanto eu e voltamos a pé, já sem chuva, num animado debate sobre o que tínhamos visto:

— Essa história fala sobre a necessidade de amor e de partilha, tudo o que o ser humano mais precisa — disse a minha bela, tocada.

— Pois é. Mas há quem prefira ver o Rambo estripar guerrilheiros à faca, o Tom Cruise saltar de helicóptero para explodir um reduto da Al Qaeda ou o Schwarzenegger exterminar o arqui-inimigo do planeta Terra...

— O presidente dos Estados Unidos?

Pelo jeito, ela era igual ao pai.

— Não, infelizmente não... Se fosse, eu também ia querer ver.

Chegamos em casa, para minha tristeza. Pat agradeceu a companhia e pediu licença, porque tinha de preparar um questionário qualquer para o dia seguinte. Z já tinha ido dormir, cheio de cachaça, talvez sonhando com o bar do céu e as curvas da Dercy Gonçalves. E eu fui para o meu quarto, me esticar na cama, as mãos na nuca e os olhos no teto, a fim de rememorar as últimas horas.

Belos momentos! A mitologia celta que me desculpe e o Shakespeare que me perdoe, mas perto do Júlio e da Pat, ouso dizer que Tristão e Isolda e Romeu e Julieta eram *peanuts* (só não digo "pinto" para evitar confusão com a família do garçom).

No dia seguinte, acordei sobressaltado, a meio de um pesadelo, não com a ex, mas com a falecida segunda-feira, que emergia do túmulo de mãos dadas com a terça. Nos meus ouvidos ainda chiavam as vozes cavernosas das irmãs mortas, como num disco de 78 rotações, cantando uma velha música do Geraldo Blota, que foi sucesso com os Demônios da Garoa:

— Se voceis pensam que nóis fumus embora, nóis enganemos voceis, fingimos que fumus mas vortemos... ói nóis aqui travei!

Elas podiam ter morrido na ficção, mas na vida real continuavam firmes e fortes. Sacudi a cabeça para afastar a canção delirante e saltei da cama direto para o chuveiro sob água fria para ficar esperto. Vai saber o que as próximas vinte e quatro horas úteis reservavam para os pobres mortais, digo, os mortais pobres...

O sol já ia alto. Encontrei o cego na cozinha, de café tomado. Da Pat, nem sinal, há muito que tinha ido levar as gêmeas para a escola, de onde seguia para o trabalho. Sônia cuidava do fogão e saudou-me de forma gentil, porém dúbia:

— Bom dia! Quer os seus ovos bem ou mal passados?

— Os meus ovos, Sônia, eu prefiro manter crus...

— Ai! — fez o velho. — Essa doeu.

Z só gostava dos trocadilhos dele, dos meus não. Cumprimentei-o:

— Bom dia para o senhor também, seu Zé!

— Bom dia, seu Júlio! Dormiu bem esta noite, não foi?

— Como o senhor sabe?

— Porque são onze da manhã...

— ...

— Não vejo problema em você dormir muito, pelo contrário, um escravo rende mais quando está descansado. E parece que temos novidade na internet...

— O que foi, amo e senhor, aumentou o número de visitantes?

— Isso também, mas a novidade é outra: o sobrinho do Pinto ligou hoje cedo para falar de uma página no Facebook, sobre um evento anunciado lá. Foi a Patrícia que atendeu, eu acordei depois...

— Ela disse o que era?

— Ela disse que ele disse para ela dizer para a gente procurar o evento "Morte aos dias úteis!" no Facebook, só isso.

— Então deixa eu terminar o café e subimos...

Daí a pouco fui abrir a tal página para o cego e Sônia veio atrás, avisada do que se tratava. No centro da tela, na parte de cima, havia um letreiro:

1º DE MAIO

"MORTE AOS DIAS ÚTEIS"

15h — AV. PAULISTA

Sob o aviso, a foto de um calendário com uma faca espetada no dia 1º de Maio; a lâmina rasgava o papel, por onde escorria sangue.

— O Dia do Trabalho! — exclamou Z, depois que lhe descrevi o conteúdo. — Magnífica essa ideia de associar a morte dos dias úteis ao feriado, confundindo o evento com a manifestação dos trabalhadores...

— É daqui a duas semanas — lembrou a mulata. — Numa segunda-feira.

— E mais esta! — Z abriu um sorriso: — A segunda é o dia do trabalho que a internet condenou à morte!

— Quer que eu ligue para o Jonas?

— Sim, senhor. Use o meu celular. A Patrícia tem o número.

Enquanto Sônia pedia licença para voltar à cozinha, liguei para a Pat e depois para o Pinto pequeno:

— Fala Jonas, tudo bem? Aqui é o Júlio, estou com o seu José...

— Oba, Júlio! Dá um abraço nele por mim. Já viram o Facebook?

— Ele achou muito bacana essa sua ideia do evento.

O espírito da coisa

— Não é minha, é da namorada. Aliás, da ONG onde ela está...

— Pois é, você já tinha falado nisso. Qual é a ONG?

— O nome é A Vooz, um grupo super bem organizado.

— Conheço os caras, já recebi uma porrada de e-mails deles...

— Pode crer que você vai receber mais um falando desse evento. O grupo da Alícia está em todas: quando eles acham que é preciso apoiar alguma causa, ninguém segura...

— Fale aqui com o seu José, então...

Dei o celular ao Z, mas antes pus em viva-voz, para ouvir também:

— Bom dia, Jonas! Acho fantástico o que vocês estão fazendo pela causa dos nossos espíritos...

— Obrigado, seu José. Eu e a Alícia ficamos felizes em participar, se bem que no meu caso o motivo seja egoísta...

— Se é um motivo seu não deve ser egoísta. Posso saber qual é?

— Pode, claro. É para irritar os meus colegas da faculdade, com quem eu vivo discutindo. São todos uns filhinhos de papai nascidos na Zona Sul, enquanto eu venho do norte da Zona Norte. Para eles, o mundo chegou ao apogeu com o capitalismo, mas, para mim, que sou de uma família classe média baixa, tem mais é que detonar esse modelo insano de sociedade, em que a maioria trabalha muito por pouco dinheiro, não curte a vida e nunca vai poder ser feliz. É por aí: acredito que a morte dos dias úteis representa o fim dessa sacanagem...

— Disse bem, Jonas, e não vejo egoísmo nenhum. Você sabe que a minha praia é outra, a elevação espiritual do homem, mas até eu, que não entendo nada de economia, o lado material, tenho de concordar com o seu ponto de vista altruísta e solidário. Continue assim, meu filho, não esmoreça, mas agora vamos desligar, antes que meus créditos acabem...

— Ok, seu José, prometo ir à luta! Grande abraço!

Z desligou e me pediu para verificar, com rugas na testa, quanto ele ainda tinha no celular. Putz! O cego dizia não entender de economia mas economizava, afirmava receber espíritos mas era materialista, dizia ser anticapitalista mas vivia controlando o dinheiro. Mais dialético impossível...

183

— Está na mesa! — ouvimos a voz da Sônia, lá embaixo.

O almoço foi um picadinho à paulista que Z fez acompanhar de pinga mineira, comendo uma garfada, bebendo uma golada, na mesma alternância que caracterizava a antiga política do café com leite, quando São Paulo e Minas dividiam o poder no país. Depois, claro, começou a ter ideias mirabolantes, e decidiu fazer a digestão com um programa inédito, que me deixou de cabelos em pé: passear de bicicleta. Apesar dos meus protestos, intimou-me a ir ao porão buscar a sua enferrujada Calói dos anos 50, que eu já vira antes mas dava como morta, disposto a dar uma volta com ela pelas ruas de São Paulo, eu pedalando e ele de carona, acomodado no cano. Pode? Não pode. Mas não teve jeito, o homem não se abalou com os meus argumentos, imune à estatística dos ciclistas atropelados na Sumaré e às nove probabilidades em dez de eu ter uma congestão enquanto pedalava de barriga cheia...

Lá fomos nós.

Foi uma saída patética que começou no posto BR da esquina da Turiassu com a Sumaré, onde enchemos os pneus da bicicleta, daqueles fininhos e frágeis, e não sei como não terminou no Hospital das Clínicas, destino de que escapamos por pouco, apesar de ficar no caminho. No início ainda foi bem, a Sumaré era plana e eu estava descansado, de modo que o cego pôs-se logo a gozar o vento no rosto, feliz da vida, enquanto sua barba e seus cabelos batiam na minha cara, entrando-me pelo nariz, golpeando os meus olhos e obstruindo a visão. Até aí, beleza. A coisa complicou depois, quando entrei na ascendente, cerca de trinta graus, subindo em esforço cerca de um quilômetro e meio até o primeiro viaduto aparecer sobre a nossa cabeça. Passamos para o plano superior a pé, o suor pingando da minha testa, e mal voltei a pedalar, já em cima do viaduto, o cego pediu para eu descrever o itinerário, o que foi um auê, pois eu tinha de repetir a mesma coisa vinte vezes, voz abafada pelo ruído dos motoboys que nos cercavam, dos prepotentes motores turbo que roncavam, das ambulâncias que passavam histéricas, das buzinas aflitas que gritavam "ai!" diante do zigue-zague da bicicleta, visto eu já estar sem pernas para manter a reta. Até que chegamos à avenida Paulista, onde havia um congestionamento monstro.

Tudo bem, bicicleta não ocupa espaço. Mesmo sem as faixas privativas que os ciclistas têm em Amsterdã, Copenhague e outros centros civilizados, bastava ir em frente, driblando o tráfego, o que fiz a dez por hora, porque meu oxigênio já tinha chegado na reserva e o atrito da língua com o chão travava o nosso avanço. Tive de me calar, atento aos carros, o que levou o cego a fazer as honras da casa:

— Aqui na Paulista ficava a CESP, onde trabalhei. Mas já era, o prédio pegou fogo nos anos 80 e foi vendido. Eu costumava ir tomar café na esquina da Haddock Lobo, em frente a um casarão do tempo dos barões do café, com árvores centenárias no quintal. Mas já era também. No lugar da mansão construíram a sede de uma multinacional e, no das árvores, mais velhas do que eu, fizeram um estacionamento. Tive a infelicidade de presenciar a morte da mais bela e frondosa daquelas árvores, com uns quarenta metros de altura, a copa imensa, verdadeiro monumento natural, que sucumbiu entre as garras das motosserras, levando as mordidas dos machados. Era uma rainha verde: resistiu até o fim, disposta a morrer de pé. Mas foi ferida profundamente no lenho, teve os vasos liberianos rasgados pelos dentes metálicos, e perdeu a seiva da vida até tombar. Senti uma enorme, descomunal tristeza...

O velho calou-se, comovido, como se revisse a cena. Permeável como sou, também senti a enorme, descomunal tristeza daquele homem, que era capaz de lamentar o fim de um vegetal como o de um ser humano e chegava a ser poético na descrição da tragédia. Abro parênteses para dizer que, no jornalismo, eu tinha feito uma matéria sobre a avenida Paulista, que não perdera só as árvores, esquecera-se de si mesma: era um triste exemplo de urbanismo com amnésia. O governo estadual ou, por outra, o Conselho de Defesa do Patrimônio Histórico, Artístico, Arqueológico e Turístico do Estado de São Paulo, com esse nome bonito, ainda tentara tombar várias mansões históricas como a que Z mencionara, mas seus proprietários, ao abrigo da noite, mandavam destruir pórticos, capitéis, cornijas, às vezes a casa inteira, invalidando o tombamento, deletando para sempre a memória coletiva. Em meu texto, fiz uma pergunta que penso ser válida até hoje: como é possível tamanha barbárie ser cometida por gente supostamente civilizada? A resposta, que não constou do artigo, censurada pelos meus superiores, ainda está no prazo de validade: porque a propriedade é privada, eis a razão, ou a ausência dela. Os donos temiam pelo seu patrimônio, confundindo tombamento com desapropriação, calculando que, se vendessem a casa da família para uma megaempresa qualquer, ganhariam mais do que se a deixassem cair no domínio público, o que é verdade, porém de um egoísmo a toda prova. No artigo, concluí apenas que eles, proprietários predadores, é que deveriam indenizar a cidade e os cidadãos, mas antes disso os paulistas teriam de derrubar o Palácio da Justiça de São Paulo, que é só fachada, e em seu lugar erguer a própria justiça, leia-se Justiça, a coisa em si.

Volto ao passeio de bicicleta: a aventura estava destinada a ter um fim lamentável, não o meu nem o de Z, mas outro não menos triste, pois nem tudo no Brasil é samba, futebol e cachaça, e nem tudo nesta narrativa é farsa, pilhéria e quixotismo, terminando em pizza na Brancaleone.

O motivo do congestionamento eram dois veículos mal parados em frente ao Trianon, enquanto os respectivos motoristas discutiam a distância, um deles exaltado, aos palavrões, e o outro, contido, tentando se desculpar. Um enxame de pedestres abelhudos tinha invadido a pista para acompanhar a contenda, de modo que eu e Z acabamos entalados, obrigados a presenciar uma morte anunciada, e digo isso para preparar o vosso espírito, se é que vocês não são paulistanos e já não foram submetidos mil vezes ao impacto da violência urbana nesta destrambelhada metrópole. No local do crime, refiro-me ao lugar onde nós estávamos, um século antes não passavam carros, só carroças a cavalos, não poluentes, a menos que se conte o escapamento natural dos equinos, também emissor de gases, precursor do efeito estufa. A bucólica via de terra batida, na época rua Real Grandeza, nem sonhava com asfalto, semáforos, faixas de pedestres, sinais de conversão proibida, ilhas de cimento entre os dois sentidos da pista e tráfego congestionado, ao contrário, era calminha e segura, adornada por uma fileira de árvores onde chilreavam passarinhos. Mas o tempo voa... À frente de um engarrafamento padrão, quem agitava as asas agora era o motorista de uma kombi escolar cheia de crianças, piando como um cuco maluco, sem pensar naquelas inocentes que participavam a contragosto de seu surto psicótico, terrivelmente assustadas. Em vez de seguir caminho, o Orlando Furioso desceu da perua e tentou abrir à força a porta do outro motorista, de um enorme caminhão, para o obrigar a sair também. Queria briga, exigia desagravo para uma ofensa qualquer, talvez porque o outro, sem querer, o tivesse fechado; já o caminhoneiro fazia o possível para evitar confusão, secundado por um ajudante que também não abria a boca. As ofensas do exaltado subiam de tom e ainda tentei dar meia-volta, prevendo o pior, mas não havia como sair daquele bloco compacto de carne humana. O motorista do Fenemê afinal desceu, para tentar acalmar o rival, enquanto o ajudante, disposto a abrir uma pista ao tráfego, assumiu o volante e engatou a primeira, pondo o enorme veículo em marcha. Foi aí que o tipo da kombi, fora de si, soltou um murro covarde na cara do outro, que caiu para trás, entre as rodas do caminhão. As crianças gritaram, em pânico. O ajudante, alertado pelos gritos, brecou, com resultado desastroso, porque o motor morreu enquanto a roda passava sobre o corpo do colega, que ficou preso ali, esmagado aos poucos pelo peso do veículo. Ai! Vi os olhos do caminhoneiro se esbugalharem, enquanto a roda pressionava seu peito, como se um elefante apoiasse a pata nos pulmões do infeliz, impedindo-o de respirar, espremendo-o sem pressa, naquilo a que se convencionou chamar uma morte lenta.

Vinte, trinta segundos? Não sei quanto tempo vi saltarem aqueles olhos, o "irmão de estrada" lúcido e consciente, sem fala, colado no asfalto, sob toneladas de estupidez humana. Ali ficou e morreu, enquanto o caos se instalava, porque o motorista da kombi fugiu, abandonando as crianças, que deixaram a perua aos berros, como periquitos assustados, voando em todas as direções.

— Que loucura é essa? — O cego, com o cenho franzido, ouvia tudo e intuía a desgraça. — Que merda está acontecendo, Júlio?

— Seu Zé, vamos embora...

Os pedestres tinham aberto um clarão, eu já conseguia sair dali, de modo que fiz meia-volta e recomecei a pedalar.

— Cacete! O que houve, Júlio? Deu briga? Por que as crianças gritaram?

— Nem queira saber, seu Zé, deixe para lá...

— Mas...

— Outra hora eu conto, seu Zé. A cena que acabei de ver eu preferia não ter visto nunca. Nem quero descrever...

Ele susteve a custo a curiosidade, deve ter contado até três, enfim cedeu:

— Está bem, fique calmo. Depois você me conta...

Felizmente, a volta foi em descida. Mas era tamanha a minha vontade de chegar em casa, me trancar no quarto e chorar aquela morte, que não me importaria de pedalar pelo pico do Jaraguá acima. As minhas pernas moviam-se de forma independente, no piloto automático, enquanto o cérebro só processava a tragédia. Eu estava abalado, sentia-me quase tão mal como na fase depressiva, e a sensação era de ter morrido um pouco, junto com o caminhoneiro. Só uma coisa me consolava: pensar que eu não podia ser um assassino, porque não conseguia me identificar com o maldito sicário da kombi.

Quando chegamos à Turiassu, antes de me separar do velho, contei-lhe o acontecido, como quem chora a seco, sem embargar a voz:

— Seu Zé, agora há pouco um homem morreu estupidamente por culpa de outro, esmagado debaixo de um caminhão. Foi uma cena terrível, que não tive como não ver. Desculpe dizer isto, mas feliz do senhor que é cego...

37

Z me deu um dia de folga. Disse para eu ir dar um passeio, desanuviar.

Curioso esse verbo, desanuviar, que vem de "desfazer a nuvem", o que não está malvisto, porque eu tinha mesmo uma pequena nuvem negra sobre a minha cabeça, só para mim, como aquelas de desenho animado, que despejam chuva sobre algum personagem pé-frio. Mas... ficar sozinho outra vez?

— Seu Zé, prefiro trabalhar. Eu e a minha cabeça não nos damos bem sem companhia, principalmente em situações de estresse pós-traumático.

— Você ficou mal com que aconteceu ontem?

— Totalmente.

— E prefere me aturar do que ficar sozinho?

— É esse o espírito da coisa.

— Está bem, fico com você, mas só se a gente fizer o que eu disser...

— O que o meu amo mandar, eu obedeço.

— Então vamos nessa: avenida Paulista outra vez, direto para o Trianon.

— Ah não, seu Zé! Espere aí! — Ficar sozinho era difícil, mas ficar com o cego era roubada. — Eu pedi sua ajuda para esquecer o que aconteceu, não para lembrar, certo?

— Errado.

— O senhor é incoerente... não compreende.

— Você já pilotou um avião?

— Não pilotei nem vou pilotar! O que é que tem a ver com as calças?

— Meu primo é piloto. Aliás, era, porque agora está velho, tem pressão alta e não pode renovar o brevê. Mas voou muito, primeiro como copiloto num bimotor da Ford, baseado em Congonhas, depois num monomotor a serviço de um fazendeiro rico de Guaxupé. Progrediu, chegou até a comprar um aviãzinho velho para trabalhar em Serra Pelada e transportar garimpeiros, ferramentas, ouro, animais, de tudo um pouco, sempre acima do limite de peso, correndo risco de vida...

— O senhor vai contar a biografia do primo inteira, seu Zé?

— Era só para situar. O importante é que ele teve um acidente logo em seu primeiro voo solo: foi pousar, tocou mal no chão e deixou o avião embicar, estourando a hélice contra a pista do Campo de Marte. A coisa podia ter sido pior, mas ficou por aí...

— E as calças?

— O instrutor correu para ver se ele estava bem ou ferido, se alguma coisa de grave tinha acontecido com ele. Vendo que não, na mesma hora meteu meu primo noutro avião e obrigou-o a voar de novo.

— Ah, já vi tudo! Salvo erro, o senhor quer que eu levante voo para o Trianon, depois de ter quebrado a minha hélice...

— Bom menino! Entendeu direitinho: não pode dar tempo para o trauma se instalar, senão não voa mais. É isso o que você quer? Viver aterrado?

Z dizia coisas com graça: desanuviar, aterrado... Os argumentos tinham sempre um trocadilho por trás, uma base linguística, o princípio do ato falho, essa mania freudiana de pegar o homem pela palavra. Para jornalistas de formação como eu, gente que se alimenta de texto, aquilo era muito sedutor. O vigarista do velho acabava sempre me levando na conversa.

— Não quero viver aterrado, seu Zé. Nem avoado...

— Confie em mim. Ontem nós ouvimos o lado A, hoje vamos ao Trianon ouvir o lado B. Melhor: vamos mudar o disco. A avenida

O espírito da coisa

Paulista não para de mudar há mais de um século, não vejo porque iria permanecer igual de um dia para o outro...

— O senhor não está falando em ir de bicicleta, está?

— Não, claro que não! E digo mais: hoje eu pago um táxi, faço questão...

Aquele era o *coupe de grâce*, a estocada final: o forreta do Z não podia dar maior prova de afeto por mim do que abrir os cordões da bolsa, que era como abrir seu coração. De modo que cedi de vez e lá fomos nós para o Trianon.

O táxi deixou-nos no exato lugar da tragédia, e ficamos os dois parados ali como no dia anterior, desta vez sem a multidão em volta, só uns poucos tipos que passavam entretidos com a própria vida.

— O que você vê? — o cego perguntou-me.

— Por fora, nada de mais, só o MASP do lado de lá e o parque deste lado da avenida. Dentro de mim, vejo o caminhoneiro morto.

— Neste parque, onde eu vinha muito no tempo da CESP, o que não falta é vida — contrapôs Z, enquanto me passava a mão na cabeça, não sei se para fazer carinho ou um tratamento de desobsessão. — Vamos à procura dela?

Fomos. O velho andou um bom tempo calado, no máximo fungava, sentindo o cheiro verde, e o silêncio me fez bem. Z tinha razão, a vida dominava cada recanto do Trianon: troncos, copas, ramagens, galhos, folhas, cipós, lianas, flores, o leque das palmeiras, tudo respirava luz e cuspia clorofila, enquanto o emaranhado vegetal se erguia em forma de redoma, protegendo meus olhos dos espigões da Paulista, dos quais em breve me esqueci.

— Ouça os seres vivos, que o rumor da cidade não consegue abafar. Você sabia que aqui vive até um bicho-preguiça?

Eu sabia, mas nunca o tinha visto. Fechei os olhos por um instante e tentei ver a vida com ouvidos de cego, o que foi mais fácil do que eu esperava. O chilrear dos pardais, o canto das cigarras, o frique-frique dos grilos, o zumbido dos insetos voadores, o passinho apressado dos roe-

191

dores, toda a música natural do Trianon ganhou volume e, se eu já não via os prédios, deixei também de ouvir o clamor dos pedestres, o ronco dos motores, o apito das buzinas. Voltei a abrir os olhos, agora na quinta dimensão. Desaparecido o mundo concreto, eliminados os decibéis mecânicos, Pat veio para o cenário em forma de fada do bosque, disposta a realizar os meus três desejos, fossem quais fossem, enquanto a meia altura uma "braboleta dourada das asa azul da cor do algodão" deixava de ser letra de samba paulista para ganhar vida, cor e propriedades físicas, num voo irregular de insustentável leveza coreográfica. Eu estava entretido nessa viagem quando, subitamente, dei de cara com o tal:

— Ah! Está aqui, seu Zé, a dois metros de nós!

— A dois metros por hora, você quer dizer...

O cego pensava rápido: aquela era uma boa forma de descrever o bicho-preguiça do Trianon, mais lento que um cágado e um caracol juntos. Lá estava ele, finalmente eu tinha o prazer. Mas, se o parque já era uma excrescência no coração da selva de pedra, que dizer de um animal bizarro como aquele?

— Um bicho desses numa cidade como esta é tão estranho como o palhaço Tiririca na assembleia legislativa, seu Zé...

— Isto é Brasil. Metade da graça está aí.

— É pena o senhor não poder ver.

— Vejo, sim. Já vi e não me esqueci. É a musa inspiradora do Macunaíma: a preguiça nacional. Preste atenção na sábia lentidão com que essa brasileira leva a vida e esnoba a correria desenfreada dos carros na avenida. Se os paulistas seguissem seu exemplo, não provocariam tantas mortes irracionais como a de ontem. A gente tem muito a aprender com a mansidão cheia de civilidade desse animal, mais racional do que muita gente, que é da paz, não faz mal a ninguém e vê com tristeza a violência da nossa sociedade desumana.

Um vozeirão interrompeu a conversa:

— Zé do Boné! Ô velho safado sem-vergonha, o que você está fazendo aqui no meio do mato?

— Cipriano?! — o cego reagiu com idêntica alegria: — É você, seu debiloide, campeão do hematoma, pugilista sonado?

O tipo, um grandalhão de nariz amassado, mal-vestido, de havaianas sujas, que metia medo, abraçou o velho com força, como um amigo urso:

— Eu próprio, velho zarolho, este antro é o meu território! E você, o que faz aqui de mãos vazias, sem nada para eu assaltar? Cadê os livros, do Boné?

— Você sabe que agora eu só leio em braille, né, Cipra? Fico passando a mão nas folhas como se fosse a sua bunda...

— Ah, sacana! Por falar nisso, como vai a sua irmã Eunice?

— Não é flor para o seu bico.

— Ela ainda dá mole para aquele milico reacionário e golpista?

— Ainda, é uma velha maluca. Mas olhe, deixe-me apresentar este jovem, o Júlio d'Ércole, que é o meu Sancho Pança particular...

A manopla do homem esmagou a minha mão, enquanto Z esclarecia:

— O Cipriano foi campeão brasileiro de pesos-médios, um amigão da velha guarda. Mas vamos nalgum bar comemorar este encontro...

Os dois saíram do parque abraçados, comigo atrás, à procura do primeiro boteco que aparecesse, desde que tivesse pinga, e havia um logo na esquina. Além das branquinhas, o velho mandou trazer dúzias de tira-gostos, ovos de codorna, torresminhos, linguiça frita, coxinhas, empadinhas, o que houvesse na casa. Eu ia dizer que era um exagero quando percebi a intenção do cego: o amigo *boxeur* pôs-se a devorar a boia como um aspirador que se debruça sobre um tapete empoeirado. Ele devia estar sem comer há dias, tal a voracidade com que engolia bocados inteiros daquele banquete engordurado, de modo que concluí o óbvio: a aparência do homem não inspirava confiança, portanto ele não conseguia arranjar emprego, portanto não tinha dinheiro, portanto não comia nem devia ter onde morar e por isso vivia no parque com os outros bichos.

— Ainda me lembro daquele seu combate com o Zumbano — disse Z, com entusiasmo, — aquilo é que foi uma luta de verdade! Saiu até na primeira página de *O Ringue*, cheia de elogios à sua atuação...

— Pois é, o Matt encheu a minha bola, elogiou meu direto de direita, a movimentação no ringue, escreveu que eu tinha a elegância de um Joe Louis. Imagine, do Boné, logo eu, com esta cara amassada, elegante...

O velho fez um aparte para me inteirar:

— Esse Matt de que nós falamos foi um brilhante jornalista que tinha um semanário de boxe. Ele era muito respeitado, porque decidiu lutar só para sentir na carne o drama dos pugilistas: entrou no campeonato de estreantes da *Gazeta Esportiva*, ganhou uma luta, perdeu outra, foi a nocaute, saiu da competição com o olho roxo, mas a partir daí, quando criticava a má exibição de um lutador, este aceitava a crítica como vinda de um igual. Pois foi esse mesmo Matt quem fez os maiores elogios ao estilo aqui do Cipriano...

— Foi ele quem escreveu a vida do Eder Jofre — acrescentou o armário.

— Assim como a biografia do Mário Américo e muitos outros livros: foi o precursor da literatura esportiva no Brasil. — somou Z.

— Grande comuna também — o outro concluiu o pingue-pongue —, macaca de auditório do Engels, que ele chamava de "repórter alemão". Até outro dia eu tinha *A origem da família, da propriedade privada e do Estado*, que o Matt me deu de presente. Mas a coisa está preta, tive de passar nos cobres num sebo aí...

Os pratinhos de tira-gosto já estavam vazios, tal como os copos de pinga. Chegou a hora de ir. Paguei a conta, que me seria reembolsada depois, mas, antes de nos levantarmos da mesa, Z bateu a mão na testa, como se lembrasse de algo, depois meteu-a no bolso e esticou um maço de notas na direção do amigo:

— Está aqui aquela grana que eu fiquei te devendo, Cipra...

O outro olhou para a mão estendida sem tocar nas notas, com ar digno:

— Grana? Que grana, do Boné? Eu não tenho nem onde cair morto.

— Você me emprestou da última vez que a gente se viu, seu sonado! É nisso que dá levar tanto murro na cabeça, o camarada começa a confundir Jesus com Genésio e já não se lembra de mais nada...

O Cipriano, de fato, tinha qualquer coisa de Cassius (Muhammad Ali) Clay depois do Parkinson, ou de Júlio D'Ercole após os medicamentos, e parecia não saber o que era realidade e o que não era, se tinha nocauteado o rival ou beijado a lona, sufocado uma velha ou emprestado uma grana para o velho amigo. Foi a contragosto, mas acabou por aceitar o dinheiro:

— Está bem, do Boné, se você diz que eu emprestei, então pague a dívida. Estou mesmo precisando de algum...

Enquanto se despediam com outro abraço de urso, pensei na grande elegância daquelas figuras, o pugilista que sabia dançar sobre o ringue, o cego que sabia arranjar uma maneira delicada de dar dinheiro para o amigo sem o constranger diante de mim ou dele próprio. Parece que o meu segundo voo sobre o parque seguia tranquilo, num céu de brigadeiro, e que o pouso seria suave e sem traumas: nem só de morte, violência e estupidez vivia o Trianon.

— Agora vamos ao MASP — ordenou Z, logo que o boxeador foi embora. — É outro lugar cheio de vida, alegria e beleza. Imperdível...

38

Atravessamos a rua, em direção ao prédio sobre quatro gambitos, com o maior vão livre da América Latina, como Z fez questão de frisar:

— A Patrícia, que foi ver a Expo 98 em Lisboa, disse que os portugueses têm algo parecido no Parque das Nações, o Pavilhão de Portugal, projeto do arquiteto Siza Vieira que tem um vão livre maior que o do MASP. Ela descreveu como um enorme "lençol" de cimento, que estivesse preso pelas pontas, pendendo com leveza sobre a cabeça dos visitantes...

— De cimento, pendendo com leveza?

— Pois é, essa é a magia da arte, seja ela qual for. E o Frank Lloyd Wright, o arquiteto que criou o Guggenheim de Nova York, dizia que a arquitetura é a mãe de todas as artes.

— O senhor concorda?

— Nem pensar. Para mim é a literatura: mãe, irmã, mulher, companheira.

— Também acho. Olho para aqueles rabiscos que os arquitetos fazem e fico pensando que os caras nem sabem desenhar, quanto mais escrever.

— Que maldade! O Niemeyer que não nos ouça...

Entramos no museu, Z quis ir logo ver, figurativamente, o acervo de arte brasileira, que há muito eu não visitava. Tive de lhe descrever os quadros, pois até ele, com seus dez gigabites de memória RAM, não tinha as imagens claras na cabeça, lembrando-se do essencial, mas inseguro quanto aos detalhes.

— Entenda bem, Júlio, já conheço a maioria destas telas. Não é a descrição exata que eu quero, você dizer que é azul aqui, quadrado ali, e sim o que sente ao olhar para elas. Ou então faça uma associação livre, diga o que as imagens fazem você lembrar, por aí... Certo?

Confesso, humildemente, que o cego não só me ensinava novas maneiras de ver o mundo, como aprendi com ele outras tantas formas de me comunicar, com os outros, em primeiro lugar, mas, acima de tudo, comigo mesmo. A maior parte daquelas pinturas nós já conhecíamos de outros carnavais. O bacana, a cada quadro, era reencontrar e reconhecer um Júlio há muito tempo perdido:

— Primeirão, seu Zé: óleo sobre tela do Emiliano Di Cavalcanti intitulado "Cinco Moças de Guaratinguetá". Diz aqui 92 x 70 cm...

— Grande novidade, Mané! Não quero dados objetivos, é a sua visão que me interessa. O que você vê?

— Vejo, humm... já sei! Vejo cinco moças de Guaratinguetá!

— Rá, rá... estou morrendo de rir.

— Está bem, seu Zé, universo subjetivo... vejo cinco gostosas, uma delas em primeiro plano, com a boca pintada, tesuda, lábios de um vermelho vivo, dois peitões enormes querendo saltar para fora do vestido azul, um chapéu delicado da mesma cor, de onde saem cabelos pretos, pretíssimos, emoldurando um rosto claro, as pálpebras semicerradas com volúpia e luxúria, olhos mortiços pedindo sexo, o corpo roliço palpitando, uma fêmea no cio que eu sinceramente não me importava de levar para a cama, tirar toda a roupa azul dela e a minha barriga da miséria. Aliás, eu pegava as cinco moças, largava meu emprego de cuidador de cego, me mandava de São Paulo e ia morar com elas em Guaratinguetá!

— Ah, agora gostei! Assim é que se fala! Vamos ver o próximo...

— Ei, espere aí, seu Zé! Eu me expus completamente e o senhor não vai dizer nada? Sem essa. Visão subjetiva o senhor também tem.

— Me falta a sua testosterona, mas tudo bem, como não lembro do quadro só digo que pensei no nome Guaratinguetá, outro lugar com garça. Se não me falha a memória, "tinga" em tupi quer dizer "branco". Só falta traduzir "etá", mas não faço a menor ideia do que seja. Fica "garça-branca-etá"... Satisfeito?

Prosseguimos, e eu decidi que só pararia diante de telas como a anterior, não necessariamente com mulheres, mas que me dissessem alguma coisa, senão a dita subjetividade ia perder seu vigor:

— Próximo quadro, seu Zé: "Nu Feminino Deitado", do Flávio Rezende de Carvalho. Quer que eu diga o que sinto?

— Não, obrigado. Já faço ideia do que vai sair daí...

— Está enganado: com esta aqui, que já está na cama, eu não me deitaria nunca. A mulher é amarela, parece que está com febre, o colchão está no chão, o quarto lembra uma cela prisional. Mesmo nua, brocha qualquer um...

Fomos em frente, vi uma tela a distância, muito conhecida. Parei lá:

— "Fachada com Bandeiras", do Alfredo Volpi.

— Um clássico! O que esse quadro diz para você?

— Como obra de arte, não me diz nada. Eu não teria um destes na minha casa, acho frio, mera geometria, e o azulão só piora a coisa. Mas, por outro lado, a minha infância inteira entra em erupção, parece que volta como lava do fundo da alma. Por dois motivos: um, porque o Volpi é da terra dos meus avós...

— Que é qual?

— Lucca, mais ou menos entre a torre de Pisa e o domo de Florença.

— Então sua família é toscana?

— Toscanos pobres e orgulhosos. Um tio passou anos desempregado, sem um tusta, mas parecia um grão-senhor. Nunca vi o Babalu de cabeça baixa...

— Você já leu o Curzio Malaparte?

— Não. Por quê?

— Ele é de Prato, não longe de Lucca, e tem um livro intitulado *Maledetti Toscani*, muito engraçado, sobre a gente orgulhosa que deu ao mundo Dante Allighieri, Piero della Francesca, Maquiavel e outros nomes sonantes.

— Pois o meu avô se chamava Dante. E é curioso cair nesse assunto agora porque outro dia, quando comemos no restaurante nordestino, descobri que a "Associazione Lucchesi nel Mondo" fica ali na Turiassu.

— Só podia ser. É a rua do Palmeiras: du Parmêra, bé-lô!, dus carcamanu!

— Mas eu sou corintiano, seu Zé, com muita honra!

— Ainda bem, senão ia ser sumariamente despedido. Mas fale mais do Volpi, que outra coisa ele tem que faz lembrar sua infância?

— As bandeirinhas de festa junina, ué, que mais poderia ser? Eu olho para elas e me dá a maior saudade dos meus dez, onze anos, festejando Santo Antônio, São Pedro e São João, a rua toda enfeitada, a gente pulando fogueira, assando batata-doce na brasa, comendo pipoca, tomando quentão...

— Nem fale que eu choro! No meu tempo também era assim, quando eu podia ver e São Paulo era a terra da garoa. Mas já não se faz chuva fina como antigamente. Nem sei quantas vezes andei de madrugada sob aquela névoa úmida, esperando balão. Às vezes vinha um apagado, voando baixo, e tinha sempre alguém que gritava: "olha o vulto!". Já nas noites limpas, o céu ficava coalhado de luzinhas, o fogo das tochas, e não faltavam balões para todo gosto, chinesinho, pião, almofada, charuto, Santos Dumont, careca de padre... Tinha até a canção: "Os balões devem ser, com certeza,/ as estrelas aqui deste mundo,/ e as estrelas do espaço profundo são os balões lá do céu"...

— Esses versos são lindos.

— Mas sempre dava briga quando as "estrelas" caíam, com uma multidão de moleques em volta, aos trancos e empurrões: quem não conseguia pegar o balão metia a mão no papel de seda, ou tacava pedra, rasgando em pedacinhos...

— Era assim mesmo, sem tirar nem pôr! O senhor é dos meus, seu Zé!

— O Volpi é que é dos nossos, caro Júlio. Vamos em frente...

Bem, não vou narrar tudo o que vimos e dissemos nessa visita, guiada por mim, ilustrada pela memória de Z, mas, se ficarem curiosos, sugiro que vocês — os ignorantes que me leem — deem um pulinho no MASP para ganhar lustro e experimentar as suas próprias emoções. Da minha parte, salto duas dezenas de pinturas e vou diretamente para a que se segue, um valor mais alto que se alevantou:

— Temos aqui uma maravilha: "O lavrador de café", do Portinari.

— Obra-prima! Desse me lembro bem, e não só eu como a torcida do São Paulo: é um dos mais famosos do homem. Tenha coragem, jovem, solte o verbo!

— Negrão musculoso, altivo, dominando a tela e a paisagem, ninguém diria que é escravo ou recém-liberto, parece um descendente de reis africanos que não perdeu a majestade. Olhando bem para ele, faz lembrar uma versão mais jovem do seu amigo pugilista, o tal que encontramos hoje, Cipriano. Que figuraço, hein, seu Zé! Como foi que o senhor o conheceu?

— Ah, é uma história antiga... Mas posso contar: você notou que ele taxou o meu cunhado de milico reacionário e golpista?

— Por acaso, sim, me chamou a atenção um *boxeur* sem-teto fazer aquele comentário politizado. Falou até no Engels, o que é estranho na boca de alguém que não deve ter o primário completo...

— Nos anos 40, ele foi do Partido Comunista, onde, aliás, não era o único militante ligado ao boxe, pois foi levado pelos irmãos Zumbano, todos grandes pugilistas. Eu mesmo, antes de me tornar anarquista, também fui parar no PCB, inspirado pelo Luís Carlos Prestes. Foi no partidão que conheci o jovem Cipra...

— Isso explica um lutador bronco falando na origem do Estado?

— Ele mal frequentou uma escola, mas sabia ler. E os recém-chegados ao partido, na época, passavam por sessões doutrinárias com intelectuais como o Câmara Ferreira, diretor do jornal comunista *Hoje*, e que era uma espécie de educador dos oprimidos, tipo Paulo Freire, habituado a tratar o estudante como sujeito, pondo mestre e aluno no mesmo plano, um aprendendo com o outro. Foi o Câmara quem fez a cabeça do Cipra, como a da maioria de nós, mastigando os textos de Lenin, Trotsky, Gramsci ou Rosa de Luxemburgo para a gente digerir. Além, é claro, dos autores da Bíblia: Marx e Engels.

— Boxe e Engels! Violência e intelecto...

— Pior é que é verdade: o Engels se preocupou com a violência comum e até escreveu sobre ela, que era um problema também em Londres, após a Revolução Industrial, numa análise válida até hoje. Para ele, o pau comia entre os operários porque eles viviam mal e punham a culpa no irmão, no vizinho, nos conhecidos, em todos menos no patrão, que era o único responsável pela miséria coletiva. A falta de consciência de classe se devia ao fato de estarem proibidos de se reunir e fazer associações, ou *unions*, o nome inglês para sindicato.

— Mais de dois trabalhadores numa praça e as forças da ordem já vinham dispersar o pessoal. — confirmei, já que dessa parte eu sabia.

— Pois é. Depois, um desequilíbrio político na Inglaterra oitocentista resultou em leis favoráveis aos sindicatos e a violência comum diminuiu, dando lugar a outra, a violência organizada, com apedrejamento das fábricas, operação-tartaruga, greves, passeatas e outras formas de luta hoje consagradas.

— A sua memória visual pode falhar nestas telas, mas o senhor descreve muito bem o quadro da Revolução Industrial...

— Eu não, o Engels! E o Cipra também seria capaz de repetir o que eu lhe disse agora, por uma questão de treino, como já defendi mais de uma vez. Eu e ele fomos treinados pelo partidão há mais de sessenta anos, e ainda hoje ninguém nos leva na conversa, apesar da minha idade ou dos murros que a vida deu na cabeça do meu amigo. Agora imagine que beleza se o povo brasileiro passasse por algumas sessões de boxe mental, preparando-se para nocautear o inimigo comum e defender sua liberdade real...

— Real por quê? Desde quando existe liberdade irreal?

— Desde sempre. É irreal a que anda na boca de políticos dos Estados Unidos e da União Europeia, esse mundo livre do conto do vigário, que faz o resto de otário. E a democracia entre aspas que frequenta a mídia internacional é outra palavra esvaziada de sentido, porque as dívidas dos países pobres e os empréstimos que contraem com o FMI acabam numa chantagem pouco democrática: as nações devedoras, maioria absoluta, não só têm de pagar juros altíssimos como são obrigadas a adotar políticas de austeridade que só beneficiam os patrões e investidores dos países capitalistas avançados, a minoria. Para a maior parte da população mundial, tratada como escrava, tais medidas são correntes de aço com uma bola de ferro na ponta. Estamos todos presos no mundo livre...

A frase de efeito, a título de moral da história, concluiu nossa visita ao MASP, e não pude deixar de sorrir com uma coincidência significativa: enquanto o cego encerrava seu discurso, passamos em frente ao óleo "Varredores de Rua (Os Garis)", do Carlos da Silva Prado, uma cena noturna, com os trabalhadores reunidos numa esquina, como num sindicato, as vassouras às costas em jeito de fuzil, prontos para travar o combate pela democracia real.

39

Na quarta-feira descansamos. Na quinta de manhã ouvi esta frase:

— Hoje vou matar dois coelhos com uma só cajadada!

Z tinha acordado a mil, e o dia prometia. Um cuidador sensato, atento aos sinais de perigo, daria uma desculpa esfarrapada, que tinha acordado com gripe ou que tivera diarreia ou que a mãe estava chamando, e sairia pela tangente. Como nunca fui sensato, e essas mentiras inofensivas, disparadas em legítima defesa, jamais me ocorrem, acabei me dando mal:

— Vá ao Almanara e traga quibes, esfihas, charutinhos de folha de uva. Não esqueça de pedir limão, senão eles esquecem de pôr. Assim a gente come depois no meu quarto enquanto lê o *Grande sertão: Veredas*, do "Grande Guimarães Rosa", que você vai procurar no porão. Se bem que estou em dúvida: não sei se o livro está aqui ou emprestei para alguém. Nesse caso, só vá ao Almanara depois de passar pelo Josias, que eles devem ter um exemplar. Mas veja lá, hein!, diga que é para mim, senão vão querer cobrar uma nota preta: esses caras tratam livro velho como se fosse ação da Vale, que sobe de preço a cada dois minutos...

— É só, seu Zé?

— Almanara, Josias, *Grande sertão*... sim, é isso.

— Então, com licença, que eu vou começar pelo porão...

— Espere, lembrei daquela macaxeira do nordestino: passe lá no caminho e compre uma porção para juntar aos quibes. Mas mande aqueles Raimundos capricharem na dose, hein! Custa três reais, não é pouca porcaria...

Acabei me esquecendo de perguntar por que ele ia matar dois coelhos naquele dia, mas um deles devia ser eu, correndo mais que o da

Alice, visto que, como é óbvio, o livro não estava no porão, e tive de fazer o roteiro longo, dando a largada da Turiassu às onze, queimando chão até a Barra Funda, pegando o metrô para a Sé e seguindo dali para o sebo, onde o vendedor não fez desconto, passando pelo Almanara, onde me esqueci de pedir limões, correndo até o pé-sujo nordestino, onde racionaram a mandioca. Enfim cruzei a meta, entrando no quarto do cego, a camisa empapada de suor.

— Você perdeu a corrida — disse Z, com seu senso de humor sádico, — o cheiro do sovaco chegou primeiro...

Menos mal que o meu cliente tivesse olfato sensível, pois fui tomar uma ducha que me regenerou, ajudada pelo lanche árabe que se seguiu. Enquanto fazíamos o quilo, Z pôs-se a manusear o grosso exemplar do *Grande sertão* que eu comprara. Estava tão contente que nem me perguntou o preço.

— Obra de peso, Júlio, em todos os sentidos! De um grande escritor e bom homem, qualidades cada vez mais raras. Sabia que o Guimarães Rosa foi cônsul do Brasil em Hamburgo, na Alemanha nazista?

— Conheço mal a biografia dele.

— Pois foi, e tanto ele como a mulher, Aracy, a quem dedicou este livro, livraram a cara de muitos judeus, que poderiam ter dançado. Ele concedia vistos para eles apesar de estarem proibidos de entrar no Brasil pelo governo Vargas...

— Essa parte eu sei. O Getúlio até mandou a Olga Prestes, que era judia, de presente para o Hitler. Ela foi morta na Alemanha...

— O Guimarães Rosa, ao contrário, salvou muitas vidas, e hoje existe um lugar em Israel com o nome dele, em reconhecimento pelo que fez. Na literatura você encontra grandes autores que são maus sujeitos ou bons homens com obras medíocres, mas poucos conseguem ser duplamente grandes, na vida e na obra, como o Saramago, Nobel português, e o Guimarães Rosa, nobilíssimo brasileiro.

Estava chegando a hora do trabalho pesado, a leitura do catatau. Cheguei se havia água por perto, bebi um gole, gargarejei e tomei a iniciativa:

— Mãos à obra, seu Zé?

— Não sendo em braille, voz à obra...

Esse era Z. Ele não dizia essas abobrinhas só pelo jogo de palavras, mas para distinguir a coisa dita daquela escrita, fã que era do padre Vieira, o grande orador da língua portuguesa. Segundo o cego, o autor de *Sermões* foi quem melhor soube agitar as águas paradas do texto, com um discurso ágil e movediço que arrastava os fiéis na correnteza. Lembro-me desta frase de Z, referindo-se à obra do pregador: "em vez de letra impressa em tinta morta, Vieira mostrava o poder do Verbo expresso de viva voz!". Tendo em vista que eu próprio, como já lhes disse, sinto falta de som na literatura, fiz a vontade do meu cliente: soltei a língua pelas veredas do *Grande sertão*, com toda a veemência. Eu falava e o velho repetia, sem novidades, ambos fiéis ao processo, o treino de memória que dava solidez à interpretação do meu ator, no seu papel de médium. Mas disso vocês já sabem. Para evitar desperdício, vou-lhes poupar vários parágrafos, indo direto à sessão espírita:

— Êta, trem doido, sô! Sô o Guimarães Rosa e tô no limbo!

Salvo o sotaque caricato, a voz soava como registrada num áudio que eu achara na internet, trecho curto com a fala do escritor que servira de referência para a imitação, arte que eu seguia com interesse, como aprendiz do cego feiticeiro, já capaz de pronunciar algumas palavras à maneira dele. Que prosseguiu:

"Morri de infarto, como previa. Eu era médico de formação e conhecia meu estado. Sabia que a entrada na Academia Brasileira de Letras ia acabar comigo, tanto que fui adiando a cerimônia por quatro anos. Mas estava escrito: era emoção demais para o meu coração doente e acabei morrendo três dias depois de fazer o discurso de posse diante dos acadêmicos. Assim, em vez vestir o fardão e ocupar uma cadeira ao lado dos imortais, vesti o paletó de madeira e fui parar no mausoléu da ABL, entre os mortos. Eu já tinha dito uma vez que as pessoas não morrem, ficam encantadas, e acrescento que os escritores nunca morrem por completo, revivem nos seus escritos. Mas se fosse para ter uma *second life*, eu preferia voltar como crocodilo no rio São Francisco, que é agitado e límpido na superfície, porém — lá no fundo — calmo e negro como o sofrimento humano. De modo que, liberto da minha carne, julguei que meu eu imaterial iria enfim tomar a forma de um crocodilo no Aqueronte, o rio das dores, em cujas águas a barca de Caronte desliza num eterno vaivém, levando as almas às profundezas do Hades. Mas não, ainda não foi desta que virei jacaré de tragédia grega. Nada de Caronte nem de barca nem de rio: quem veio me buscar foi o Santos Dumont, todo elegante, com o seu chapéu, como na nota de 10 mil cruzeiros, a bordo da ligeiríssima aeronave Demoiselle, tornando o meu espírito mais leve que o ar e cruzando comigo as veredas do céu, até pousar nesta nuvem, à porta do Bar, Boate e Restaurante MM:

— Vamos entrando que o tutu está na mesa!

Era a garçonete, ninguém menos que a Dercy Gonçalves.

— Tutu à mineira? — perguntei logo, com água na boca, pois estava sem comer desde meu enterro.

— Não, minha Rosa! É o Joca Tutu, personagem da história que está sendo escrita aqui a duzentas mãos. Você é quem vai fazer o próximo capítulo...

De repente, fez-se luz no meu espírito. Compreendi, sem que ela tivesse de explicar mais nada: eu soube onde estava, com quem estava, e o que esperavam de mim ali. As boas causas sempre me atraíram. Se em vida eu tinha o sentido de missão, o pendor humanitário, em morto nada mudara: gostei logo da ideia de livrar os trabalhadores da opressão dos dias úteis. Mas antes de cumprir o trato preestabelecido pelas altas esferas, impus uma condição, aliás, fiz um pedido, penso que razoável: a Dercy que me trouxesse, sem demora, uma porção de pães de queijo e um copinho de cachaça, para restaurar minha energia vital. Só depois de sentir o travo do polvilho azedo com queijo minas, e a língua arder no fogo sagrado da cana, desvendei a minha parte da história:

*No nada. No descampado do sertão. Haja de esmiuçar o sido e suce-
dido — se propagar que nem labareda morro acima — lambendo poeira
até as palmas santas, donde o chumbo da tocaia ia arder. Urgia armar
arapuca. Eu ia dar surpresa pr'a quarta-feira lesa-pátria e 24 cabras ho-
ras-da-peste, jagunçagem. Como era a contrária? Vou clarear as ideias...
Mó de imaginar: ela quarta-feira era bruta misturada — dum tanque de
guerra e duma jiboia... Ou centopeia gigante cuspindo bala por cada pé
de metralha. Carece de brotar zelo e regar cuidado. Um homem come pó,
capim, bosta de vaca, se arrastando — de onça-em-bote, e tem de afinar o
grosso do corpo semelhante fosse pelego; tudo um vai sem pressa, que chega dar soneira. Quem drome não acorda. A quarta-quieta e 24 horas si-
lenciosas-da-peste podiam estar gatinhando também, no vice-versa, nunca se sabe. Não vale ir com o vento, o senhor tem de atiçar calmaria, na
modorra, o mais de. As juntas até dão estalo, e as minhas, que nem dente
no torresmo: traque! treque! E a capanga Lúcia ouvindo deu sussurro: —
"Pega cautela, Joca Tutu!..." O medo dela amarelava a visagem; a menina dos olhos mijava lágrima. Mas eu comandava? Um co-manda porque
manda com... Atrás vinha a Lúcia de barriga no cascalho, o João Simone
escorrido com um palmo de altura, o Sarda jararacando, e a Elisa arma-
-de-chifre rasgando a joelheira. O que cada qual sabia era um certo com
muito erro, vero que só na luta aparece. O dedo no gatilho, já atentou?:
sem perceber, o cabra coça. Qualquer mato ameaçava sacudir: o inimigo
saindo dele. E num repente, assum preto pousado, que se assustou voante,
deu alerta! Afastaram a erva alta, a minha cabeça eu encolhi e olho ainda
viu: era a quinta-feira, tocaiada para tocaiar a gente! Por essa nem Deus
desesperava. Senti o tiro pela culatra: a quarta dum lado, a quinta do
outro, nós no entremeio; no rés-do-chão do sertão a nu de peito aberto.
A quinta-feira no cocoruto de um cupim fungou cinquenta tiros pelos buracos do nariz. A quarta veio de lá dançando o can-can rá-tá-tá-tá, cem
pernas de chumbo grosso se levantando. Nós no meio do fogo em cruz, no
reboliço dos balaços, marcha fúnebre assobiando nas orelhas. Aí eu era o
Tutu-Branco: mas tinha que ser o mata-mata, o Tuturana, o que em alvo*

invisível mais exato atirava. Medo nem passou perto! Quem mirou em mim e falhou: a toda hora. Eu não ter acertado: acontece. Cada uma das irmãs de bofe ruim fuzi-refuzilava, ribombando o tiroteio total. Aquilo que ninguém quer pensar, aí que pensa, vinha na cabeça. Palavreado do João Simone, que dissertou: — "A segunda-feira? Já não respira nem peida... matei..." E a Elisa, confessando mais uma: — "...Lá tem uma ossada, lá... é da terça, que eu descarnei..." E agora a vingança da irmandade cortava em tiras o ar respirado. Mas eu não era o comando? Então não era?, até com carga de brigada raspante nos meus pensamentos, e mais outra, azulante, riscando o jaleco. Podem vir, que eu cuspo de lado. Mas, se rispostasse com bala do meu ferro, e caído estava — pois que na mira da morte, de perto, é mais que certo. Então: se não fui — haja reação! — atacar cortante que nem machado de macho. O inimigo que era, era o bando das irmãs feiras, mais feras do que freiras, que já sem duas antes matadas dava luta, avançamos. E foi descalabro. Sucedeu. Tanto estampido que calango ficou surdo. Tempo vai, volta, revolta, até que veio o avesso: as duas irmãs trocaram pernas, de revés, para se emburacar lá longe. Que era porque o João Simone se alembrara de girar, pela retaguarda, e atacava urrando a frente inimiga. — "Chô! Chuau!" — é como se diz para tanger. Pois tínhamos de seguir, prosseguir e perseguir. E as dianteiras 48 cabras-horas, mal chegadas, já iam tarde, em fuga dez-a-balada. Nem não iam. Uma a uma, o Sarda, a Lúcia, a Elisa a cavalo foram para cima, galopando no cangote! — a poeirama solta no cerrado. E a quarta-feira, fracote, feito uma sem hora, logo no primeiro tranco foi lançada morta, se estirou reta no ar: uma tábua. Assim também a quinta requinta, desafinando — eu próprio, apeado, acertei nela diversas duas vezes. Essa se desdobrou — a própria curvatura. E veio caindo torta, ao pé de mim, ferida de morte, num gemido. O queixume que ela expelia já faltava o ar, suave suspirante, aí com dois pulmões perfurados. Mas sou cristão. Dei nas mãos dela uma bexiga cheia d'água, fresca como de moringa. E cerrei os olhos, para não me compadecer com padecimentos. Nem não quis ouvir mais; que ouvido tem pena. Deixei beber, armei a carabina e catapimba! Era a cara escarrada da morte. — Av.Marí! — *A quinta-feira caiu prenhe do peso dela por cima da quarta. Entortou o corpo quase dobrando finado até encostar a testa no corpo esfriante da irmã; e largou mão, fraquejou, golfando pelas ventas duas poças de sangue. Semelhava que um morcego nela tivesse obrado. Um dia útil é que nem homem, morre cheio de vida, vendendo saúde, sem tento no tempo, e ainda está com remela amarela, ranho de todo tamanho, baba que não acaba, obra e urina por cima e comilança na pança... O diabo que carregue essas crias dum coronel!.. Lá se foram as malditas-feiras quartequinta calcar o pó do sertão. De pé-junto."*

Z deu um prolongado suspiro e deixou a cabeça tombar sobre o ombro esquerdo. Era o fim dos trabalhos, sinal de que ele já não estava possuído pelo espírito do Guimarães Rosa, só pelo seu próprio, num corpo exausto. Por razões que desconheço, talvez o prazo curto e a pressão das datas, o cego queria acabar com todas as irmãs antes do evento de 1º de Maio, daí que tivesse eliminado numa só sessão a quarta e a quinta-feiras, deixando viva apenas a sexta. O que explicava o dito da manhã, sobre matar dois coelhos com uma só cajadada.

Duro, o cajado do velho. Talvez eu devesse comprar um capacete.

Sexta-feira, sol nascente, Água Branca, lago, pererecas. Se eu fosse vocês, parava por aqui e pulava este capítulo, pois correm o risco de ficar tão enjoados quanto eu com o papo panfletário de Z, que estava em dia inspirado.

Na noite anterior, depois da sessão, eu tinha abdicado da pizzaria, mas imagino o que tenha acontecido por lá: de um lado, a Didi e suas exclamações entusiásticas "Ó, o Guimarães Rosa, quem diria!", assim como o japonês e seu empenho "está tudo filmado, pronto para o YouTube"; do outro, o Oliveira e seu preconceito "O sertão é onde os nordestinos deviam estar, não aqui em São Paulo", contrastado pelo Jonas e sua clareza "Se houvesse reforma agrária, eles não precisavam migrar". De ambos os lados, comentários óbvios do Luís Leite "Foi incrível!" e reprimendas do Pinto velho a seu desafeto "Cale a boca, Oliveira, que você só diz besteira!", além do vaivém dos garçons da Brancaleone "Mais um chopinho?", "Outra margherita?", à mistura com o tilintar de copos, pratos e talheres. Portanto, nenhuma novidade, a menos que eu me engane. Uma rotina que já estava perdendo a graça.

— Olha o cafezinho acabado de coar!

Era a negra simpática do parque, noutro gesto não menos rotineiro, mas do qual, curiosamente, eu não conseguia me cansar. Z decidiu pousar o livro que tinha nas mãos para poder segurar o copinho, mas o banco estava sujo:

— Cuidado, seu Zé! — arranquei o livro das mãos dele. — A beira está toda cagada de pombo...

— É mesmo? — ele reagiu — Que merda!

E arrastou o traseiro para o meio, para não se sujar, mas derrubou café no colo, emporcalhando as calças.

— Ai! — fez a preta, que presenciara a cena. — Não se mexa, que eu cuido já disso...

A "Nastácia" foi à casa de sapé e voltou com um pano de prato embebido em água quente, pondo-se a limpar a mancha escura junto à braguilha do cego. Enquanto ela se dedicava à tarefa, o malandro andou com o ar mais feliz do mundo, talvez se lembrando de outros carnavais, graças à nódoa que não saía e às hábeis mãos que subiam e desciam com o pano úmido, trazendo à região um calor e um frisson há muito tempo esquecidos. Mas o velho estava bem vivo, pois a mancha de café ganhou volume e consistência, e a negra prestativa assustou-se, abandonando o terreno:

— Ah, isso não sai! Melhor mandar para a lavanderia...

O sorriso do meu cliente se desfez, e ele me pediu o livro, desconsolado, voltando a ler com a ponta dos dedos.

— É aquela sua coletânea de textos anarquistas em braille, seu Zé?

— Hum, hum...

— Sempre à procura de alguma coisa para pôr no lugar dos dias úteis?

— Em busca de dias melhores, com uma organização social diferente, feita de homens livres em igualdade de condições...

— Já ganhou! E o que diz aí?

— Quer que eu leia para você, para variar?

— Não é preciso. Basta dar uma ideia...

— Está bem, cito de memória — fechou o livro e começou a folhear as páginas do cérebro. — Um pensamento do William Godwin:

"Cada homem deve calcular, a cada cálice de vinho que bebe ou diante de cada objeto que usa como adorno, quantos indivíduos foram condenados à escravidão, ao suor, a uma labuta incessante, a uma vida de dificuldades, má alimentação, ignorância e à mais brutal insensibilidade para que ele pudesse dispor desses luxos".

— Lindo! Nunca mais compro produtos de marca! Diga outro...

— Do Thoreau:

"Se um homem dedicar metade do seu dia a passear pelas florestas, porque gosta delas, corre o perigo de ser considerado um vagabundo; entretando, se gastar o dia todo como especulador, a tosquiar as ditas florestas, será prezado como cidadão industrioso e empreendedor".

— Uma paulada nos desmatadores da Amazônia. Mais um!
— Oscar Wilde:

"A História mostra que a desobediência é a virtude original do homem, e o progresso é consequência da desobediência. Muitas vezes elogiamos os pobres por serem econômicos, mas recomendar aos pobres que poupem é algo grotesco e insultante, seria como aconselhar um homem que está morrendo de fome a comer menos; um trabalhador urbano ou rural que poupasse seria imoral. Nenhum homem deveria estar sempre pronto a mostrar que consegue viver como um animal mal alimentado; deveria recusar-se a viver assim, roubar ou fazer greve, o que para muitos é uma forma de roubo".

— Então os sem-terra é que estão certos em enfrentar os com-terra! Vá em frente, seu Zé...
— Do Confúcio:

"Se um Estado for governado de acordo com os princípios da razão, a pobreza e a miséria serão objeto de vergonha; se um Estado não for governado pelos princípios da razão, as riquezas e as honras serão objeto de vergonha".

— Já conhecia. É o retrato cuspido do Brasil! Continue...
— Kropotkin:

"Como todas as leis sobre a propriedade, que enchem grossos volumes de Códigos de Direito, não têm qualquer outro objetivo senão o de proteger a apropriação injusta e garantir que certos indivíduos se apropriem indevidamente do trabalho de outros seres humanos, não há nenhuma razão que justifique sua existência".

— Certíssimo: nada justifica a existência do poder legislativo nem dos outros dois! Mais um!

— Bakunin:

"Em dia de eleição, mesmo a burguesia mais orgulhosa, se tiver ambição política, deve curvar-se diante da vontade popular. Mas terminada a eleição, o povo volta ao trabalho e a burguesia, a seus lucrativos negócios e às intrigas políticas. Não se encontram nem se reconhecem mais. Como esperar que o povo, oprimido pelo trabalho, supervisione as ações de seus representantes?".

— Bem visto! Os corruptos fazem o que querem e acaba sempre em pizza. O Collor só dançou, nos anos 90, porque aquele esquema de corrupção com o PC Farias dava muito na vista. Mas depois dele outros meteram a mão na grana e o povo continua a votar nos caras, inclusive no próprio Collor. Mais frases?

— Vou parar nesta:

"Pelo simples fato de que, se não houvesse um meio para marcar as horas com exatidão, o capitalismo industrial nunca poderia ter se desenvolvido nem teria continuado a explorar os trabalhadores, o relógio representa um elemento de ditadura mecânica na vida do homem moderno."

— E é de quem?

— Do George Woodcock, o canadense que reuniu esta antologia.

— Ah, para um canadense, ok. Mas entre nós tem pouca validade, porque brasileiro chega sempre atrasado, com ou sem relógio...

— Se é o patrão que atrasa, ninguém diz nada. Mas, se for o empregado, é despedido por justa causa, a ditadura está aí. Depois a empresa não contrata ninguém para o lugar, chama colaboradores temporários, passa as tarefas para um free-lancer ou terceiriza, ou seja, faz qualquer negócio para não pagar os direitos batalhados pelos trabalhadores nos últimos duzentos anos, contados no relógio.

— Certo. A precariedade é um atraso de vida: dois séculos de atraso!

— O ser humano é que se tornou precário, preso a condições degradantes, que aceita por falta de opção. Tenho aqui outro dito do Kropotkin, prometo que é o saideiro — desta vez Z virou as páginas e foi à procura com o dedo até encontrar: — "O trabalho do prisioneiro é um trabalho escravo; e nenhum escravo consegue inspirar no homem o que de melhor existe no ser humano, que é o desejo de trabalhar e criar alguma coisa. O prisioneiro pode até aprender uma profissão qualquer, mas jamais aprenderá a amar seu trabalho, e, na maioria dos casos, aprenderá a odiá-lo."

— Amar o trabalho não é fácil. Ainda se fosse a Luana Piovani...

Z sorriu, não sei se imaginando a bela atriz ou lembrando as mãos da negra sobre sua braguilha. Por fim, sugeriu que fôssemos encarar um charque nos Raimundos, onde pouco se falou e muito se comeu. Para não dizer que o jabá correu sem comentários, cito o único toma-lá-dá-cá digno de nota:

— Tem uma coisa que não entendo, seu Zé: o senhor fala de anarquismo mas já andou no comunismo. Afinal, qual é a sua?

— Simples: o que vier primeiro.

— Mas o comunismo já veio e já foi...

— Aquele modelo que veio, já foi tarde, porque os burocratas eram uma classe à parte, quase uma burguesia. Mas a versão chinesa, com todos os defeitos, vai dando certo. E a cubana também, apesar do bloqueio econômico.

— Cuba está na miséria.

— E, no entanto, as crianças cubanas têm todos os dentes na boca, brancos e sadios, enquanto no Brasilzão capitalista só se vê mil e um.

— Por que o senhor foi lembrar logo dos dentes?

— E por que não?

— Sei lá, seu Zé, anarquia e comunismo são duas coisas que não têm nada a ver: de um lado, a ausência total do Estado e, de outro, a presença esmagadora do Estado. Como o senhor explica essa contradição?

— Não explico, eu vivo isso. Penso que as mudanças sociais se devem a fatores imprevisíveis, e que as teorias apitam pouco. A suposta inevitabilidade do socialismo, por exemplo, me cheira a crença religiosa, ainda que me agrade a ideia. E o anarquismo exige um desprendimento e uma boa vontade que não são fáceis de encontrar no gênero humano. Quero um modelo igualitário, sim, mas não sei qual tem mais chance de emplacar. Não depende só do que se quer, mas de condições objetivas que podem ou não existir num determinado momento. Sendo assim, anarquia ou um novo modelo comunista, para mim tanto faz: o que vier primeiro é lucro...

Lucro? Putz! Não me deu vontade de perguntar mais nada.

À tarde, já em casa, fiquei subitamente enjoado de tudo, não do almoço, mas da verborragia de Z: sua filosofia de feira, as teorias dúbias, as práticas impraticáveis, a crença cega num mundo melhor, aquela conversa grandiosa em contraposição à pequenez da vida cotidiana, mesquinha e solitária, com crises econômicas e depressivas que levam jornalistas ao desemprego e ao desespero, transformando-os em bengala de ancião, sutiã de velha e óculos de cego, numa cidade onde ex-pugilistas levam na cabeça e caminhoneiros na ativa morrem esmagados pela estupidez dominante. Dei nos cornos do meu cliente:

— Todo o seu papo mediúnico, seu Zé, com a acrobacia verbal dos seus espíritos de porco, assim como as teorias grandiloquentes dos seus comunistas e anarquistas clássicos, que juntam ideias fracassadas com utopias delirantes, é conversa para boi dormir. Sabe quando o Brasil vai mudar, meu velho? Nunca!

O cego não se abalou com o meu tom de voz nem se apressou a responder. Voltou a cabeça na minha direção, apenas, e fez a pergunta:

— Você falou em "utopias delirantes", gostei da expressão. Mas onde é que foi buscar essa palavra?

— Qual palavra?

— Utopia.

— Ué, utopia, o senhor sabe o que é: uma coisa impossível de realizar...

— Você não respondeu. De onde veio a palavra?

Ah, ali tinha coisa! O meu Sócrates com um discípulo só já se preparava para me dar alguma lição. O meu Platão sem Academia projetava as sombras da caverna sobre a minha cabeça. O meu Cícero sem tribuna limpava a garganta para uma diatribe contra este Catilina de plantão. Decidi enfrentar Z, como Davi diante do Golias, com a funda contundente do meu saber. Eu posso ser cuidador mas não sou qualquer um:

— *Utopia* é o título de um livro escrito por Thomas More, chanceler da corte de Henrique VIII, que foi executado porque era católico, fiel ao papa, e não quis aprovar o divórcio do rei...

— Uau! Estou impressionado. Já vi que você fez a lição de casa e tirou nota dez no boletim: o menino bonito da professora de História!

Na verdade, eu tinha visto um filme sobre o More na televisão, *O homem que não vendeu sua alma*. Mas o velho não precisava saber disso.

— Me diga uma coisa — Z insistiu: — você leu esse livro ou não leu?

A pergunta era boa. A minha resposta, nem tanto:

— Sei do que se trata.

— Eu já imaginava: não leu mas acha que sabe o que é, como tanta gente que emprega a palavra utopia baseada no que ouviu falar. O mesmo acontece com anarquia, todo mundo acha que é sinônimo de bagunça, confusão, mas não há nada mais organizado do que uma comuna anarquista. As pessoas falam de orelhada, como se diz. Seja como for, eu li o livro, Julinho, do princípio ao fim, e digo para você que, salvo uma coisa ou outra, o sistema político imaginado pelo More não é impossível de realizar, é perfeitamente viável. Em Utopia, uma ilha na América do Sul, que eu imagino em Florianópolis, há 54 cidades que nunca entraram em conflito nem tentaram aumentar os seus domínios à custa das outras, e os cidadãos têm iguais direitos e deveres, cada homem dedicando parte de seu tempo a viver no campo, tratando a terra, criando gado e fazendo o transporte dos víveres necessários às províncias, para que nunca falte nada a ninguém. Trabalham seis horas por dia, com duas de descanso pelo meio, e vivem pelo bem comum, em casas sólidas e ruas com jardins que os próprios moradores cultivam, tomando as refeições em comum e dedicando-se depois do jantar aos divertimentos, à música e a jogos do gênero do xadrez, sendo que a única coisa que distingue um homem de outro, o que lhe dá um certo *status*, digamos assim, é sua sabedoria, o tempo que ele dedica às atividades do espírito, e não a riqueza material que possa acumular. Por sinal, o ouro não tem qualquer valor para os habitantes de Utopia, ao contrário, com ele fazem penicos, e entre os utopianos não fica bem aparecer enfeitado, com um Rolex de ouro em público. Recomendo a leitura desse livro: é bom para quem lê pouco, fininho, mas vai mudar sua maneira de ver a palavra...

— Dispenso a ironia, seu Zé, porque leio muito. E discordo: de viável essa Utopia não tem nada, tanto que só existe em livro. Cadê a Utopia na vida real?

— Existe, mas não num lugar só, está espalhada. Tem um pouco de utopia em Portugal, por exemplo: uma fundação lá da terrinha instituiu um prêmio para ideias autossustentáveis que melhorassem a vida nas cidades, e o vencedor foi um projeto de reabilitação urbana a custo zero, propondo reformar edifícios abandonados com a ajuda de estudantes de arquitetura e engenharia da Europa inteira, trabalhando como voluntários. Bem, os meninos já têm até um primeiro prédio para reconstruir, na cidade do Porto, e contam com o apoio da prefeitura local. Se fosse em Sampa, esse projeto podia acabar com as três mil e tantas favelas da região metropolitana, realocando os favelados no Centro, em condições melhores. Mas fora essa utopia disseminada, há outra, que infelizmente é só para alguns gatos pingados: aquela que os ricos já vivem. Me lembro de uma foto antiga do Gianni Agnelli, que em vida foi presidente da Fiat, mergulhando nu do seu iate no azul do Mediterrâneo, feliz e relaxado, enquanto os metalúrgicos da Fabbrica Italiana Automobili Torino davam duro na fundição, a quarenta graus, respirando fuligem, com câncer de pulmão. Era uma Utopia para o empresário, um inferno de Dante para os operários. Desse tipo, existe também uma Utopia na Suíça, para os banqueiros, outra na Alemanha, para os industriais, mais umas poucas nos Estados Unidos, para o Bill Gates, os Rothschild, os Rockefeller, além de outras nos países capitalistas avançados, para a fina casta dos milionários. A Utopia não é uma quimera, existe na realidade. Só falta distribuir melhor...

— Se um dia vão distribuir, vai ser num futuro distante, e põe distante nisso. Continuo achando que sua Utopia é uma utopia, seu Zé, e que o Brasil não vai ser anarquista nem daqui a quinhentos anos...

— Ôps! Espere aí, é justamente o contrário: o Brasil já foi anarquista, na prática, quinhentos anos atrás.

— Ah, lá vem besteirol! O senhor está ficando gagá...

Para que eu fui dizer isso!

— Você é que está me faltando ao respeito, Júlio, o que não admito! — pela primeira vez, vi o cego erguer a voz e perder o autodomínio, zangando-se feio. Ele fechou o tempo comigo, e com razão, pois eu tinha passado do ponto, não só pelo que disse mas pelo tom ácido com que disse aquilo.

— Desculpe, seu Zé, não quis ofender. — Tentei jogar água na fervura. — Mas o senhor subverte tudo o que eu digo e às vezes fica difícil...

Z não respondeu. Parecia estar realmente magoado e precisou de tempo para se recompor, como se avaliasse, naquele preciso instante, se me mantinha ou não no cargo de cuidador. O velho era tão transparente que dava para ver o drama desenhado na cara dele, e me dei conta do tamanho da cagada, pois eu tinha agredido um homem que não tinha culpa do Brasil ser como era nem da minha vida estar andando em marcha-ré. Mais do que o emprego, eu acabara de pôr em risco a nossa relação, bem mais valiosa que o dinheiro, e senti, afinal, que meu cliente era mais do que um cliente, era um velho amigo, sábio e gentil, e não merecia ser agredido pelos meus maus bofes. Fui buscar um caminhão de bombeiros, liguei as mangueiras aos hidrantes num raio de dez quilômetros, bombeei toda a água dos reservatórios das redondezas e ativei os extintores disponíveis à base de CO_2 para tentar apagar aquele incêndio:

— Seu Zé, seu Zé... não fique chateado comigo! Já lhe contei a minha história, andei muito tempo perturbado, sob pressão. Falei sem pensar. Tomei tanto comprimido nos últimos anos que quem ficou comprimido fui eu. O gagá sou eu. Só falo merda e acabo ferindo justamente as pessoas que mais prezo, aquelas que têm mais valor. Perdi a minha ex assim, seu Zé, mas o senhor sabe que até hoje eu sonho com ela. Me perdoe, de coração. Não quero perder sua amizade como perdi o amor da Lara...

A expressão de seu rosto, grave, foi mudando à medida que eu falava, ganhando suavidade, pouco a pouco, até voltar ao normal, à doçura que lhe era própria, como uma chaleira de água fervente que é tirada do fogo e deixada esfriar, até baixar à temperatura ambiente:

— Espero que isto não se repita, rapaz. Gosto de você e não me agradaria ter de deixar de gostar...

— Se viesse a acontecer, ninguém ficaria mais triste do que eu.

— Então, tá: foi só a hélice que quebrou. Vamos entrar num Paulistinha e voar de novo...

— Voar?

— Antes de me chamar de caduco, você tinha dito que o Brasil não vai ser anarquista nem daqui a quinhentos anos. Eu afirmei que já foi, exatamente há quinhentos anos. Então peço que você vá ao porão buscar as provas disso: *Organização social dos Tupinambá*, do Florestan Fernandes, e *Duas viagens ao Brasil*, do Hans Staden. Você se importa de me fazer essa gentileza?

— Já estou indo!

— Ah, e traga também a *Colônia Cecília*, do Afonso Schmidt...

Desta vez, eu tinha escapado. Mas foi por pouco.

41

Um telefonema alterou nossos planos. Eram más notícias, para pesar do cego e por tabela também para mim, pois mal ou bem eu já fazia parte de seu círculo de amigos. Um dos filhos do Garcia do Bandolim ligou de Santo André para anunciar a morte do pai, naquela mesma tarde, uma coisa inesperada, visto que o músico vinha de um período de melhoras, andava até corado e tudo. Mas...

— Que triste, Júnior — a testa de Z estava franzida, os cantos da boca descaídos. — Lamento, lamento, lamento! Você sabe a amizade que eu tinha pelo seu pai... — E depois de passar a mão sobre os olhos úmidos, assoando o nariz num lenço azul que tirou do bolso de trás, o velho informou-se sobre o velório, acrescentando: — Vou já para aí...

Via ônibus, metrô, trem, o ABC paulista ficava a duas horas da Turiassu, se tudo corresse bem. Mas o Nilo Peçanha ao volante do seu Fiat fez o trajeto em trinta minutos, com o veículo lotado: eu, ele, Z e os demais integrantes do Choro de Velho. O cego, que era o avarento de Molière nos hábitos de consumo, virou um esbanjador naquela hora trágica: dada a má situação financeira por que passava o Nilo, fato notório, mandou-o encher o tanque e pagou a gasolina. Já o Tonico Sete Cordas e o Pedro Paulo, bem como o Pinto, cujos vencimentos andavam vencidos, ficaram discretamente na deles.

Chegamos a tempo de apanhar o cortejo, vale dizer, a viagem sem fim do carro fúnebre que transportou o defunto até a capela do cemitério Jardim das Flores, no extremo oposto de Santo André, perto do km 30 da Raposo Tavares, onde o corpo seria velado. Por que tão longe? Simplesmente porque era lá que a família tinha comprado o jazigo. Mas era sexta-feira, hora do *rush*, e a rodovia estava congestionada:

— Pobre Garcia! Nem morto se livra desse trânsito de merda — estrilou o Nilo, que detestava andar a dez por hora.

Salvo um ou outro fungar de choro, o silêncio tinha sido a tônica até ali. Mas a bronca soltou a língua do pessoal:

— Pode crer — aderiu o Tonico Sete Cordas. — Faz lembrar aquela vez que fomos tocar em Santos: três horas e meia para atravessar a Anchieta!

— Fomos a Santos duas vezes. Nas duas foi a mesma coisa — juntou Z.

— É, minha gente — o Pedro Paulo entrou na cavaqueira, — só que essas viagens foram maravilhosas, e desta o Garcia não deve estar gostando nada.

Breve pausa chocada. Z optou por acentuar o lado positivo:

— Das duas vezes fomos comer num restaurante de beira de praia, não me lembro o nome, que era todo envidraçado para os fregueses poderem ver o mar.

— É verdade! Casquinhas de siri, pastéis de camarão, moquecas, iscas de cherne com maionese feita na hora... — O Pinto, que era do ramo, rememorou o cardápio. — O Garcia pediu um arroz à grega que todo mundo quis provar, com uns enormes camarões-tigre por cima, cheios de muzarela derretida!

O humor do regional parecia dar sinais de melhora:

— Fora as caipirinhas de lima — Z sorriu. — Bebemos quantas?

— A gente bebeu? — fez o Tonico. — Não me lembro.

— Também esqueci — disse o Pinto, alinhando na pilhéria.

— Esqueceu o quê? — juntou-se o Pedro Paulo.

— Pois é — concluiu o cego —, eu sabia que eram muitas, só não imaginava que fossem tantas...

Pinga era coisa que rendia sempre muito assunto para aquele pessoal:

— A gente bebeu para cacete e depois entramos no mar pelados, nem sei como não fomos presos...

— Nem sei é como não morremos de congestão!

Silêncio repentino: o verbo "morremos" voltou a chamar a atenção para o Garcia, que seguia alguns carros à frente, impossibilitado de participar daquela conversa. Foi novamente Z quem ergueu o moral da terceira idade:

— O Garcia gostou tanto daquela farra que encheu uma caixinha de sua coleção de espaço-tempo com areia da praia...

— Pois é. Mas agora ele vai encher um caixão que vão cobrir de terra — contrapôs Pedro Paulo, mais fúnebre que o carro de mesmo nome.

A reação foi unânime:

— Vire essa boca para lá...

— Te manca, ô urubu!

— Sai dessa!

O cego fez questão de erguer o morto acima da mortalidade:

— Podem jogar terra à vontade que não vão conseguir apagar a chama do nosso amigo. Quando ele tocava, até saía faísca do bandolim. O mundo das trevas vai ficar diferente com a chegada do Garcia, porque ele vai andar por lá cheio de luz, resplandecente como uma sombra branca... Lembram dessa?

Um coro de "Pode crer!", "Essa é linda!", "É verdade!" bateu no teto do veículo e voltou, ecoando pelo Fiat, que virou um *fiat lux*, um faça-se a luz entre amigos. Só eu estava por fora:

— Sombra branca?

— Nem mais. É não é maneira de dizer, não: lá na terra do avô do Garcia, que era um pastor de ovelhas andaluz, as árvores davam sombra branca.

Senti que os olhos dos quatro velhos estavam postos em mim, inclusive os do cego, que não via, e os do Peçanha, que devia prestar atenção na estrada. Será que aqueles gozadores não iam perdoar nem o velório do amigo?

— Pessoal, não é por nada não, mas o Garcia merecia mais respeito...

— É sério, não é brincadeira — fez Z, que nessas coisas não tinha mais crédito comigo. — Se você não acredita em mim, eu deixo o Pedro Paulo contar...

— Posso contar, com o maior prazer. Essa é linda!

O cortejo, falo das centenas de carros enfileirados na Raposo Tavares, continuava lento. Eu ia ter mesmo que ouvir aquela até o fim:

— Está bem. Como é essa fábula da sombra branca?

— Fábula nenhuma, é história verídica. O avô do Garcia, que ele chamava de "voelito", e que antes de emigrar tinha sido pastor, trouxe da Espanha um bocado de grama onde ele dizia ter visto sombras brancas. Esse capim seco, que o velho guardava entre as páginas da Bíblia, foi o que deu a ideia para o Garcia de iniciar sua famosa coleção de espaço-tempo...

— Não fique enrolando — disse-lhe Z —, que o Júlio aqui é um cético, acha que estamos fantasiando. Pule logo para a parte objetiva...

— Então, tá: um dia o "voelito" acordou de madrugada para ir pastorear suas ovelhas, há mais de um século, e estava frio, porque tinha nevado à noite, o que não era nem é tão comum na região da Andaluzia. Mas neve pouca, uma camada fina, que cobria de branco a vasta planície espanhola, onde se viam também, aqui e ali, algumas oliveiras sobressaindo no panorama. Ora, acontece que o sol nasceu e começou a derreter a neve, trazendo à tona o verde da pastagem. Derretia em todos os lugares, menos onde? — o Pedro Paulo olhou para mim, que não soube responder, e completou: — Menos onde as oliveiras faziam sombra, porque ali o sol não conseguia bater. Sob a proteção das árvores, a neve não derretia, e o chão mantinha-se branco nos limites da sombra, coberto de neve apenas naquele espaço, ainda que isso durasse poucos minutos. Então o avô do Garcia teve essa visão surreal só para ele, marcado para sempre pela beleza fugaz de um momento tão raro: as oliveiras, ao nascer do sol, projetavam magníficas sombras brancas na verde planície andaluz...

— Putz! — tive de dar a mão à palmatória, visualizando a cena incrível mas verossímil. — Que imagem linda!

— Não falei? — Z me olhava com ar de vitória.

— Essa é ainda melhor do que a da revoada de borboletas... — reconheci, vencido e admirado.

Meu entusiasmo contagiou os velhos, que viam assim confirmada a veia poética do extinto bandolinista, capaz de comover até um cético como eu. O Nilo, de olho na minha reação pelo retrovisor, por pouco não bate num Pálio:

— A Teoria da Relatividade está certa! — ditou, enquanto enfiava o pé no breque. — Essas caixinhas contêm histórias que nunca perdem a graça, seja qual for a época ou o lugar: as sombras brancas eram tão incríveis no século XIX da Andaluzia como são agora, no terceiro milênio, dentro do meu Fiat...

Nesse estado de ânimo chegamos ao cemitério. Mas, na capela, toda feita de pompa e circunstância, a tristeza voltou a dominar o espaço-tempo. A visão do morto, em cujas mãos alguém se lembrou de depositar um bandolim em miniatura, abalou a frágil estrutura dos velhos, a ponto de Pedro do cavaco ter de ser retirado do local, com falta de ar. O Peçanha e o Pinto só se mantinham de pé porque apoiados um no ombro do outro. E eu próprio, não medicado, confesso que senti as pernas bambas, constrangido pela dor que impregnava o ambiente. Via-se a perda em cada rosto, e especialmente nos familiares, reunidos à volta do morto, os narizes vermelhos, os olhos vazios, mantendo um sofrido silêncio, tentando segurar o coração. A certa altura, Z pediu que eu o levasse até o caixão e guiasse a mão dele até o rosto do Garcia. Todos, da viúva aos filhos e parentes próximos ou distantes, amigos e conhecidos, se viraram para contemplar a cena, enquanto o cego, delicadamente, fazia o reconhecimento tátil dos traços do amigo, passando os dedos sobre as maçãs do rosto encovado, sentindo o contorno do nariz de mouro ibérico até chegar aos buracos tapados por chumaços de algodão, tocando depois o queixo preso por uma tira de gase que ia até o alto da cabeça, terminando num laço. Por fim, Z pousou a mão na testa do cadáver, como quem lhe fosse medir a febre, e seu rosto mudou, as rugas contraíram-se, o cego envelheceu mais um pouco ao constatar a inevitabilidade do fim, a ausência de sensação térmica ou o gélido bafo da Morte. Disse então aquelas breves palavras que bastaram para provocar enorme comoção nos presentes, nalguns contida, noutros extravasada às raias do choro convulsivo:

— Aqui no caixão ficou só a partitura. A música já não se ouve mais...

42

Depois de um sábado amorfo, meu domingo foi solitário.

Decidi trilhar o caminho de Santiago, que consistia em seguir o Minhocão até onde meus pés aguentassem, entre os paulistanos no seu lazer de asfalto. Mas as jovens em trajes de Lycra, as mesmas que noutros domingos me faziam vibrar os hormônios, já não diziam nada. Não era só porque eu vinha da morte do Garcia, entristecido. Havia outra perda: o marido da Pat viera buscá-la logo cedo na Turiassu, no seu carrão, para almoçar com ela, enquanto o cego ficava com as gêmeas. Tinha sido a gota d'água, onde eu me afogava agora: o que é que o sacana poderia querer com ela? Reatar? Num domingão, só podia ser isso.

Eu não conhecia bem o cara, ele vinha sempre no pinote, pegava as filhas e desaparecia à mesma velocidade com que chegava. Mas ainda era marido da Pat, de papel passado, e portanto devia estar à altura dela. Eu o imaginava um tipo de fala mansa, capaz de levar qualquer mulher ou homem na conversa, com a verve de um ex-colega meu chamado Gouveia, de apelido Bé, primeiro nome Antunes, repórter que conseguia entrar em qualquer lugar só no papo, sem precisar das suas credenciais. Esse Bé perdera o olho direito num acidente doméstico mas conseguia convencer os crédulos de que aquilo tinha acontecido no Chile, no palácio de La Moneda, enquanto ele combatia as forças reacionárias do Pinochet, ao lado do Allende, quando era enviado especial do jornal em Santiago (detalhe: na época do golpe ele não tinha nem treze anos completos). Mais tarde passou a usar uma venda no olho cego, e afirmava que tinha sido um presente do Moshe Dayan, o falcão israelense, que lhe oferecera um dos seus tapa-olhos quando ele era correspondente de guerra em Jerusalem (detalhe: o mais perto que o Bé jamais chegou de Israel foi no Bom Retiro). Na vida amorosa o Gouveia também era um baba de quiabo, como ficou provado no *affair* que ele teve com uma turista italiana: em menos de 24 horas, convenceu a mulher a se casar com ele. Viveram um ano juntos, separaram-se e ela voltou para a Itália, casando-se de novo por lá, enquanto ele fazia o mesmo por aqui; também essas uniões falharam e, dez anos depois, o meu colega convenceu a italiana, por telefone, a voltar para o Brasil, num reencontro tão apaixonado que não tiveram dúvidas: convidaram todos os amigos para a sua festa de décimo primeiro aniversário de casamento! Esse era o Bé. Com tapa-olho, ele lembrava um pirata deslocado no tempo, pois tinha até vocação marítima e vivera, ou dizia ter vivido, dois anos no porto de Santos, quando era, ou dizia ter sido, sócio de uma fábrica de barcos de cimento. Uma vez perguntei-lhe se não afundavam e o Bé disse que não, porque era mesmo um mestre, não da navegação, mas da arte de convencer... Volto ao princípio: tudo isso só para dizer que, se o marido da Pat tivesse metade da lábia do meu colega, adeus, amor meu! Meus sonhos românticos já eram, chegados a seu final infeliz, acabados antes de começar.

A fugacidade é a lei de todos os seres, dizem os budistas. Tudo é fugaz como a efêmera, aquela libélula que chega à fase adulta, vive e morre no arco de um dia. Bundão fervoroso, não fujo à regra: as mariposas ardem no calor das "lâmpidas" e os Romeus como eu, se não perdem a vida, perdem suas Julietas antes de as terem possuído. Viver é perder; tudo é perda, perda, perda... O que eu sentia naquele domingo era uma espécie de viuvez por antecipação, sem nunca ter havido matrimônio, pensando na Pat, que tinha ido almoçar com o ex, que certamente queria almoçá-la. Já era mau assim, mas podia ser pior: ao sentimento de ciúme veio juntar-se o meu recorrente remorso pelo assassinato da velha, emergindo de um submundo de sombras negras. Eu trilhava o caminho de Santiago Maluf com o coração dorido e o espírito de um travesseiro nas mãos. *Qué hacer, Dios mísero-e-cor-de-osso? Qué carajo hacer de mi vida sin sentido?*

Tomei uma decisão repentina: confessar meu crime para Z. Despejar a minha culpa em cima dele. Aliviar-me. O velho ia ser a minha válvula Hydra, para dar a descarga da merda que eu fiz, além de padre confessor e delegacia de polícia. Decidi que ia me entregar para ele. O cego literato anarquista mediúnico clarinetista ia ter de mostrar seu lado feminino, de Minerva, travestido em deusa da justiça, fazendo a balança pender para o veredicto de... inocente? ...culpado? Isso agora ia ser com ele, eu já não tinha nada a ver com o peixe. A minha parte ficava feita, eu era o réu. Ele seria o tribunal inteiro: promotor, advogado de defesa, júri, meretíssimo juiz e único representante do público autorizado a entrar na sala do julgamento. As implicações dessa decisão já pesavam nas minhas costas. Se eu fosse absolvido, o mundo voltava a ser meu. Se condenado, perderia não só emprego, salário, estima e consideração, mais a paz agregada de uma vida em família sob a tutela do velho patriarca, como o bem mais precioso de todos: a sua melíflua filha Patrícia, a qual, naquele exato momento, podia estar na cama, debaixo do maridão, depois de ter comido "*involtini ai funghi porcini*" e bebido Chianti Ruffino na Famiglia Mancini. Ao menos era o que pensava o meu miolo mole masoquista em mais um ataque periódico de autoflagelação.

Saibam, meus amigos, que não era agradável a ideia de me confessar com o cego, como não é fácil abrir o peito para vocês, da forma que tenho feito, por mais que todo narrador, por norma um boquirroto, tenha natural tendência ao exibicionismo. Mas se se colocarem no meu lugar, talvez possam compreender o que lhes digo... Por exemplo, o leitor delicado, que não tem coragem para sair do armário: imagine ter de contar ao papá que se veste de enfermeira e brinca de médico com aquele motoboy simpático... ou a leitora casada, que a amiga levou ao candomblé: ter de dizer ao marido que foi penetrada pelo Orixá, na pessoa do pai de santo... ou o leitor corrupto, com cargo eletivo, apanhado no aeroporto com dólares na cueca: explicar à Comissão de Ética do Senado que o dinheiro não chega para todos... Não é difícil?

Cansado do meu passeio peripatético, entrei num desvio, deixando o Minhocão com todas essas minhocas na cabeça, e subi a Consolação em passo de caracol, em direção ao Belas Artes, onde cheguei desidratado. Que sede nordestina! Tomei água de esguichar nessas máquinas que molham a cara toda e procurei um filme com o qual me identificasse, condizente com o momento, que tivesse tudo a ver comigo. Humm... seria este? Não. E este? Nnn... também não. E este aqui? Ah, claro, sem dúvida! O título no cartaz era a minha cara:

— *Lixo extraordinário*!

43

— Seu Zé, acorde... seu Zé?

Ele ergueu as pálpebras devagar, como quem sai de um sonho pela porta dos fundos. Era começo de semana e eu estava empapado de suor, com um quilo de pó colado ao corpo, depois de passar uma hora e meia metido no porão:

— Dez da manhã, seu Zé... Já fui lá embaixo pegar os livros.

Ele girou a manivela mas o motor não pegou.

— Os livros que o senhor pediu na sexta-feira. Não foi fácil achar, estavam na última caixa, tive de examinar uma por uma...

O calhambeque começou a funcionar:

— Mm... Tá bom, a gente lê daqui a pouco. Antes vamos na cozinha tomar um café, que eu estou zonzo de sono...

— Já tomei o meu, mas acompanho o senhor. Aproveito para ir lavar as mãos e tirar o suor da cara...

Na cozinha, as gêmeas armavam um grande fuzuê, aprendendo a fazer bolo de fubá com a Sônia. A mulata dava as indicações mas elas é que tinham de pôr a mão na massa, e pela cara das duas via-se a grande distinção que há entre fazer um trabalho por obrigação e fazê-lo por prazer. O cego logo entrou na brincadeira e eu fui para o meu quarto, tomar banho de gato na pia. No caminho de volta, ouvi a voz da Pat, que me chamava do escritório:

— Júlio? É você?

— O próprio.

— Ah, venha ver uma coisa!

Ela estava radiosa como sempre, os bastos caracóis perfumados e frescos, e a pureza da floral fragrância deu-me a certeza de que o maridão não a tinha conspurcado. Confesso que já estava viciado naquele cheiro, por razões pouco ortodoxas: num dia sem testemunhas, eu tinha entrado no banheiro da patroa com um pequeno frasco vazio e voltara com ele cheio de xampu. À noite, aquilo era a minha cocaína: eu tirava a tampa e metia o vidrinho debaixo do nariz, inspirando fundo: ssniiff!! Huumm!!!

— Que coisa para ver é essa, Pat?

— Um e-mail daquela ONG "A Vooz", da namorada do Jonas. Quer que eu leia para você?

Demorei para responder, porque era uma decisão difícil:

SIM, seria muito agradável passar dois minutos ouvindo aquela voz de sereia, que me encantava, e ter descanso da tarefa de leitor, até porque eu devia me poupar para depois, quando teria de ler trechos de três livros para o pai dela;

NÃO, seria uma pena ficar a um metro da Pat enquanto ela lia, sabendo que se fosse eu a fazer isso teria de ficar dobrado sobre ela, o nariz colado aos seus cabelos de ninfa helênica, embriagado por aquela essência de ervas, folhas, seiva e pétalas de flor.

— Não, Pat... Pode deixar que eu mesmo leio.

O e-mail falava no evento anunciado para o 1º de Maio. Estava escrito nos seguintes termos:

"Caros amigos, todos os dias são iguais, ou deviam ser, produto do mesmo fenômeno físico, que é a circunvolução da Terra ao longo da sua órbita solar. Mas o homem separou um dia do outro e deu nome a cada um deles para ordenar os vários aspectos da vida social, com ênfase no trabalho, de tal modo que transformou os dias, antes luminosos, num instrumento de opressão. O que é a expressão "semana inglesa" senão a apropriação indébita do dia solar? Uma manifestação da natureza foi artificialmente contada sete vezes e separada em grupos de cinco dias, que perdemos no labor insano, sobrando apenas dois para o descanso e o lazer. É 'semana inglesa', porque a ideia nasceu na Inglaterra com a Revolução Industrial, e os cinco dias de trabalho foram ditos 'úteis' por servirem aos propósitos dos industriais de então, elite londrina, que os utilizavam para explorar e aviltar as classes trabalhadoras. Já é hora de acabar com essa injustiça histórica. Não vivemos na Inglaterra oitocentista, somos a geração do terceiro milênio, no Brasil! Não temos *fog* nem a fleuma britânica, o sol bate na nossa cabeça e amamos calorosamente os dias inúteis. Não vemos a troca da guarda, mas esperamos que os dias úteis sejam rendidos pelos sábados, domingos e feriados. Não temos a rainha, mas o Rei Momo. O que a gente gosta mesmo é de carnaval, que tem sábado, domingo e feriado juntos! Trabalhar, esse trabalho que nos querem impingir, útil ao patrão, é para bestas quadradas de carga, não para homens dignos. Portanto, grite com A Vooz: MORTE AOS DIAS ÚTEIS! No dia 1º de Maio, participe da grande manifestação de apoio ao ócio coletivo, em busca do nosso tempo perdido, o que nos pertencia mas vendemos a preço de banana. Vamos voltar a ter todos os dias para nós, fora das celas apertadas dos escritórios, dos bancos que são *bunkers*, das fábricas de detenção, dos campos de trabalho forçado do interior; voltemos a ver sem pressa o sol nascer e se pôr, recuperando os dias naturais, iguais uns aos outros, um único dia que se renova, renascimento cotidiano da vida. Vamos devolver ao lazer todo o valor que lhe é devido e enaltecer a vagabundagem pátria, pois só com tempo para nós próprios, para o estudo e a reflexão, deitados num parque, com um talo de erva entre os dentes, podemos descobrir o que é melhor para o Brasil, o que nos dá prazer fazer, e dedicar esse tempo reencontrado a atividades úteis de verdade, trocando ideias e bens que surjam no processo, segundo a necessidade de cada um, sem dinheiro ou intermediários, para uma existência realizada e feliz. Reencaminhe esta mensagem para seus amigos e familiares, vamos inundar suas caixas de entrada com este apelo à liberdade, contra o trabalho-prisão, conclamando-os a participar na renovação do país e do mundo. Acesse http://www.avooz.org/primeirodemaio/morteaosdiasúteis/av. Com determinação, Alícia, Toni, Zazie, Rubens, Pascoal, e toda a equipe de A Vooz."

Enquanto eu lia, Pat tinha posto a setinha em *select all* e dado o comando *print*, tirando uma cópia em papel da impressora, que me estendeu:

— Leia para o papai, ele vai gostar...

Inspirei fundo antes de sair dali e mantive o ar nos pulmões até chegar à cozinha, onde o velho já tinha tomado seu café e as gêmeas, contentes, viam a Sônia enfiar uma forma de alumínio, mínima, versão de brinquedo, no forno já aceso, com o primeiro bolo feito por elas. Depois fomos, eu e Z, para o quarto dele, e o velho exultou com o e-mail da ONG:

— Gênio! Esses meninos estão me saindo melhor do que a encomenda...

— No texto deve ter a mão do Jonas, está bem transado.

— Tenho uma surpresa para você, Júlio: fui eu quem ditou o texto para ele, neste domingo, pelo celular. E pelo jeito os garotos da ONG gostaram, porque reproduziram quase na íntegra. Repare que eles desvincularam a morte dos dias úteis do Centro Ariel, não falaram no meu nome nem mencionaram os espíritos, o que também foi um pedido meu. Mas podiam ter recusado. Se aceitaram, é sinal de que a meninada já se apropriou da ideia. É fantástico ver gente tão nova aderindo sem reservas a uma... — Z rateou — calça suja... — depois corrigiu — causa justa. Se é que o Brasil pode ter alguma esperança de futuro, está nesses jovens, não nos velhos gagás e quarentões deprimidos...

Certo, eu merecia a indireta, ele tinha me perdoado mas não esquecido. Por outro lado, que bomba! O velho manobrista conseguira se infiltrar na ONG! Ele era agora o *ghostwriter* oficial de A Vooz. Fiquei na minha e fui pegar sobre a cômoda os livros que trouxera do porão:

— Começo a ler?

— Sim, leitura seletiva: só os parágrafos sublinhados a lápis. Não gosto de riscar livros, mas esses foram exceções da juventude, as minhas vítimas, porque rabisquei de alto a baixo, sempre que achava algo interessante. E outra coisa, Julinho, vamos aproveitar para fazer treinamento intensivo de imitação: leia como se fosse eu a falar, com o meu tom de voz, grave, não esse seu amaricado, e imite a minha cadência, dê umas rateadas e troque as letras, coisas que faço de vez em quando. Então vá, comece...

Dei uma folheada na *Organização social dos Tupinambá*, do grande Florestan Fernandes, até encontrar o primeiro trecho marcado a lápis. Clareei a voz e caprichei no tom:

— Humm-rrum... Cena descrita por Ives d'Évreux: "um dia na aldeia de Januararu...

— JANnUaRaRu!

— ...na aldeia de JANnUaRaRu só tinham farinha para comer. Apareceu um rapaz trazendo uma perdiz morta há pouco; sua mãe depenou-a ao fogo, cozinhou-a, deitou-a num pilão...

— Diga... NUmM piLããO!

— ...NUmM piLããO, reduziu-a a pó, e juntando-lhe folhas de mandioca, cujo gosto é semelhante ao da chicória selvagem...

— ChIIiiCÓriia seEELvAgEM!

— Ah, seu Zé, assim não dá! Se interromper a toda hora, não vai dar para entender o texto. O que o senhor prefere: corrigir a imitação ou provar a tese de que o Brasil já foi anarquista?

— As duas coisas.

— As duas não consigo. Ou uma ou outra...

— Está bem, mariquinha! Pode imitar mal que eu não corrijo...

Velho encardido! Isso de ser cuidador não é bolinho:

— ...ChIIiiCÓriia seEELvAgEM, fez ferver tudo, e depois de bem picado ou cortado em pedaços, desta mistura fez pequenos bolos, do tamanho de uma bala, e mandou distribuí-los pela aldeia para cada choupana."

— Um impulso natural para a solidariedade, e isso há quinhentos anos, antes dos "civilizados" aparecerem para acabar com ele... Continue, rapaz!

— O senhor sublinhou outra citação desse Évreux, que viu "um grupo de doze ou treze Tupinambá assar, repartir e comer o produto de sua pescaria: um carangueijo!". Caramba, seu Zé, sou obrigado a reconhecer: os índios dividiam tudo, eram uns comunistas de primeira...

— Comunistas, talvez, mas não no sentido moderno, porque não tinham um Estado. Nem se pode dizer que eram socialistas como os utopianos do More, pois nunca existiu a União das Repúblicas Socialistas Tupinambá. O que havia eram as inúmeras comunidades Tupinambá distribuídas pelo país, autônomas, eu diria anarquistas, vivendo sua vida.

— Vida curta, seu Zé! No século XVI nós tínhamos cinco milhões de índios, mas, de tanto levarem porrada de portugueses, fazendeiros e garimpeiros, hoje só restam uns duzentos mil...

— O holocausto! Mas os Tupinambá vendiam caro a pele: morriam de pé, brandindo a borduna, e sempre que podiam acabavam com a raça dos inimigos, fazendo churrasco de português.

— Certo: gostavam de sardinha... do bispo Sardinha!

— Que foi comido e bem comido por pagãos que ele pretendia catequizar. Os religiosos portugueses se chamavam de "irmãos", mas não chegavam aos pés desses "selvagens" em sentimento fraterno: os índios é que viviam em comunhão, à moda de Tupã, mais cristãos do que a Companhia de Jesus. Os Tupinambá sim repartiam o pão, a perdiz e o carangueijo... Leia mais para mim!

— Ok. Frase sublinhada com traços fortes: "O princípio fundamental da economia Tupinambá consistia na produção do estritamente necessário ao consumo imediato. A acumulação de utilidades como técnica de racionalização dos meios de produção e coleta era completamente desconhecida"...

— Acumulação é coisa de capitalista.

— Um velho Tupinambá, em interessante diálogo...

— INtereSSAnTEE diÁÁLoGO!

— Ai, ai... INtereSSAnTEE diÁÁLoGO travado com Léry, revela suas atitudes a esse respeito:

"Uma vez um velho perguntou-me: porque vindes vós outros, mairs e perôs (franceses e portugueses), buscar lenha de tão longe para vos aquecer? Não tendes madeira em vossa terra? Respondi que tínhamos muita, mas não daquela qualidade, e que não a queimávamos, como ele supunha, mas dela extraíamos tinta para tingir, tal como faziam eles com os seus cordões de algodão e suas plumas. Retrucou o velho imediatamente: e porventura precisais de muito? — Sim, respondi-lhe, pois no nosso país existem negociantes que possuem mais panos, facas, tesouras, espelhos e outras mercadorias do que podeis imaginar e um só deles compra todo o pau Brasil com que muitos navios voltam carregados. — Ah! retrucou o selvagem, tu me contas maravilhas, acrescentando depois de bem compreender o que eu lhe dissera: Mas esse homem tão rico de que me falas não morre? — Sim, disse eu, morre como os outros. Mas os selvagens são grandes discursadores e costumam ir em qualquer assunto até o fim, por isso perguntou-me de novo: e quando morre para quem fica o que deixa? — Para os filhos, se os têm, respondi; na falta destes para os irmãos ou parentes mais próximos. — Na verdade, continuou o velho, que, como vereis, não era nenhum tolo, agora vejo que vós mairs sois grandes loucos, pois atravessais o mar e sofreis grandes incômodos, como dizeis quando aqui chegais, e trabalhais tanto para amontoar riquezas para os vossos filhos ou para aqueles que vos sobrevivem! Não será a terra que vos nutriu suficiente para alimentá-los também? Temos pais, mães e filhos a quem amamos; mas estamos certos de que depois da nossa morte a terra que nos nutriu também os nutrirá, por isso descansamos sem maiores cuidados."

— Mais sábio que o Fernando Henrique Cardoso, né, Julinho? Esse chefe Tupinambá nunca foi doutor *honoris causa* de lugar nenhum mas não privatizaria a Vale do Rio Doce... Outras frases sublinhadas?

Li:

"Entre os Tupinambá, as plantações eram coletivas, mas não ocorriam conflitos na apropriação de produtos agrícolas porque cada um consumia de acordo com suas necessidades... Quando se tornava necessário fazer uma derrubada e arrotear as terras, os homens do grupo local constituíam uma associação cooperativa. Também eram convocados para realizar outras tarefas, que um chefe de família não podia fazer sem auxílio. Ele primeiro preparava bastante cauim. Depois convidava os vizinhos para o ajudarem. Late observa que a recusa de prestação de serviços seria considerada uma desonra. Assim que o trabalho terminava, dedicavam-se à cauinagem."

— Nisso eu sou um pouco índio. Me dedico à cachaçagem...
Dei um coque na cabeça do cego bebum e li mais um trecho.
— Outra citação do Léry:

"Mostram os selvagens sua caridade natural presenteando-se diariamente uns aos outros com veações, peixes, frutas e outros bens do país; e prezam de tal forma essa virtude que morreriam de vergonha se vissem o vizinho sofrer falta do que possuem."

Curioso, tive de parar de ler, porque tinha os olhos embaçados e a voz começava a fraquejar. Emoção? Pois é, acho que era emoção estética. Confesso que sucumbi à beleza daquela narrativa, ao senso de ética petersingeriano dos Tupinambá e à ideia de um Brasil anarquista que se perdera, conspurcado pela ação predadora de caravelas mercantes e navios negreiros, hoje substituídos pelo trânsito de cargueiros movidos a petróleo, esses que transportam as bananas das costas ricas, que de ricas não têm mais nada. Já fazia quinhentos anos que os brancos acumulavam riquezas à custa de populações nativas riscadas do mapa. O cego, que era capaz de captar as minhas vibrações, quebrou o silêncio:

— Você ainda acha que estou gagá?

Ele tinha a cabeça mais no lugar do que muita gente que eu conheço:

— Ô, seu Zé, não judia! Já pedi desculpa e o senhor está coberto de razão, o Brasil era anarquista há quinhentos anos, provou seu ponto lindamente. Pena que virou a bagunça que é hoje...

— Acha que é preciso ler mais?

— Não carece. Dez a zero para o senhor!

— Então vamos reservar o Hans Staden para depois. Mas sobre a *Colônia Cecília*, do Afonso Schmidt, eu queria só dar uma palinha, de memória, nem precisa abrir o livro. É que os Tupinambá eram anarquistas num tempo em que não se falava nisso, enquanto a Colônia Cecília, que de fato existiu no Paraná, perto de Santa Bárbara, foi uma experiência anarquista no sentido moderno, feita por italianos no fim do império, com a ajuda do D. Pedro II...

— Um imperador ajudando os anarcas? Não é um contrassenso?

— O Pedro II era esclarecido. Tinha viajado à Itália e entrado em contato com as ideias de um anarquista, Giovanni Rossi, e gostou. Por isso ele cedeu terras para um grupo de emigrantes reunidos pelo tal, numa época em que a coisa nem era tão inusitada, pois com o fim da escravidão o Brasil precisava de braços. Inclusive, já estavam estabelecidos nas vizinhanças de Santa Bárbara os alemães do "mir", uma forma de socialismo agrário, de modo que os anarquistas eram bem-vindos, desde que pegassem na enxada...

— Confesso que não tive o prazer de conhecer essa Cecília.

— Você não é o único, infelizmente. A colônia durou quatro anos e tinha tudo para dar certo: viviam todos em harmonia, cultivando a terra e dividindo os frutos do trabalho comum, sem precisar de dinheiro para nada. Arrisco dizer que esses italianos eram uns Tupinambá com cultura de branco, e tal como os indígenas, cujos chefes não mandavam nada, também viveram sem qualquer autoridade sobre sua cabeça, livres, leves e soltos. Até nas relações afetivas a liberdade era grande, sem o sentimento de posse e as crises de ciúmes,

O espírito da coisa

sendo as mulheres senhoras de seu corpo, fazendo dele o que lhes aprouvesse, e isso numa época terrivelmente machista, fim do século XIX! Mas o que é bom dura pouco...

— Verdade, quatro anos não é nada. O que foi que acabou com a festa?

— A proclamação da República, pois com ela veio a autoridade, o exercício do poder dos novos representantes do Estado, que eram contra todas as heranças do Império. Já começaram exigindo da Colônia o pagamento de impostos, mas veja você: dinheiro os anarquistas não tinham e autoridade, alguém mandando neles, muito menos. Cito de memória o livro do Schmidt, a passagem em que ele descreve a chegada à Cecília de um policial das forças republicanas, que dialoga com um dos anarcas: " — De quem é isto? — De ninguém. São terras que nos foram concedidas para a fundação da Colônia. — Mas há de haver um dono. — Não há dono nenhum. Não reconhecemos a propriedade privada. — E quem é o chefe? — Também não temos chefe". Por aí você vê, caro Júlio, que o Brasil não foi anarquista só na época dos descobrimentos, houve mais tentativas de instituir aqui um modelo solidário, sem patrão ou, dá na mesma, sem as segundas, terças, quartas, quintas e sextas...

Nesse ponto da conversa bateram na porta, que logo se abriu. Sônia enfiou a cara no quarto para anunciar com orgulho:

— Olha o bolo de fubá feito pelas meninas, saído do forno agora!

As gêmeas surgiram radiantes com uma bandeja na mão, no centro da qual um bolo mínimo já vinha cortado em partes iguais:

— Saboreiem devagar que só tem um pedacinho para cada um...

Realmente, o bolinho, fiel à tradicional receita brasileira e ao coletivismo Tupinambá, estava delicioso: ninguém deixou de comer e todo mundo ficou feliz.

239

44

— Vasajá, vesegé, visigi, vosojó, vusuju...

— Agora, em vez dessa voz fininha de Ney Matogrosso, fale em tom grave.

— VASAJÁ, VESEGÉ, VISIGI, VOSOJÓ, VUSUJU!

— Muito bem, isso já é voz de homem, mais parecida com a minha. Você fez os exercícios diante do espelho?

— Fiz, seu Zé. Logo que acordei...

— Contou até dez, mexeu a boca exagerando, caprichou na articulação?

— Tudo exatamente como o senhor mandou.

— Mandou, não, que eu não mando nada. "Sugeriu" soa melhor...

— E ai de quem não seguir as suas "sugestões", certo?

O velho anarquista tinha um quê de tirano absolutista, mas o seu senso de humor compensava essa faceta. Além disso, a convivência com Z ou, por outra, a forma leve como ele encarava a vida, tinha um efeito terapêutico, eficaz no tratamento de ex-deprimidos como eu, que podiam assim viver sem remédios e circular livremente, fora da camisa de força.

De repente, a campainha tocou. Voltou a tocar. E repicou, deixando claro que as mulheres, a Pat, a Sônia e as gêmeas, não estavam na casa. Pedi licença ao Z e fui atender. Voltei logo:

— Eram Testemunhas de Jeová. Já mandei passear...

— Fez bem.

— Eu tive uma colega Testemunha. Mas essa mudou da água para o vinho.

— Coisa rara. Ela devia ter uma manifestação aguda de jeovazite, porque em geral a doença é crônica, como a evangelite ou a catoliquite carismática...

240

— Pegou pesado, seu Zé! Dito assim até soa mal, parece atentado contra a liberdade religiosa. Mesmo se não está longe da verdade...

— As religiões, com seus dogmas, conservadorismo e alheamento do mundo, sem precisar chegar ao fundamentalismo, é que são um atentado contra a liberdade das pessoas. Ópio do povo, disse alguém...

— Pois é. Mas eu não queria enveredar por aí, seu Zé. Eu falava de um caso contrário, o dessa amiga, que se libertou da religião...

— Certo, desculpe. Então conte a história, qual é o nome dela?

— Sandra. Aliás, Sandrinha, porque entrou muito nova no jornal, como recepcionista. Logo no primeiro dia ela atendeu um telefonema e disse ao editor: "O senhor Luís Souza"; ao que o chefe, que andava fugindo do cara, respondeu: "Ih, esse pentelho não! Diga que não estou"; então a Sandra corou, atrapalhou-se toda e pôs a mão no bocal, para o tal Souza não ouvir, informando o chefe: "Não posso fazer isso. Minha religião não permite!"...

— E?

— Ele perguntou: "Não pode fazer o quê?"; e ela: "Mentir!". De modo que o editor não teve remédio senão atender, puto da vida. Mais tarde chamou-a de lado, dizendo que aquele era o trabalho dela e, das duas, uma, ou ela mudava de atitude ou ele de recepcionista... Mas acabaram ajeitando as coisas: a cada nova ligação indesejada, o homem saía de perto da Sandra, enfiando-se no banheiro, e ela dizia à pessoa do outro lado da linha: "Não estou vendo o editor por aqui, ligue mais tarde por favor"...

— Ah, a verdade!

— Pois é. Só que depois disso a menina virou saco de pancada dos sacanas da redação, a começar por mim. Na máquina do café, enquanto ela distribuía as revistas doutrinárias *Despertar* e *Sentinela*, e falava da Bíblia, tentando converter o pessoal, a gente contava piadas sujas e fazia perguntas vexatórias para a desconverter: "Tem namorado, Sandrinha?", "Tenho, por quê?", "Vocês dois... sabe como é... nunca?", "Não!", ela reagia com firmeza, "Ele também é Testemunha e a nossa religião não permite sexo antes do casamento", "Mas vocês não sentem vontade de... de...", "Do quê?", ela olhava duro nos olhos da gente, ciosa da própria virtude, e o pessoal afinava. Mas alguns malvados conseguiram fazer a menina chorar com aquelas pegadinhas clássicas: "Sandra, ligou para o Locha?", "Que Locha?", "O que te pôs nas coxas!", e outras do gênero. A pobre até parou de tomar café...

— Pudera... Você ia contar que ela mudou?

— Nós sentimos os ventos da mudança no dia em que a Sandrinha voltou a frequentar o café e pediu para dar uma tragada no cigarro de alguém, soprando a fumaça com volúpia, logo ela que condenava todos os vícios. Depois confessou que tinha trocado de namorado, com um ar contente, e viemos a saber, por uma colega indiscreta, que o atual tinha composto uns versos nada bíblicos para ela:

"Sandra, Sandrinha
Testemunha de Jeová,
despertai a sentinela
que nas minhas calças há."

Z caiu na gargalhada:

— Muito bom!

— Não demorou nada, a barriguinha dela começou a crescer a olhos vistos, e Sandra, questionada, confessou na boa: "Estou grávida", para acrescentar em seguida, "Ah, e abandonei as Testemunhas de Jeová, porque aqueles pentelhos só sabem falar na Bíblia o dia inteiro"...

— Bela história! Não podia ter final melhor...

— Podia sim, tanto que tem, pois ela, com malícia, ainda perguntou se a gente sabia como se chama o vão que as mulheres têm no meio das pernas. Ao que todos nós, inocentemente, fizemos: "Como?", "Como?"...

Z esperava o desfecho mas fiz um pequeno suspense, só para espicaçar a curiosidade do velho. Ele reagiu logo:

— Não sacaneia, Júlio! Que resposta a menina deu?

— "Vão pro caralho!"

45

Na manhã de quarta-feira, logo depois do café, fizemos a contabilidade: somados os vídeos, os números da internet já beiravam novecentas mil visitas.

— O senhor está prestes a atingir o seu primeiro milhão, seu Zé!

— Ainda se fossem dólares...

O número recorde se devia em parte à curiosidade pública pelo YouTube, em parte ao interesse despertado por temas como o espiritismo e a literatura, já que o velho enveredava pelos dois territórios, com a colaboração das recentes matérias nos jornais, como a folha onde eu trabalhara, pois os editores tinham sacado que o assunto atraía leitores como o ímã atrai limalha, e sem esquecer o fator mais importante de todos, a estreia de Z na televisão: a TV Cultura tinha produzido um especial sobre o Dia do Trabalho onde o meu midiático cliente aparecia em destaque. A reportagem voltava no tempo, à manifestação de 1º de Maio de 1886, em Chicago, que reuniu quinhentos mil operários em luta pela jornada de oito horas, com violenta repressão policial, e vinha até a comemoração prevista para a segunda seguinte, com uma seção dedicada ao evento "Morte aos dias úteis!". O canal relacionava o evento às atividades do Ariel e ao médium cego que psicoditava textos originais de autores no além, mostrando os vídeos das sessões numa edição rápida, à moda dos "clips", onde o velho aparecia invocando os mortos, "Possessão, sessão, sessão!", e narrando em três vozes diferentes a caçada lobatiana, a macumba andradiana e a emboscada roseana que levaram quatro dias úteis desta para melhor. Foi um trampolim fantástico para o mergulho carpado de Z no coração dos telespectadores. Não fosse aquele

243

um canal público, fizesse sensacionalismo como as redes comerciais, e talvez as visitas já tivessem atingido a cifra dos milhões, igualando a audiência de telenovelas, pastiches policiais, programas de auditório e outras porcarias que frequentam a casa dos meus conterrâneos. Ainda assim, novecentas mil pessoas não eram pouca porcaria.

A tarde foi diferente, entenda-se: diferente da manhã.

Fomos almoçar no Almanara e depois voltamos a pé, de palito nos dentes, enquanto eu lia o livro do Hans Staden que o velho me pedira para levar (não a versão infantil, do Lobato, que eu já conhecia, mas uma edição fac-similar em português com o selo da Universidade de São Paulo). Além de ler o volume inteiro pelo caminho, com os inevitáveis tropeços, no chão esburacado e na leitura em si, tive também que descrever para o cego as xilogravuras que ilustravam o livro do arcabuzeiro alemão, o qual, como sabem, passou nove meses entre os índios Tupinambá, no litoral de Bertioga, à espera de ser comido. Eu ainda sentia o odor das kaftas do Almanara ao ler como os selvagens assaram um cristão e puseram a carne de outro sobre um fumeiro, para fazer português defumado. Li a descrição dos repastos sanguinários, o ritual que os precedia, as cenas onde pedaços de corpos eram devorados pelos bugres, as vísceras feitas em papa e servidas em forma de mingau, o miolo do crânio e a língua que eram comidos pelas crianças, que lambiam os dedos como eu acabara de fazer com o quibe cru. Z tentou explicar que os Tupinambá acreditavam apropriar-se assim da força e da coragem do inimigo morto, mas a narrativa não me caiu bem. Infiltrara-se no cardápio árabe em processo de digestão e foi-me deixando tão embrulhado que tive várias vezes de conter o vômito, sem que o cego se desse conta disso, exceto no fim do caminho, já à porta de casa, quando dei o aviso. Ele ficou bravo:

— Por que você não disse logo que estava passando mal?

— Estava, não, Seu Zé, estou! Preciso me deitar...

O meu estômago tinha parado de trabalhar... Reformulo: a indisposição era resultado de uma greve geral do aparelho digestivo (o esôfago o estômago o duodeno o fígado unidos jamais serão vencidos!), que exigia melhores condições para o exercício da sua atividade laboral, obrigando-me a atender às suas justas reivindicações, de imediato, sem dar ouvidos ao patrão:

— Vou para o meu quarto, Seu Zé. O senhor sabe o caminho do seu...

Deixei o velho falando sozinho e fui para a minha cama, com suores frios, um pedregulho na linha da cintura, tremendo mal-estar. O ácido clorídrico subia em golfadas à boca, com aquele ardor corrosivo que queima a língua, mas eu não conseguia vomitar, privado de qualquer alívio. Sofri e gemi baixinho mais de uma hora antes de apagar de cansaço, lágrimas rolando, as mãos na barriga.

Foi então que tive o sonho...

...Eu estava nu, sozinho na Água Branca, sem muros em volta, sem arena, sem cavalariças nem construções de qualquer tipo, só a paisagem original do parque, séculos antes de ser parque. Nesse cenário quinhentista, mata virgem, eu ralava lascas de pau-brasil e preparava com elas uma tintura vermelha, para pintar meu próprio corpo como um artista, fazendo da pele tela viva. Depois de tingir um braço com o corante, esfreguei no outro a tinta preta do jutaí, que reluzia dentro de uma cuia, cobrindo com ela também as pernas. Paciente, passei à segunda etapa da minha arte, que consistia em aplicar resina de aroeira ao longo do corpo e grudar tufos de penas vermelhas e brancas aqui e ali, de modo alternado, entremeando-lhes o colorido. Terminada a operação, pendurei no pescoço o boceji, um adorno em forma de meia-lua e branco como sal, feito da concha de um grande caracol chamado matapu, e enrolei junto dele pequenos discos brancos da mesma itã. Quando também esses detalhes estavam concluídos, amarrei às cadeiras um ornato grande e redondo, feito de plumas de ema, chamado enduape, antes de passar ao último item do ritual, que consistia em pôr na cabeça uma acangatara, enfeite de penas vermelhas que serve para cobrir o topo do cocuruto raspado em círculo,

245

como o de um monge. Ou como o de Mair-Zumane, que em tempos imemoriais fora visto pelos meus antepassados Tupinambá. Finalmente, caminhei até a beira de um lago e admirei a minha imagem refletida nas águas plácidas, como Narciso. Mas eu não era um grego de duvidosa inclinação sexual, era um bugre macho paca. E violento. Movido por um sentimento atávico, fui buscar a minha ibirapema, poderosa maça capaz de matar um boi, e experimentei dar com ela vários golpes no ar, surpreso em ver a facilidade com que manejava o pesado cacete, como um guerreiro experiente. Aí apanhei o cauim, que já deixara fermentar, depois de ter mastigado milho e mandioca e cuspido a massa com saliva para dentro de um caldeirão, e provei um grande gole daquilo, fazendo uma careta, enquanto a bebida deixava marcas de garras na minha garganta. O Tupinambá em que eu me transformara tinha como inimigo não um Tapuia ou Tupiniquim, mas um velho feiticeiro cego capaz de andar dezenas de léguas sem parar nem aparentar cansaço, que eu já tivera o cuidado de amarrar num tronco de pau-brasil, com a muçurana. Fui até o meu prisioneiro, meti a ibirapema entre as pernas, numa demonstração de virilidade, e depois a ergui bem alto, dando-lhe uma violenta pancada na nuca, que fez saltar os seus miolos. O velho teve morte instantânea e minha voz vibrou com força: DEBE MARÃPÁ XE REMIU RAM BEGUÉ! NDE ACANGA JUCÁ AIPOTÁ CURI NE! Que em língua de caraíba queria dizer "Sobre ti caia toda a desgraça, tu és o meu pasto! Quero ainda hoje moer-te a cabeça!". A seguir, desfiz o corpo do feiticeiro em pedaços, acendendo uma fogueira, e pus os nacos de sua carne para assar. Não deu outra: a fumaça e o cheiro de churrasco atraíram uma índia belíssima, nua e pintada, com a cara da minha ex. Que fazer? Mais uma vez ela aparecia, no meio de um sonho, quando eu menos esperava. Tirei do fogo um antebraço no ponto, que lhe ofereci, mas a Tupinambá preferiu uma coxa mal passada, sangrando, que lambeu com volúpia, antes de lhe cravar os dentes. Depois, aproximando-se de mim, deu-me um beijo de língua, passando o naco de carne em brasa meio mastigado para a minha boca. Ficamos assim, no calor daqueles beijos, eu mordendo fatias de antebraço e passando para ela, ela mastigando tiras de coxa e passando para mim, num boca a boca antropofágico, até que senti uma pontada no estômago, revolto, e me afastei da índia com um salto, vomitando de uma só golfada uma enorme arara vermelha. Foi então que o pássaro gigante pegou a ex e levou-a no bico, batendo suas poderosas asas, que respingavam sangue, ao mesmo tempo que, em pleno voo, cagava na minha cabeça...

Acordei mergulhado no meu próprio vômito, a cara enfiada na umidade malcheirosa do travesseiro, azedo e solitário, me recriminando por ter perdido o grande amor da minha vida.

46

Quinta-feira, rosto encovado, pele amarelada, boca com gosto de cabo de guarda-chuva. Eu só bebi água, mas o cego fez um *breakfast* completo, com ovo, toucinho, suco de laranja, iogurte, pão, manteiga e café com leite.

— Caramba, Seu Zé, não sei como seu estômago aguenta...

— E você, está melhor?

— Depende do conceito de melhor. Se um doente terminal está melhor do que um morto, só porque vive, então sim, estou melhor...

— E acha que consegue ler para mim?

— Nós já não lemos ontem?

— Aquilo foi para completar a conversa sobre os Tupinambá, e o Staden é um cronista, não um ficcionista. Mas hoje lá no Ariel tem de baixar o espírito de um romancista, capaz de continuar a novela dos dias úteis. O Machado de Assis, por exemplo...

— O Machado já não baixou antes de eu aparecer?

— É verdade. Nunca repeti um autor, mas no caso dele estou pensando em abrir uma exceção...

— E o José de Alencar? — sugeri, pensando em propor a Z que usasse o estilo do indianista para contar o meu sonho, onde era só trocar o feiticeiro pela sexta-feira, matando-a com a ibirapema, e já estaria pronta a história da sessão. — A gente anda nesse papo de índio e outro dia vi *O guarani* no porão...

— Humm... eu podia usar esse livro para matar a sexta-feira, mas a prosa do Alencar, em que pese o papel inovador de sua temática e a influência que ele exerceu, não me comove particularmente...

— O senhor inova também: basta acrescentar umas palavras em guarani e enfeitar a prosa do homem, se é que o senhor manja dessa língua.

248

— O guarani é um dialeto do tupi, eu diria a versão preguiçosa, pois corta as palavras. Pirapora, caraíba e curupira em tupi viram pirapó, caraí e curupi em guarani. É que nem letra de música do Jorge Ben...

— Que música?

— "Moro num país tropical", que ele abrevia para "mó num patropi"...

— Já saquei: o Jorge Ben é guarani.

— Voltando ao que interessa, ainda não sei se uso o Alencar, mas não era mau: ele faz parte de uma longa tradição que vem desde o Padre Anchieta, com o *Diálogo da conversão do gentio*, ao Vieira do *Sermão sobre o Espírito Santo*, passando pelo Hans Staden, e depois virou tema literário no *Uraguai,* do Basílio da Gama e no *Caramuru*, do Santa Rita Durão, bem como na *Confederação dos Tamoios*, do Gonçalves de Magalhães, que, por sinal, teve duras críticas do próprio Alencar, porque era um poema bem fraquinho...

— Seu Zé, o senhor é um sabe-tudo!

— Você se impressiona porque cito os títulos, mas o que importa é ler esses livros, nem que seja para desmistificar. Por exemplo, *O guarani*, o tão cantado Peri criado pelo Alencar, de índio não tem nada, está mais para cavaleiro-andante-que-anda-pelado-no-meio-do-mato...

— Me impressiona é ver o senhor armazenar tanta informação...

— A base é o compêndio escolar que li quando era engenheiro. Se você der uma geral nesse livrão vai poder falar de cor como eu ou os colegiais para quem ele é destinado...

— Exagerou. Fiz colégio mas não implante de memória como o senhor, que tem um chip de dez gigabites só para a fase indianista. Se eu fosse transferir tudo para o meu cérebro, o download ia levar dias...

— Ah! Perfeito!

— ?

— Dias... Gonçalves Dias, o indianista que faltava! Muito bem lembrado. Vá lá no porão buscar o *I-Juca-Pirama*, edição de bolso da L&PM, que talvez nos sirva para esta noite...

Fui e voltei em dez minutos, porque o livrinho estava fácil. O velho fez um comentário curioso:

— Eu estava pensando no Machado de Assis e me aparece outro igual.

— O Gonçalves Dias, igual ao Machado? Pode ser bom no gênero, mas...

— Não igualo a obra, falo dos homens: os dois eram mulatos, assim como o Lima Barreto, autores que tiveram de provar seu valor passando por cima de preconceitos, o que, aliás, nem sempre conseguiram. Um dos melhores poemas do Gonçalves Dias, "Ainda uma vez, adeus!", foi escrito para a mulher que ele amava e por quem era correspondido, mas, quando ele a pediu em casamento, a família, de brancos, não autorizou... Leia aí para mim, Julinho!

Li o *I-Juca Pirama*, poema épico com alma de lírico, que contava a saga de um Tupi destinado a morrer nas mãos dos Timbira: ele passa por covarde no início e acaba se redimindo no final. Tentei driblar o melhor que pude a minha falta de jeito para hendecassílabos e outros versos, encantado quando o velho os repetia no ritmo certo, os longos mais narrativos, os curtos lembrando o rufar de tambores indígenas. Como já virou hábito, vou pular as rotinas que conhecem e ir direto para a sessão espírita baseada na dita obra:

— Sou o Gonçalves Dias e estou no limbo, ó pá!

O sotaque maranhense saiu aportuguesado, segundo Z esclareceu depois, porque o poeta viveu parte de sua vida em Portugal, entre Coimbra e Lisboa, o que, aliás, deu origem à manjada "Canção do Exílio". Ele prosseguiu:

"Eu morri de saudade, abandonado numa Vila de Bolonha... Não, não foi bem assim, é só uma licença poética: na verdade, morri na praia, ou quase, pois voltava da Europa, a bordo do navio Ville de Bologne, que naufragou no litoral do Maranhão, às portas da minha cidade natal. Eu vinha enfermo e fui o único a morrer nesse naufrágio, esquecido no leito da cabine, enquanto todos os outros corriam para os botes, salvando a própria pele. De modo que me finei, afogado pela falta de solidariedade humana. Mas enquanto meu corpo ia ao fundo, minha alma de poeta foi engolida por um peixe-voador, que se sentiu subitamente elevado, saltando com tal ímpeto que foi às estrelas e voltou, largando-me no caminho à entrada desta nuvem.

— Não foi você que escreveu "Minha terra tem Palmeiras/ onde canta o Corinthiá"?

— Sabiá! Eu escrevi sabiá, dona Dercy.

— Não sou a dona, sou a garçonete. Mas já que você menciona, me lembrei do seu verso: "Você sabia que o sabiá sabia assobiar". Muito bom!

— ...

— Brincadeirinha, Gonçalves Meses! Não fique amuado e vá entrando, que o pessoal está curioso para saber como a história continua...

Uma estranha pergunta aflorou aos meus lábios:

— A história dos dias úteis?

— Exato, é assim mesmo que a coisa funciona. Vá logo, homem!

Entrei no bar do céu e vi o Gregório, o Vinicius, o Carlos Drummond, o Manuel Bandeira, o Olavo Bilac, o Arthur Azevedo, o Pereira da Silva, o Goulart de Andrade, o Guilherme de Almeida, o Ronald de Carvalho, o Afonso Celso, o Tobias Barreto, enfim, a constelação inteira. Não ficava bem fazê-los esperar mais, de modo que ataquei a sexta-feira com as minhas armas, os versos:

'No centro da taba se estende um terreiro,
Onde ora se aduna o concílio guerreiro
Da empresa madrasta, de tempos mais vis:
A Elisa e a Lúcia e o Sarda e o Simone
E I-Joca Tutuma, herói de renome,
Derramam-se em torno dum dia infeliz.
Quem é? — todos sabem: seu nome é Sexta,

251

Da tribo das feiras: — e nenhuma presta
Descende por certo — dum ramo já podre;
Assim lá no Hades ao Cérbero infame
Tornavam distinto dos traços de um homem
As linhas terríveis da cara de ogre.

Por casos de guerra caiu prisioneira
Nas mãos dos amigos: — no extenso terreiro
Assola-se o teto, que a teve em prisão;
Convidam-se as gentes dos seus arredores
E juntam-se logo mil trabalhadores,
Ainda são poucos mas outros virão.

Vêm rudos campônios e a classe operária,
Que exigem aumentos ou reforma agrária,
Tudo isso que o fim da Sexta simboliza:
São todos iguais, mesmo os mais diferentes!
Seguem um ideal, I- Joca vai à frente,
E o Sarda e o Simone e a Lúcia e a Elisa!

É grande o orgulho da classe guerreira,
Que um dia foi última e hoje é primeira,
Adornam-se todos com penas gentis:
Garboso, entre as vagas do povo na aldeia
I-Joca Tutuma, que a turba rodeia,
Exibe suas plumas de vário matiz.

Entanto as barrigas já dão o alarme,
Não ficam vazias à espera da carne,
A Sexta já querem cativa acabar:
As horas lhe cortam, minutos atingem,
Brilhante enduape no corpo lhe cingem,

Sombreia-lhe a fronte gentil canitar.
Em fundos vasos d'alvacenta argila ferve o cauim;
Enchem-se as copas, o prazer começa, reina o festim.
A sexta-feira, cuja morte anseiam, sentada está,
A sexta-feira, que outro sol nascente jamais verá!

Em larga roda de mulheres e homens
Feroz avança o canibal I-Joca,
A quem do sacrifício cabe as honras.
Na destra mão sopesa a ivirapeme
E a sexta-feira ao vê-lo toda treme
Sabendo que ali vai o seu carrasco,
Orgulhoso e pujante. — Ao menor passo

"Eis-me aqui, diz à indigna prisioneira;
"Hoje fraca, e sem tribo, e sem família,
"As nossas vidas exploraste ousada,
"Morrerás morte vil da mão de um forte."

Vem a terreiro a mísera contrária;
Do colo à cinta a muçurana desce:
"Dize-nos quem és, teus feitos canta,
"Fala das irmãs, defende-te." Começa
A Sexta, que ao redor derrama os olhos,
Com prepotência os ânimos exalta.

Meu canto de morte,
Otários, ouvi:
Sou sexta, sou feira
Que explora e se ri;
Otários, comei-me
Pois já os comi.

À moeda sonante,
Que nunca é bastante,
Fiel e constante
Eu sempre servi;
Fui rica e algoz
De muitos de vós
Meu canto de morte,
Otários, ouvi.

Já fiz bater ponto
O operário tonto,
E o tolo campônio
Em servo tornei;
Se tal não bastasse
Nos bancos rapaces
Mostrei duas faces
Fingi dar, tirei.

A taba se alborota, e se enfurecem
Todas as vítimas da cruel labuta,
Mas Joca ergue bem alto a ivirapeme
E atinge o dia útil em plena nuca,
E a Sexta jaz por terra e já nem geme.
E os sons da turba, que incessantes fervem
(Grande alarido, à visão da morta),
Vão longe pelas ermas cercanias
Da humana tempestade propagando
"Hurras!" e "Vivas!" do proletariado
Ao céu da liberdade alevantado.
Um velho operário, coberto de glória,
guardou a memória

De I-Joca Tutuma, do bravo Tupi!
E à noite, nas tabas, se alguém duvidava
do que ele contava,
Dizia contente: "Sou livre, feliz!
"Eu vi o brioso diante da Sexta
atingir a besta
feri-la de morte, que nunca esqueci:
Valente, como era, matou-a sem pejo;
parece que o vejo,
Que o tenho nest'hora diante de mim.

"Eu disse comigo: não sou mais escravo!
Dou graças ao bravo;
Valente e brioso, como ele, não vi!
E à fé que vos digo: parece-me encanto
Que após viver tanto,
Enfim me livrasse da Sexta o Tupi!"

Assim o operário, coberto de glória,
guardava a memória
De I-Joca Tutuma, do bravo Tupi.
E à Lúcia e ao Simone e à Elisa e ao Sarda
sempre que lembrava,
Dizia contente: "Meninos, eu vi!"

O cego calou-se e deixou pender a cabeça, com um ligeiro tremor, quase imperceptível, que fazia supor a saída à francesa de uma alma poética e delicada.

47

Terminada a sessão, a pedido do Jonas, o tio Pinto mais uma vez arrastou Z até à Brancaleone, para onde, aliás, foram todos, alguns excitados com o santo da noite, a quem o cego emprestara uma voz vibrante, outros simplesmente com fome e sede, sonhando com chopes e margheritas, de tanto ouvir falar em cuias de cauim e festins antropofágicos.

— Obrigado por ter vindo, Seu Zé — iniciou o jovem. — Eu pedi que meu tio o trouxesse porque o 1º de Maio está chegando, faltam só quatro dias. Minha namorada, a Alícia, disse que o pessoal da ONG está botando a maior fé na manifestação "Morte aos dias úteis", de que o senhor é a musa inspiradora. Mas eles acham que o senhor tem de estar lá...

— Eu? — fez o cego. — Meu nome nem está associado ao evento... Meti a colher:

— O Seu José tem oitenta e dois anos, rapaz! Não pode se meter nessas confusões... — Tentei livrar a cara de Z, nem tanto por ele, que aguentaria essa confusão e outras mais, incluída a tendência entrópica do Universo, cada vez mais caótico, mas pela filha, porque a Pat tinha pedido que eu o protegesse.

— Deixe o rapaz falar, Júlio... — fez o próprio Z, baixando a minha mão protetora. O jovem animou-se:

— De fato, A Vooz não tinha ligado o evento a seu nome ou o do Centro Ariel, como o senhor mesmo preferiu, mas a TV Cultura já fez um programa juntando tudo, e a Alícia acaba de me dizer, pelo celular, que o senhor estava no *Jornal Nacional* de hoje. De qualquer modo, mais de novecentas mil pessoas já viram os vídeos no YouTube e acabam tirando suas próprias conclusões. Acho que a sua presença pode ser vital para o sucesso da manifestação, nem que o senhor dê só um rolê no meio do pessoal ou seja visto em cima do palanque...

— Os seus amigos vão querer que eu fale?

— Falar? É com o senhor, Seu José. Mas se puder dar umas palavrinhas...

— A questão não é poder. É que se quiserem que eu fale, não vou fazer isso de improviso, tenho de me preparar.

Penso que eu já esperava por algo assim, Z estava perdendo a capacidade de me surpreender. Numa manobra sutil, ele é que punha aquela proposta na mesa, disposto a falar. Só não sei é o que diria a Pat sobre isso, mas nem a filha tão amada tinha mão naquele homem, octogenário ou não, cego ou não, que fazia tudo o que queria, plagiava literatos, a voz e a escrita, era anarcocomunista, se é que anarquistas e comunistas aceitam tal comunhão, e estava prestes a passar da propaganda para a ação. Ele já tinha livrado o Brasil dos dias úteis, pelo menos simbolicamente. O público gostara da história e parecia ter compreendido seu significado. Era agora que as coisas podiam se complicar, quando a ideia ganhasse pernas, fizesse passeata e subisse nos palanques como ameaça concreta aos interesses dos poderosos. Que bicho ia dar?

O Tutia interrompeu minhas elocubrações:

— E nós? — ele dirigia-se ao Jonas. — Também devemos ir à manifestação?

— Que pergunta! Claro que sim! Acho que isso é o mínimo que os espíritos esperam do Centro...

— Tem razão — Z reforçou. — A missão deles só vai se completar se o Ariel fizer sua parte. Eu próprio vou ao evento e, se a ONG fizer mesmo questão que eu diga alguma coisa, tentarei estar à altura. Mas sou apenas um médium e não guardo as palavras que os espíritos põem na minha boca, nem sei o que posso acrescentar ao que já disseram. Espero que vocês estejam lá para me apoiar...

— Eu vou — fez logo a Didi.

— Estou nessa — juntou-se o tio Pinto.

— Também eu — assentiu o Tutia.

O Luís Leite levantou a mão e eu alertei o cego:

— O Luís Leite levantou a mão.

— E eu levanto a minha com relutância, Seu José — fez o Oliveira: — vou lá mas ainda tenho algumas dúvidas quanto à missão em si...

O homem era uma voz discordante até quando concordava.

— Quais dúvidas? — Z quis saber.

— É simples: os espíritos mataram todos os dias úteis, sem exceção. Se em vez de ficção fosse realidade, ninguém mais ia trabalhar. Mas, se ninguém fizer nada, como é que fica? O que as pessoas vão comer, onde é que elas vão morar, como é que elas vão viver? Quero dizer: quem faz o pão, constrói as casas e sustenta esse Brasil? Sem trabalho, um novo mundo não vai ser possível...

O Jonas mexeu-se na cadeira, disposto a dar a resposta, mas ficou nisso, sem saber o que dizer. A Didi olhou para mim, o Tutia para o Ernani, o Luís Leite para o Pinto, o Pinto para o lustre, todos à espera, menos o lustre, de que alguém se manifestasse. Desta vez, o Oliveira tinha agarrado o médium pelos ovos, numa boa, sem sectarismo. As suas perguntas eram pertinentes, mesmo que ele fosse impertinente, e mereciam uma resposta, que estava demorando. Mas veio, enfim:

— Em que você trabalha, Oliveira?

— Sou caixa no Banco do Brasil, Seu José. Por quê?

— Já chego lá. É um trabalho tranquilo ou estressante?

— Tranquilo não é. Exige atenção, porque, se eu cometer um erro, quem paga no fim do dia sou eu. Os caixas têm de repor o dinheiro quando contam mal as notas, dão troco a mais, digitam um número em vez de outro. É meio repetitivo, sempre as mesmas operações o dia inteiro, e cansa muito a cabeça. Mas alguém tem de fazer isso, certo?

— Você tem um hobby?

— Trabalho com madeira nas horas vagas...

— Escultura?

— Não. Meu avô era carpinteiro. Quando eu era criança, ele me deixava serrar, martelar, ajudar na oficina, e eu adorava aquilo. Depois o velho morreu, herdei as ferramentas e agora faço móveis. Os lá de casa fui eu que fiz...

A resposta do Oliveira surpreendeu todo mundo, a começar por mim. O espírita de direita, quem diria, tinha sangue vermelho e não azul.

— Isso é comum — Z prosseguiu, feliz com o encaminhamento da conversa. — A maioria de nós costuma fazer um trabalho para ganhar o pão, e outro para ter prazer. Um, de segunda a sexta; o outro, no fim de semana. Não acredito que as pessoas deixem de trabalhar com a morte dos dias úteis, vão é deixar fazer o que não gostam, com horários rígidos, só por obrigação, podendo dedicar-se aos seus hobbies, numa boa. Você, por exemplo, vai poder trabalhar em marcenaria sempre que quiser, livre do Banco do Brasil...

— E vou comer o quê, Seu José? A mobília?

Foi uma gargalhada geral. O Oliveira também sabia ser engraçadinho.

— Não — disse Z, que sorria —, deixe-a para os cupins. Sem ter de ir mais longe, lembro que nosso Ernani, vendedor de profissão, uma vez me confessou que gosta de cozinhar nas horas vagas. O Júlio, que é jornalista, lê para cegos como voluntário. Eu, engenheiro formado, toco clarinete. E, nesta mesa, certamente mais pessoas têm uma segunda atividade que lhes dá prazer, fora um ou outro felizardo que já trabalha no que gosta. Então, fica assim: você faz mesa e cadeiras para a gente se sentar, o Ernani prepara um jantar para o pessoal, cada um contribui com o que faz por gosto, o Júlio lê poemas para todos e eu toco um chorinho para animar o ambiente. Pronto! Podemos viver anos assim, na base da troca, sem dinheiro no meio. E se todos os brasileiros nos imitarem, o país vai funcionar com a força desse trabalho espontâneo, para a felicidade geral da nação, provando que um novo mundo é possível...

Outro que não o Oliveira teria dito que aquilo nunca ia dar certo; que o homem é mau por natureza, ambicioso e injusto; e que, cedo ou tarde, o sistema de trocas também ia ter de ser trocado, sabe-se lá pelo quê. Mas o dissidente do Ariel andava cansado de ser saco de pancada da galera, de modo que afinou:

— Se o senhor acredita nisso, Seu José, dou-lhe um voto de confiança. Vou lá no evento assinar embaixo e dar meu aval para essa história.

Depois que o homem cedeu ninguém mais rateou: os espíritas disseram todos SIM ao 1º de Maio, eu inclusive, como é óbvio. A Didi, única que não parecia ligada no papo, com a cabeça nas nuvens, pôde então soltar a franga:

— Desculpem mudar de pato para ganso, mas estou arrepiada até agora com o Gonçalves Dias recitando no céu. Gente, que lindos aqueles versos!

— Está tudo registrado, da primeira à última estrofe — aproveitou o japa.

— Pena o senhor não se lembrar, Seu José — o Oliveira tinha retomado seu ar de devoto diante do santo: — estou certo de que ia ficar maravilhado com as palavras tão belas que o poeta pôs na sua boca!

Tentei não rir, enquanto o Luís Leite, dado a lugares-comuns, ecoava:

— É a mais pura expressão da verdade.

O garçom da casa, atento à excitação na nossa mesa, onde todos falavam ao mesmo tempo, aproveitou para cumprir sua obrigação profissional:

— Mais uma rodada de chope?

O cego ergueu o dedo, o japa pediu um, o Oliveira alinhou, a Didi foi na dele, o Pinto e o Jonas concordaram, o Luís Leite deu uma de maria-vai-com-as-outras. O incrível exército da Brancaleone estava em festa, na fase indigenista: devorava margheritas como um canibal, bebia cauim da Brahma e comemorava a morte das irmãs inimigas com o orgulho de uma tribo Guarani. Fui coerente:

— Chope, não. Para mim, guaraná...

48

Acordamos tarde e fomos ao parque da Água, cuja cor já conhecem, por ser a do cavalo branco de Napoleão, onde curávamos as ressacas com essência de clorofila, café fresco e simpatia. Para não variar, andamos um tempo quietos, à sombra das árvores, enquanto ouvíamos a viola caipira e o coro dos passarinhos, com o acompanhamento de sapos, marrecos e outros bichos.

Mas eu vinha disposto a perturbar a paz idílica daquela ilha verde:

— Seu Zé, acho que matei uma velha...

Ele saíu do transe sem parecer ter ouvido:

— Como?

— Eu matei uma velha.

— Isso você já disse. Perguntei como foi que você matou a velha?

Olhei-o com estupefação. Z era desconcertante, nunca acusava os golpes. Eu era o Inimigo Público Número 1, tudo bem, mas como é que o cego com alma de artista podia reagir de modo tão frio ao anúncio de um assassinato?

— Foi com um travesseiro — pus-me a explicar, duplamente perturbado, pela confissão e pela reação dele: — sufoquei a senhora enquanto ela dormia...

— Quer dizer que você a matou no seu leito de morte?

Tive um acesso de riso nervoso:

— Não brinque, Seu Zé! É um caso sério, de polícia. O senhor pode estar diante de um *serial killer*, correndo risco de vida. Vou confiar em seu julgamento e confessar outra: há dois dias, sonhei que era um Tupinambá e o senhor um xamã da tribo inimiga. Não hesitei: dei-lhe uma traulitada com a ibirapema e acabei com a sua raça sem dó nem piedade.

— Mmm, interessante...

— E mais: depois apareceu a minha ex-mulher nua, pintada de índia, e nós comemos seu braço assado, além de pedaços sangrentos das suas pernas, num ritual canibalesco. Eu sou doente, Seu Zé.

— Não me parece.

— Sou, sim! E se não lhe parece, o senhor também é, pois não se abala com um crime bárbaro nem com sonhos pervertidos. Onde foi parar o pacifista que prega o desarmamento e abomina a pena de morte?

— Está aqui, à sua frente, saudável como você. Nenhum de nós é doente e seu sonho prova isso: o fato de se lembrar de tudo em detalhes mostra que seu subconsciente consegue sublimar a violência que se agita dentro de você.

— Não vai dizer que também leu Freud, Seu Zé!

— Fiz melhor: seis anos de psicanálise, individual, três vezes por semana. Quando fiquei cego, não sei o que teria sido de mim sem a ajuda médica, que me tirou da escuridão...

— Putz! Mais essa! O senhor é um personagem de livro, não é real.

— Aceito a pecha. Mas os personagens de livro são reais, porque o autor os vai buscar na sua experiência de vida, se não diretamente, de modo indireto.

— Que autor, posso saber?

— Qualquer um. Ele pode pegar um sujeito que conheceu na realidade e pôr no livro como o cara é. Ou juntar pedacinhos de pessoas, falo daquelas que se parecem, mais ou menos uniformes, e montar um Frankenstein. O importante é o resultado ter cabeça, tronco e membros. Se ficar coerente, os leitores aceitam.

— Volte para o meu sonho, Seu Zé...

— Está bem. Nós já falamos sobre a antropofagia como ato simbólico, em que um índio, ao comer o outro, incorpora a força daquele, sua bravura, todas as virtudes do inimigo. No seu sonho, a intenção era essa. Você não me matou por ser psicopata ou ter ódio mortal da minha pessoa, e sim para incorporar o que chama de meus "dons": a memória, a erudição, tudo o que diz que eu tenho e você não tem. É uma inveja saudável, confessada de modo afetuoso, e você já demonstrou seu desejo de incorporar essas qualidades quando, entre todas as pessoas cuja voz podia imitar, optou por mim. Certo?

A interpretação estava bem-feita. Não era preciso ter olhos para ver: até Freud o sacana do cego imitava! Tenho de admitir que invejava aquele homem, mas não tinha verdadeira bronca dele: a ideia de uma morte ritual, simbólica, em oposição ao assassínio frio, e o canibalismo com propósitos educativos, não por pura selvageria, faziam da onírica pancada com a ibirapema quase um gesto amistoso, um tapinha nas suas costas. Mas faltava solucionar a trama policial da velha que não era a Agatha Christie: "O Caso do Travesseiro Sufocante".

— E a cliente que eu matei, Seu Zé, onde é que ficamos?

Z parou para matutar e depois disse à moda dele:

— Esse crime sem castigo mais parece um castigo sem crime.

Era um bom jogo de palavras. Veio o desenvolvimento:

— Veja só, Júlio, você teve uma crise depressiva, contou-me que perdeu a autoestima, e não há dúvida de que carrega um enorme sentimento de culpa por tudo o que aconteceu. A sua ótica ficou distorcida por lentes de aumento, em função dos remédios e dos episódios psicóticos associados à depressão, exagerando a sua responsabilidade em tudo, como nos sonhos com a ex, onde sempre acaba se recriminando por ter perdido o amor da sua vida. Você fantasia que perdeu mulher, amigos, confiança, tudo por sua culpa. Culpa, culpa, culpa...

— O senhor está insinuando que eu não sou culpado?

— Penso que você não sufocou aquela senhora nem seria capaz de matar ninguém. Tanto que começou por dizer "Acho que matei uma velha", sem estar cem por cento seguro. Ora, meu caro, isso é coisa que alguém consiga esquecer? Além disso, já convivemos tempo suficiente para eu saber com quem estou lidando: você é um sujeito racional, com educação superior, bem informado, que lê livros de ética, se emociona com poesia, acho até que tem um fraco pela minha filha, a quem trata sempre como um cavalheiro, segundo sei e ela confirma, e comigo tem tido uma paciência sem fim, suportando as minhas maratonas ou lendo tardes inteiras para mim até perder a voz. Não senhor, a defesa conclui aqui seus argumentos, certa de que o réu confesso Júlio d'Ercole não cometeu o crime, por mais que acredite nisso. Veredicto: inocente.

Eu tinha decidido pôr o caso nas mãos de Z, que seria o tribunal inteiro e o meu juiz, e ele acabara de me absolver. Bacana! Só que em vez de dar pulos de alegria, fiquei na mesma. O velho, afinal, não era confiável, ao contrário, era um notório vigarista, tinha começado por enganar espíritas crédulos e já chegara a mais de novecentos mil otários contabilizados pelo YouTube, prontos para constar da sua futura ficha policial. Que belo meretíssimo! Não, eu não me sentia confortável, e consegui colocar isso nos termos dele:

— A sua certeza é tão dúbia quanto a minha dúvida é certa, Seu Zé.

O velho deu um grande sorriso com meu palavreado e eu quase me senti à altura do mestre. Depois, Z mandou ver em latim:

— *In dubio pro reo.*

Respondi o melhor que pude:

— *Data venia.*

— O que você quer dizer com isso?

— Sei lá, Seu Zé! Acho que vou morrer sem saber se matei a velha...

— Podemos tentar descobrir.

— Qual é a brilhante sugestão?

— Visitar os filhos dessa senhora que você diz ter matado. Talvez possam lançar alguma luz no caso...

Gelei por dentro! Ele estava certo, mas escolhera a via mais arriscada. Se tudo corresse como eu previa, e os filhos da velha não se vingassem de bate-pronto, matando-me *in loco*, eu pegaria no mínimo uns vinte anos. A única vantagem era sair da cadeia já em idade de receber a aposentadoria.

— Ok, Seu Zé, eu topo. Só não sei como reaparecer na casa deles de uma hora para outra sem um motivo razoável. Já começaria a parecer suspeito...

— Você me leva até lá, toca a campainha e eu falo com eles.

— Fala o quê?

— Você não confia em mim?

Eu tinha que responder depressa, senão o velho podia achar que não. Em princípio, Z não era minimamente confiável, mas se ele mostrava confiança em mim, que era o suspeito, como é que eu podia desconfiar dele?

— Eu me ponho nas suas mãos, Seu Zé... Vai ser para quando?

— Que tal hoje à tarde?

— Sexta-feira eles trabalham. Só se for à noite...

Fomos almoçar a comidinha caseira e honesta da Sônia, depois cada um fez a sesta no seu quarto, que foi uma longa soneca vespertina, seguida de lanche com mate Leão e bolinhos de polvilho. Veio a inevitável proposta:

— Vamos a pé?

— Tudo bem, o senhor manda.

Chegamos à rua Higienópolis, o local do crime. À medida que nos aproximávamos do prédio tradicional, onde só havia um apartamento por andar e a guarita lembrava um *bunker*, comecei a sentir um treco no estômago que me denunciou: "Foi aquele ali, Seu delegado! É o maníaco do travesseiro". Tive certeza de ter cometido o crime, pois, se não fosse culpado estaria tranquilo, assobiando... Mas enfim, era justo que um dia eu pagasse pelo que fiz, ninguém precisa ler o Peter Singer para saber disso.

O porteiro me reconheceu, interfonou para cima, o cego e eu subimos de elevador ao encontro do meu destino, no último andar, cobertura duplex. O casal de irmãos já esperava na porta, com um sorriso:

— Júlio, que surpresa! — fez o filho, que se chamava Paulo, efusivo.

— Você desapareceu, nunca mais deu notícia! — fez a filha, Lia, com a voz embargada. — Nós não sabíamos onde encontrar você...

Antes que eu pudesse dizer qualquer coisa, Z se adiantou:

— Boa noite e me desculpem, meu nome é José. Fui eu que pedi ao Júlio para me trazer aqui, onde ele diz ter trabalhado. Se não se importam, era para pedir referências sobre ele, e só preciso de cinco minutinhos em privado com vocês...

— Então vá entrando, por favor — fez o Paulo, solícito. — Mas, não precisa ser em privado, o que temos a dizer sobre o Júlio pode ser dito abertamente, pois ele foi uma bênção nesta casa...

— Nossa mãe adorava o Júlio... — completou Lia, claro que para minha crescente surpresa. — Pena que ela já estivesse com a mente comprometida, teve um derrame, o senhor sabe como é, semiparalisada na cama, uma tristeza...

— Lamento por vocês... Mas o Júlio, então, uma bênção?

— Sim, cuidou da mamãe mais de seis meses, enquanto ela viveu. Trocava as fraldas dela, dava-lhe banho, preparava canja, dava comidinha na boca, nós somos extremamente gratos a ele. É como se fosse outro filho, nosso irmão...

Mal Lia disse essas coisas de que eu não me lembrava, o Paulo soltou a bomba nuclear:

— Quando ele soube da morte dela, ficou em estado de choque...

O cego foi instantâneo:

— Então o Júlio não a viu morrer?

— Não, não viu — disse a filha, tranquilamente. — A mamãe morreu num domingo, nos meus braços, e o Júlio cuidava dela durante a semana. Ele só soube no dia seguinte, ficou arrasado...

— É verdade — assegurou Paulo, pondo a mão no meu ombro, como se eu tivesse acabado de ficar órfão de mãe —, fui eu que tive de o consolar, não ele a mim. Ficava repetindo "Mais uma perda, mais uma perda...", com lágrimas nos olhos, num estado desolador. Ficou mesmo traumatizado, o coitado. E de repente sumiu, nós nem o vimos sair...

— Já faz tempo, Júlio! — a filha parecia contente com meu retorno.

Z levantou-se, declarando-se pronto para se retirar:

— Acho que já ouvi tudo o que eu queria saber. Agradeço a boa vontade de vocês e vou deixá-los sossegados...

— Não aceitam um cafezinho? — ofereceu Lia.

— Obrigado — Z recusou, educadamente —, mas temos um compromisso. E a esta hora, se eu tomar café, depois não durmo mais...

O cego pôs a mão no meu ombro, sugerindo que tomássemos o caminho da rua. Antes que chegássemos à porta, o Paulo lembrou-se:

— Ah, o Júlio não pode ir embora sem uma coisa! Esperem um pouco...

E enveredou pelo corredor do apartamento, deixando-nos ali, para voltar minutos depois, pondo um envelope nas minhas mãos:

— Isto é seu. Tínhamos deixado o cheque com a mamãe, mas ela esqueceu de lhe dar, a cabecinha já não estava boa. São dois meses de salário que você saiu sem receber...

49

Passei aquela noite em claro, em estado de júbilo.

Vocês já foram estupidamente felizes? Pois eu me sentia assim, só que de maneira inteligente. E também me sentia leve, levíssimo, livre do paquiderme da culpa, que saíra das minhas costas. Graças ao Z.

Felicidade é uma coisa relativa, muitas vezes é a simples ausência de dor (acho que a ideia é do Schopenhauer), tanto que se nos dói um dente e de repente pára de doer, nós ficamos felizes (o exemplo já é meu). Aquela culpa tinha me chateado tanto tempo, os remorsos tinham sido tão frequentes e o sentimento de ignobilidade tão presente, que agora, pluft!, só o fato de ter o sótão vazio, sem cacarecos, já era o suprassumo da beatitude.

Mas vejam, não se trata apenas de recuperar a inocência perdida, e sim de ser finalmente digno de aspirar ao amor da Pat. Era isso que me exaltava, o caminho desimpedido até o coração da princesa, que só um cavaleiro de alma nobre poderia conquistar. O fato de não ter sufocado a velha também era legal, mas não exageremos, até porque o casal de irmãos tinha interpretado mal o meu desespero: é certo que eu choramingara "Mais uma perda, mais uma perda...", inconsolável, só que me referia aos dois meses de salário.

Cá estava eu, novo em folha, com o cheque no bolso, a alma limpa, um amor em botão. Fui pregar os olhos às cinco da manhã e só acordei às onze, depois de um sono agitado, sonhando de novo...

...Eu era um náufrago sem bote nem colete salva-vidas, como o Gonçalves Dias, flutuando num mar negro, não o mar Negro, entre dois continentes cujas costas estavam à vista, distantes uns quinze quilômetros uma da outra. Um colossal rodamoinho revolvia as águas, encapelava as ondas e girava tão rapidamente que me dava náuseas, emburacando-se num sumidouro até o centro da Terra. A nado, com esforço, eu tentava chegar à praia, qualquer praia, ora numa, ora noutra, como uma pedra que tenta se libertar de um barbante que um moleque gira no ar ou, neste caso, no mar, e mar negro, mesmo não sendo o Negro... Quase sempre eu me afundava e engolia água salgada, para logo voltar à tona e regurgitar espuma, enchendo o peito com nova reserva de ar fresco, enquanto um cardume de peixes-voadores me atingia a face, dando-me bofetadas com as asas molhadas. No sobe-e-desce das ondas, a certa altura estou boiando no topo de uma marola quando vejo a salvação chegar: é uma lancha, em zigue-zague, dirigida por um pirata cego, com vendas nos dois olhos, trazendo uma gostosa de biquíni que toma sol no tombadilho (como diz o ditado: mar negro, dia claro). Minha esperança de sobrevivência dá um fraco sinal de vida, pois a bela mulher, deitada de costas, está prestes a olhar para mim, e eu agito desesperadamente os braços, já adivinhando de quem se trata: só pode ser a ex, surgindo do nada, quando menos se espera, no meio de um sonho (terrível, essa falta de imaginação!). Em vias de me afogar, penso nesta triste sina de sonhador recorrente, que revê o mesmo rosto *ad nauseam*, mareado de fato numa espiral rocambolesca, enquanto a ex, só para judiar, move-se em câmara lenta, milímetro a milímetro, ainda de costas, agora de perfil, depois a três quartos, até que... enfim... ei, esperem aí! Não é a ex: é a Pat! Por São Poseidon do Mar Alto! É a Paa-trii-ciii-aaa! É a minha gentil princesa que me vê e vem em meu socorro, qual Aleta das Ilhas Nevoentas, dando instruções ao timoneiro, que vira o timão, enquanto ela joga no mar uma boia preta e branca com o distintivo do Corinthians. Estou salvo! Ou quase. Estou cada vez mais perto da Pat, que puxa a corda da boia, trazendo-me para a beira da lancha e, por fim, me estende a mão, pronta para me alçar a bordo. Ah, meus amigos, não devo nem quero mudar de assunto, pois este sonho mostra que a viragem da minha vida já chegara ao subconsciente, mas quase tive uma convulsão com o toque daquela mão macia, delicada e febril. E foi então que acordei, ou melhor, fui acordado naquele exato momento, antes de embarcar num cruzeiro com a Pat...

— Tá tudo bem por aí? — Sônia batia na porta do meu quarto.

Respondi que sim, ainda tonto.

— Foi o Tio Zé que mandou perguntar. É que chegaram visitas e ele quer saber se você pode recebê-las na companhia dele...

Respondi que sim, mais uns minutinhos e já estaria pronto.

— Fique à vontade — ouvi a voz do próprio Z, o que me deu a sensação de *déjà vu*, como se "*déjà*" tivesse "*vu*" um despertar parecido.

— Bom dia, Seu Zé! Esta noite dormi pouco, mas já vou...

— Tudo bem, espero na sala. Estão aí o Jonas e a namorada dele, Alícia. Eles querem falar com a gente...

Ouvi os passos do velho, sincronizados com os da mulata, afastarem-se pelo corredor. Lavei a cara, vesti-me e fui ao encontro deles, sem notar que tinha um pé de meia diferente do outro, sinal de que ainda não viera à tona direito:

— Bom dia! — saudei o casal. A Alícia era um brinco: cabelos presos em trança, perfil de amazona, a pele alva de uma estátua grega, os lábios em franco contraste escarlate, carnudos, pedindo beijos. E, no entanto, se movia:

— Bom dia inútil! — ela saudou-me. — Antevéspera da luta!

Vi logo que o jovem Pinto estava em boas mãos.

— Bom dia! — juntou-se ele, feliz como um passarinho.

E seguiu-se um longo debate a quatro vozes sobre a manifestação de 1º de Maio que se avizinhava, objetivos e preparativos, da passeata inicial à disposição das pessoas sobre o palanque ou a ordem pela qual cada um deveria discursar, convocação final por SMS e pelas redes sociais, os papéis autorizando a marcha, a infra de primeiros socorros, etcétera, tudo anarquicamente organizado.

A Pat, brochei ao saber, tinha outra vez saído com o maridão.

50

No domingo, Z ficou no quarto dele tateando páginas em braille, como se colhesse as palavras que ia atirar à multidão no 1º de Maio, enquanto eu tinha o dia todo para me dedicar ao exercício da solidão. Mas a vida, como dizem alguns humoristas, é uma caixinha de surpresas, ou, digo eu, um jogo de par ou ímpar, em que perdemos ou ganhamos de nós mesmos: na ausência da Sônia, em vez de ir à padaria, par, optei por invadir a cozinha, ímpar, onde preparei um café da manhã de hotel, disposto a me refestelar com suco de laranja, ovos quentes, flocos de milho, queijo, presunto, pão, manteiga, geleia e café com leite, com o firme propósito de ir fazer a refeição na cama, como um lorde inglês; mas, assim que meti tudo na bandeja e subi as escadas... Iiiiiééésss!, tive a súbita inspiração que me levou a fazer o desvio de rota.

Tóc, tóc, tóc, bati no quarto da Pat, que respondeu ensonada, cabeceando:

— Quem é?

— BoMM DdiiaaAA, mmMinNHaa Fiilha!

— Papai?

Ah, afinal o cego tinha razão! De tanto treino, eu já conseguia imitar a voz dele! E a tal ponto que a própria filha podia ser levada ao engano, se bem que por trás da porta, saída de um sonho, acordando no susto. Antes que ela se desse conta da impostura, apressei-me a desfazer o mal:

— Bom dia, Pat, é o Júlio...

— Um momento... — ela reagiu desconfiada, tentando ganhar tempo para entender o que se passava ou enrolar-se no lençol, sem saber o que eu pretendia.

— É só para entregar uma encomenda...

Creio que isso a tranquilizou:

— Ah... ainda estou na cama, mas pode entrar.

Fiz o trajeto equilibrando a bandeja na mão, como já vira o Pinto fazer:

— Está aqui o seu café da manhã, *milady*!

Pat iluminou-se quando percebeu meu gesto, ainda que se mantivesse na defensiva. Era natural: estávamos na casa dela, de família, onde ela vivia com as filhas e o pai cego, cuja voz parecia ter soado há pouco, e ali era seu quarto de dormir, enquanto eu não era mordomo nem nada, só um cuidador ousado pisando o risco. Por isso, após lhe entregar a bandeja, fiz meia-volta, com uma vênia. Por mais anarquista que ela fosse, legítima herdeira de Z, apenas se permitiu dizer:

— Muito gentil da sua parte, Júlio... Obrigada.

— Um prazer.

— O meu pai está aí fora?

— O Seu Zé está no quarto dele.

— Ah...

Fui para o meu quarto, sem ter comido nem um farelo de pão. Senti uma pontada, pus a mão no estômago que doía e percebi que não era de fome. Era de ansiedade. A Pat ficara cabreira e a coisa podia ter corrido mal. Eu me deixara levar pelo impulso, mais uma vez precipitado, um erro que já me tinha custado caro em outros carnavais. Quantas mulheres eu teria perdido, ao longo da minha vida, por sabotagem do meu inconsciente? Creio que foram ao menos três de importância, a Jussara, a Noélia e a Drica, fora outras menos votadas.

A Jussara foi a mulher por quem tive mais tesão na minha longa carreira de Dom Juan depois da gripe: era uma mulata de vinte e seis anos, casada, com dois filhos, que fez cursinho comigo, tinha eu dezenove. Sentávamos lado a lado e rapidamente nos apaixonamos um pelo outro, sem que isso jamais tenha sido verbalizado ou admitido de forma aberta. Ela era uma mulher maliciosa e sabia me provocar, sussurrando perguntas com fingida inocência e os lábios a meio centímetro da minha orelha. Ainda me lembro de como se divertiu um dia, durante uma aula de geografia, ao me ver pôr as apostilas no colo para disfarçar o relevo dos países baixos. Pois bem: na véspera de um exame, essa mulher me convidou para estudarmos juntos na casa dela, dizendo que o marido tinha viajado, o que um narrador vulgar, sem a minha finesse, compararia a esfregar a periquita na minha cara. E o que é que eu fiz? a) Fui estudar com ela e me dei bem; b) Fui estudar com ela e não rolou nada; c) Fui lá e os filhos dela não saíam de perto; d) Nenhuma das anteriores. A resposta certa é a anterior, porque, já deformado pela leitura de livros românticos, onde pululavam heroínas inocentes e nobres cavaleiros, salvo o período naturalista vivido em pecado nos banheiros da adolescência, não só me recusei a ir na casa dela como ainda disse que não ficava bem eu aparecer por lá enquanto o marido estivesse fora, e que eu não me permitiria pôr em risco seu casamento, destruir um lar, desrespeitar a amiga que tinha toda a minha estima e consideração. O padre da paróquia da esquina não diria melhor. Nunca vou esquecer a cara de espanto com que a Jussara me olhou, sem acreditar no que ouvia. Ficou bastante decepcionada. Algum tempo depois, de pleno direito, ela andou espalhando entre as colegas que eu era "fresco", termo da época para gay, homossexual, viadão.

Já a Noélia foi amor à primeira vista, num jantar de aniversário, na casa de amigos comuns. Mal tínhamos sido apresentados um ao outro, bastou um momento a sós na cozinha para a gente se dar um beijo de cinema. Parece-lhes natural? Não era: ela estava noiva, de aliança no dedo, casamento marcado para daí a um mês. De modo que acabei metido num enredo de telenovela onde só tive mais uma oportunidade de a encontrar antes do casório, na noite em que os mesmos amigos, com propósitos ecológicos, convidaram o grupo para fazer camping selvagem na Serra da Cantareira: a ideia era respirar o ar puro do horto e fumar maconha, visto ser uma erva natural. Foi uma madrugada tensa, e o máximo que rolou entre nós foi outro beijo furtivo, atrás da moita, com tanta gente em volta que ela manteve os olhos abertos, preocupada que algum amigo do noivo nos visse. Finalmente casou-se, foi morar em Minas e, três meses depois, veio passar um fim de semana em São Paulo, ligando para mim. O que vocês acham que aconteceu? Absolutamente nada. Ela foi lá em casa com uma minissaia que escandalizaria a Mary Quant, mas a minha ficha não caiu: idiota incurável, considerei a visita um gesto elegante da parte dela, sendo ela agora uma mulher casada, direita, incorruptível, e eu um solteirão de coração partido. De modo que, enquanto a bela se sentava no sofá, abrindo as pernas à Sharon Stone e exibindo o fruto proibido, eu lia para ela uma poesia de dor de cotovelo, da minha lavra, onde o nome Noélia rimava com corbélia. Foi um soneto inteiro: duas quadras e dois tercetos ajardinados. Claro que a minha flor acabou por fechar as pétalas e saiu espalhando para as amigas que eu era "fresco", termo da época para... bem, acho que já lhes disse.

A Drica foi a última das Três Graças a se transformar em desgraça no meu currículo de sedutor. Encontramo-nos um ano depois que a ex me deu o pé na bunda, assim que me livrei dos medicamentos *heavy-metal* e a libido voltou a funcionar. Na verdade, foi um reencontro, pois já nos conhecíamos, tendo ela sido casada com um amigo meu. Parece que, desde essa época, a Drica se sentia atraída por mim, e agora que estávamos livres decidiu vir para o ataque, com telefonemas diários, convidando-me para ir ao cinema, jantar, tomar chope ou o que viesse primeiro. Relutei muito, pois, como já esclareci, a minha história com a ex ficou mal resolvida, e era difícil me envolver sentimentalmente com outra mulher. Mas quem falou em sentimentos? Era de sexo que eu precisava! E como a Drica, além de insistente, não era de se jogar fora, desta vez a coisa foi: não lhe dei nenhum motivo para espalhar por aí que eu era "fresco". Andamos no bem-bom um certo tempo e teria durado mais não fosse por um detalhe imperdoável para qualquer mulher interessada num homem: por questões éticas, já que um cavalheiro jamais se aproveita de uma dama, deixei claro que não a amava nem estava apaixonado, acrescentando que ela não devia esperar nada da nossa relação, a não ser um certo colorido. Claro que deu chabu, até porque a minha frase textual foi infeliz: "Drica, a gente faz assim: eu te uso e você me usa". Meus amigos! Nunca vi uma mulher ficar tão chocada com tão poucas palavras: ato contínuo, ela cortou relações comigo, falo de todas as relações, e ainda saiu espalhando por aí que eu era um símio machista para quem as mulheres não passavam de objeto sexual, imagem que persistiu longo tempo entre as fêmeas do nosso círculo, as quais me olhavam com desdém, mas isso só quando se dignavam a olhar para mim. A pecha de macaco sexista pegou tão mal quanto se ela tivesse dito que eu era "fresco", sinônimo de... enfim, vocês já sabem.

Voltemos ao domingo.

Aquele café dado de bandeja para a Pat teria sido outro tiro n'água? Será que ela iria se sentir ameaçada? Poderia o meu gesto amoroso ser interpretado como invasão de território? Estariam agora comprometidas as minhas nobres intenções para com a princesa? Poderia eu ter a esperança de dias melhores ou estava tudo perdido, quero dizer, existiria ainda um modo de reparar o erro, se era realmente um erro, ou já não havia mais nada a fazer? Par ou ímpar?

Talvez o recomendável mesmo fosse eu tentar recuperar a confiança no meu taco; mulher não gosta de neguinho frágil, cheio de dúvidas, afrescalhado.

51

Um domingo, dependendo do que o camarada faz ou deixa de fazer, pode ser o mais longo dos dias. Para abreviar aquele, decidi almoçar num restaurante mineiro que ficava do outro lado da cidade, passando o Tucuruvi, para os lados do Jaçanã, onde os fregueses se enchem de pãezinhos de queijo logo na entrada e perdem a vontade de comer o prato principal, o que barateia muito as refeições. Além de me empanturrar de polvilho, bebi cerveja até ficar tonto. Depois, dei uma esticada ao Cemitério do Jardim Tremembé, onde comprei flores na porta, para uma visita cordial à tumba da minha mãe, que jaz ao lado do pai dela e de um irmão, meu tio Nenê, que na Copa de 70 sofreu um enfarte enquanto gritava "GOOOOLLL... Aahh!". O meu pai não estava por perto, ele que fumou a vida inteira e preferiu virar fumaça, no Crematório da Vila Alpina, na longínqua Zona Leste. Os meus velhos viveram juntos quarenta anos mas, no fim, cansados do casamento, preferiram morrer separados. Bem... onde é que eu ia mesmo? Ah, sim, depositei o buquê de rosas na lápide da *mamma*, ela que merecia um jardim inteiro, esperei alguns minutinhos pelas lágrimas, que nunca faltavam, depois assoei o nariz e fiz o caminho de volta, uma hora e meia metido nos transportes coletivos.

Encontrei Z tomando sol na calçada, em frente à porta de casa:

— E aí, Seu Zé! Está boa a praia?

— Julinho! Está ótima, sim senhor, muita onda. E você, o que faz por aqui em vez de aproveitar o seu dia de folga?

— Fui dar um passeio e acabo de comprar o jornal de domingo, que pretendo ler na minha cama, deitadão...

— Bom proveito, então!

— Obrigado, Seu Zé.

No meu quarto, comecei por jogar fora os cadernos do jornal que não me interessavam: as seções de empregos, de imóveis, de automóveis, de economia e por aí afora, quase um quilo de papel. Eu tinha comprado a mesma folha que me explorara durante anos e tive uma boa surpresa na página três, onde havia por norma dois artigos sobre um único tema, um colunista a favor e outro contra. Desta vez, punham a verve colorida do jornalista e cineasta Arnaldo Borja, intelectual de uma certa esquerda, em confronto com o estilo demagógico do comentarista Luís Carlos Prata, famoso na TV, da direita mais ferrenha e belicosa. Li as opiniões dos dois com grande prazer e a contraposição dos textos me deu uma saudade brutal do tempo de jornalista, o ter de lidar diariamente com assuntos vivos, polêmicos, de interesse público. Eu já tinha sido bom naquilo, modestamente, só andava um pouco enferrujado. Por isso, acabei por pousar o jornalão e decidi pegar a minha agenda que vinha com uma Bic: pensei um pouco, ensaiei alguns começos e depois que a cabeça engrenou passei a tarde escrevendo, escrevendo, pelo puro prazer de escrever.

Mas tudo cansa, até fazer o que se gosta. Mais tarde, já sem palavras, abandonei a escrita e desci para a cozinha, disposto a fuçar a geladeira, onde Sônia costumava deixar algumas surpresas para os *heavy-users*. Desta vez, achei um gazpacho, que ela sabia temperar como ninguém, e enquanto eu me deliciava com um prato cheio do caldo andaluz, salpicado de pedaços de pão, Z apareceu para beber pinga no seu botequim privê. Fiz o inevitável comentário:

— Não podemos continuar nos encontrando assim, Seu Zé...

Ele fingiu que ria da minha piadinha pré-fabricada. Era tão simpático, meu cliente, que até me ocorreu fazer uma hora extra por conta da casa:

— Saíram dois artigos excelentes no jornal de hoje, um a favor e o outro contra o nosso evento de amanhã, o senhor quer que eu leia?

— Dois artigos?

— Um do Arnaldo Borja, a favor, e outro do Luís Carlos Prata, metendo o pau. Dão uma boa ideia dos sentimentos contraditórios que devem estar rolando na opinião pública, se é que esses caras representam alguma coisa.

— Interessante...

— Se o senhor quiser, eu leio em voz alta.

— Ah, não precisa, Julinho, o domingo é sagrado! Já basta você trabalhar nos dias úteis.

— Posso ler com prazer, Seu Zé. Não dá trabalho nenhum...

Ele não queria abusar mas...

— Tem certeza, Júlio?

— Na boa. Me dá só um minutinho para ir buscar o jornal...

Fui e voltei num vapt-vupt. Depois, ajeitamo-nos na mesinha de mármore, eu com o gazpacho andaluz, Z com pinga bragantina, e eu li para ele:

"MORTE AOS DIAS ÚTEIS? JÁ VÃO TARDE!

Arnaldo Borja

A burrice neoliberal está produzindo um excedente. Não de bens materiais, mas de gente no olho da rua. De freelancers que não são free. De náufragos que lutam pela sobrevivência no mar da precariedade. Ou por outra: de indignados, o largo espectro de cidadãos excluído dos sonhos de consumo que a mídia exibe em Full HD, num plasma de 42 polegadas, no horário nobre destinado ao pobre. Ao redor do planeta, além das sete bilhões de formigas operárias, há um lastimável desejo de extermínio. Os capitalistas querem deletar os índios, os retirantes, os pobres, os marginais, todos os inúteis do sistema produtivo, os que não têm superpoderes de compra nem consomem a kryptonita que eles vendem. Os descapitalizados, por sua vez, querem matar os dias úteis, porque enfim se deram conta da inutilidade do seu suor e do trabalho assalariado. A gente já viu esse filme antes: na Revolução Francesa, na soviética, na cubana. É do gênero disaster movie. Mas o atual remake é melhor, porque promete o que todo brasileiro no fundo mais deseja: o apocalipse now. Começa com um plano geral do Estado sofrendo uma implosão, que pulveriza todas as empresas públicas, mas também produz uma onda de choque, aliás, um tsunami hiperinflacionário que faz desabar o índice Bovespa e a sede da Fiesp na avenida Paulista. O herói dessa devastadora produção nacional, Joca Tutu, irmão metropolitano do Jeca, é uma espécie de Julieta dos Espíritos, porque surgiu num roteiro escrito por imortais que morreram, apesar de estarem vivos na memória coletiva: o Erico Verissimo, o João Cabral, o Rosa, o Lobato et caterva, literatos patrícios e nossos mais ilustres concidadãos, que, além de brasileiros, são cidadãos do mundo. Não me espantaria se conseguissem mudar o país com essa história surreal, como num filme do Buñuel. Nem que fizessem depois a sequela "Morte aos dias úteis II, a missão", com o Omar Shariff no papel de terrorista palestino, travestido de virgem islâmica, usando uma burca, com gel explosivo na calcinha. Ao contrário da bomba de nêutrons, que destrói as pessoas e mantém intacta a propriedade privada, esse novo herói de arabesco não vai deixar pedra sobre pedra, a começar pelo edifício-sede da ONU; mas, por outro lado, e aí é que pode levar a Palma de Ouro, certamente vai deixar as pessoas mais vivas do que antes. Tudo indica que nós estamos começando a exportar uma nova revolução. Mais do que isso: a contaminar o planeta com a febre verde-amarela. O Brasil vai disseminar uma pandemia pior do que a gripe suína do Rumsfeld (ou a gripe do suíno Rumsfeld), espalhando o vírus socializante da preguiça, que vai deixar o mundo de cama. É a globalização macunaímica, "o outro mundo possível" de que falam o Fórum Social e o livrinho homônimo do teólogo libertador Leonardo (Audácia do) Boff, que nunca mais se calou depois que foi silenciado pelo Ratzinger, o inquisidor da Congregatio pro Doctrina Fidei, *antes do pastor alemão virar papa.*

Tudo bem. Há uma longa série de massacres de um polo ao outro, mortes coletivas, como na Noruega, em Waco, no Chile, na Amazônia. Rituais de sangue, de holocausto do inútil no campo da produção. Pelas leis da física, é natural que esses crimes contra a humanidade provoquem uma reação igual e contrária: a matança dos dias úteis. Os quais, cá entre nós, não vão fazer falta nenhuma."

"MORTE AOS DIAS ÚTEIS, UMA OVA!
Luis Carlos Prata

Esse evento é uma pouca vergonha, coisa de gente que não tem mais nada o que fazer: um bando de cabeludos sem moral e suas namoradinhas liberadas. Eles largaram o Atari ainda ontem e já estão se achando, só porque sabem mexer no computador. Morte aos dias úteis, era só o que faltava! Esses jovenzinhos sem educação escrevem tudo errado no e-mail, enchem a caixa do correio e o saco da gente para reivindicar o quê? Pensa que é emprego no banco? Uma vaga na indústria? Um cargo na empresa? Não senhor: eles querem é va-ga-bun-dar! Ficar coçando. Ver o mundo acabar em barranco para morrer encostado. Mas é bem-feito, Brasil! Bem-feito, terra de gente desgovernada! É nisso que dá o excesso de liberdade num país sem regras, que não ensina aos seus jovens a noção de limite, o respeito pela liberdade alheia. Sim, porque tem de respeitar os outros, aqueles que querem trabalhar, os que pegam firme no batente e dão o sangue para o crescimento econômico da nação. Agora diga para mim: de que adianta o funcionário, o operário, o agricultor, o trabalhador dar duro, fazer a sua parte, se aí vêm esses terroristas perturbar a ordem e impedir o progresso? O que pretendem esses rebeldes sem causa, esses filhos de uma mãe subversiva que mais valia estar presa, levando choque e porrada para aprender? Ah, claro, eles querem mudar o mundo, certo? Esses fedelhos que não têm nada na cabeça, só piolho, querem acabar com a propriedade privada, distribuir a renda, fazer a reforma agrária, dar saúde pública e educação de graça. Sabem o que é isso? Co-mu-nis-mo! Marxismo-leninismo! A ditadura do proletariado! Mas eles deviam era ir para a Sibéria, fazer trabalhos forçados, olhando para a estátua do Sta-

lin. Ou então para a China, ver se a Guarda Vermelha era do bem ou do Mao. Ou para Cuba, enrolar charuto para o Fidel! O comunismo não deu certo em lugar nenhum. O muro de Berlim caiu, Cuba lança mas não cai, a União Soviética se desuniu e o chinês abriu os olhos, virou capitalista. Está na cara, meu amigo! Se acabar com o patrão, quem vai dar emprego? Se acabar com o emprego, como vai ganhar dinheiro? Se não tem dinheiro, vai distribuir o quê? Dâ-haan...

Mas o povo é burro. Aonde o cabeludo vai, o povo vai atrás. Chega um rastafari desses com um cigarrinho esquisito na mão e um cartaz de folha A4 na outra, escrito "Morte aos dias úteis!", e, em vez de mandar prender, o povo segue o maconheiro. Faz passeata para atrapalhar o tráfego, faz greve para atrapalhar a vida dos outros, faz manifestação para atrapalhar o país. Não pode. Povo é para trabalhar, não é para atrapalhar. O povo não tem que falar nada, tem mais é que ouvir. O povo precisa obedecer a lei. Precisa de um governo forte, com mão firme no comando, que na hora que precisa prende e arrebenta. Você aí, vai por mim, não seja maria-vai-com-as-outras, que acaba mal. Lembra dos interrogatórios no QG do II Exército? Do jornalista que foi suicidado no Doi-Codi? Do pessoal que virou ossada no Cemitério de Perus? Então... Fique longe do 1º de Maio e desse evento cabeludo. Quem for brasileiro não siga o maconheiro."

— Caramba! — exclamou Z, que ao longo dos dois artigos fizera todo tipo de expressão facial, de agrado ou desagrado, que um homem consegue obter com os músculos da cara. — A coisa está mesmo pegando fogo e dividindo as águas...

— O que o senhor achou dos textos?

— Típicos: um mais cinematográfico, o outro quase pornográfico. O estilo do Borja é quase tão inconfundível como a falta de estilo do Prata.

— Então eu tenho uma surpresa para o senhor, Seu Zé...

— Ah, é?

— Não foram publicados. Fui eu que os escrevi hoje à tarde, com uma Bic, na minha agenda. Na verdade, no jornal de hoje, o Borja e o Prata não falam do evento, falam da Olimpíada no Rio. Só peguei o mote de certas frases e imitei o jeitão de cada um, como o senhor faz com os seus espíritos, para me exercitar...

Os olhos dele, já brancos, arregalaram-se numa branquidão só. A boca, que vivia escondida no meio da barba, conseguiu se abrir mais do que os olhos. E Z, pousando a mão no meu ombro, foi um crítico generoso e estimulante:

— Caramba, Julinho, que coisa fantástica! Se eu usasse chapéu, ia ter que tirar agora para você. Gênio! Você tem o dom da escrita, rapaz! Nem precisa se exercitar mais... Fico feliz em ver que meu discípulo é melhor que o mestre!

52

Acordamos cedo, eu e a família Souza, e seguimos juntos para o evento. Z tinha feito a barba, o que equivalia a uma operação plástica, tal a transformação que provocou. Ele parecia um mecânico, enfiado num macacão azul. Não sei de onde o cego foi desenterrar aquilo, mas é possível que fosse do seu tempo de engenheiro, quando os jeans entraram na moda: um macacão de trabalho todo surrado, desbotado e desfiado, que cheirava a naftalina, com as alças rotas amarradas a barbante. Por baixo, o velho trazia uma Hering branca, de manga curta. E nos pés, havaianas legítimas, com a bandeirinha do Brasil.

— Tá bonitão, Seu Zé! É moda retrô? Olhe lá, hein, muito cuidado com os milicos! O senhor parece um operário da greve de 78 no ABC...

Mais de quinhentas mil pessoas, um número avassalador, já se concentravam na praça do Ciclista, esquina da Paulista com a Consolação, assim como nas ruas da vizinhança, aquecendo-se para a marcha, que seguiria em direção ao Paraíso, e alguns manifestantes bocejavam, após terem passado a noite no local, em tendas armadas nas calçadas da avenida. O palanque estava montado no fim do percurso, à espera dos representantes sindicais, que discursariam no âmbito do 1º de Maio, e dos responsáveis pelo evento "Morte aos dias úteis!", convocado pela internet. A elevada temperatura da manhã já se fazia sentir na movimentação dos ambulantes que vendiam garrafas de água e mate gelado, enquanto suadas equipes de TV, sob o peso das câmaras e dos microfones, preparavam-se para registrar a dupla manifestação, desenrolando cabos ligados a caminhões-geradores, montando tripés, erguendo rebatedores de luz e testando o equipamento. Os jornalistas já sentiam o cheiro de sangue, de olho num contingente policial desmedido que parecia pronto para o pior, pois dezenas de veículos blindados davam apoio a centenas de brutamontes com a cabeça dura enfiada em sólidos capacetes, os cascos metidos em coturnos, empunhando escudos transparentes à prova de bala e exibindo longos cassetetes fálicos capazes de foder com qualquer um. A Polícia Militar não parecia interessada nos trabalhadores, mais atenta a um grupo juvenil que erguia bandeiras com um A dentro de um círculo, símbolo anarquista. A linha dos meganhas separava o joio do trigo, como quem diz: "Não vamos deixar estes baderneiros perturbarem a paz e a ordem pública!". Um exagero, pois os adolescentes não demonstravam animosidade nem traziam paus ou pedras, a tropa de choque é que oferecia perigo, força desproporcional diante daquela garotada de roupas coloridas, sandálias franciscanas, cabelos espetados ou emaranhados ou encaracolados, que parecia ter acabado de sair dos cueiros.

Fiz a descrição desse cenário para Z, ajudado pelos espíritas do Ariel, que temiam por um confronto. O velho não se abalou:

— Era de se esperar. Temos uma democracia imperfeita...

— Eu diria fajuta.

— E o que mais vocês veem? — Z quis saber.

— Mais? — a Didi olhou em volta. — Só se for mais gente, Seu José, porque as pessoas não param de chegar de todos os lados, brotam até de debaixo da terra, saindo do buraco do metrô. Desde que nós estamos aqui acho que já dobrou o número de protestantes...

O cego achou graça:

— Evangélicos?

— Ah, Seu José, não goza, né?

Apoiei a catarinense:

— Faixas de protesto são o que mais se vê por aqui: *"Sorria: o seu salário é uma piada"*, *"Ricos + ricos, pobres + pobres"*, *"O trabalho não dignifica: danifica o homem"*. Mesmo à nossa frente desenrolaram uma enorme: *"Toda a semana eu luto para tirar o pé da lama e o patrão que leva a fama, a grana e mama"*.

O cego riu-se, satisfeito com a agitação ao seu redor. Depois, virou a cara para o lado do sol, que brilhava num céu limpo, sem nuvens.

Líderes sindicais, operários, estudantes, intelectuais, profissionais liberais, domésticas, integrantes das mais diversas ONGs, remanescentes da marcha das vadias, defensores dos direitos dos gays, ciclistas por melhores condições de segurança no tráfego, gente contra o uso indiscriminado de armas não letais, movimentos negros, punks e skinheads da ação antifascista, grupos de sem-teto e sem-terra e sem--dinheiro, indivíduos isolados, anarcas, comunas, paisanos, soldados, fosse quem fosse, homens, mulheres ou crianças (havia muitas, algumas de colo, que os pais empurravam nos carrinhos) eram igualmente banhados pela luz clara e generosa desse sol que nascera para todos, distribuindo seu calor sem privilégios de classe nem discriminação de qualquer espécie. Pela posição que ele ocupava, deviam ser onze da manhã quando um estrépito de tambores ecoou pela Paulista, dando sinal para o início da passeata. A multidão arrancou devagar, em passo de procissão ou, como diria o Gil, "se arrastando que nem cobra pelo chão". À frente marchavam os trabalhadores das mais diversas categorias profissionais; atrás, desfilava o pessoal ligado ao evento, a que se somavam os jovens anarcas e outros ativistas; e, entre os dois blocos, de serviço no feriado de 1º de Maio, os milicos da PM e da Guarda Civil Metropolitana pisavam duro.

Nós íamos, eu, Z, a Pat com as gêmeas, os espíritas do Ariel, os músicos do "Choro de Velho" e a moça da ONG "A Vooz", bem no meio da bagunça, seguidos de perto por um animado grupo que pedia a legalização da maconha. Um saxofonista tocava um *pot-pourri* patrício e belíssimas jovens, que noutros tempos eu não teria o menor problema em papar, sambavam à volta dele, enroladas em bandeiras verde-amarelas. Salvo por um ou outro aspecto curioso no campo do visível, como a camiseta de uma delas com a frase *"Congresso sem-vergonha libere a maconha"*, não foi preciso dizer muita coisa ao cego, que andou todo o percurso de orelhas em pé, entretido ora com a música, ora com os slogans puxados por um tipo forte e desengonçado, que levava um microfone ligado a um carro de som. O camarada dava o mote, amplificado pelos alto-falantes presos à capota do veículo:

— O POVO UNIDO...

E os manifestantes, Z inclusive, completavam:

— ... JAMAIS SERÁ FODIDO!

— SEGUNDA, IMUNDA...

— ... VOU PÔR NA TUA BUNDA!

— TERÇA, TRAVESSA...

— ... VOU PÔR SÓ A CABEÇA!

— QUARTA, INGRATA...

— ...VOU PÔR ATÉ QUE PARTA!

— QUINTA, ME SINTA...

— ... VOU PÔR UM METRO E TRINTA!

— SEXTA, PATETA...

— ... VOU PÔR O TEU NA RETA!

Não obstante um certo primarismo, as palavras de ordem, ou desordem, davam a Z prazer igual ao da leitura do Machado, do Pessoa e do Saramago. O velho, de macacão e sem barba, parecia ter uns trinta anos a menos, e até sua voz soava renovada pela força libertadora do grito primal coletivo, a energia sintética das frases, o eco tonitruante de cada rima, o deboche e o acinte com que a multidão ridicularizava as quarenta horas semanais de trabalho, oito para cada dia útil, ameaçando-as de morte por empalamento, para que dessem lugar à alegria de um eterno Domingo de lazer divino e criador.

O calor do dia já começava a cozinhar a massa, fosse pelo esforço da caminhada ou pelo sol a pino, quando, da janela de um edifício residencial, um morador sorridente teve a ideia de jogar um balde de água fria na multidão, refrescando as cabeças e sendo ovacionado como herói. O gesto solidário logo se repetiu noutras janelas e noutros prédios, com baldes ou mangueiras, tornando-se norma ao longo de todo o trajeto, de modo que passados poucos minutos já ninguém tinha a cabeça quente, salvo os bravos da PM, cujos capacetes e coletes à prova de bala também eram à prova d'água, falha flagrante na capacidade de previsão dos oficiais responsáveis pelo almoxarifado, além de grande injustiça para com os soldados, que seguiriam mais frescos caso pudessem servir, de bermuda e sandálias de dedo, o Estado que os baderneiros queriam contestar.

Finalmente, chegamos à área do palanque, na altura da Estação Paraíso do metrô, e a multidão, que nem cascavel, enrolou-se sobre si mesma, inquieta e rumorosa, agitando o chocalho, à espera dos oradores. Nós já tínhamos definido nossa estratégia: deixar falarem primeiro os líderes das centrais sindicais, respeitando a data simbólica, o 1º de Maio histórico, para só depois dar a palavra ao evento "Morte aos dias úteis", nas pessoas da Alícia, da ONG "A Vooz", e do velho médium do Centro Espírita Ariel, a quem um jornal definira como "o carrasco dos dias úteis", epíteto que trazia uma curiosa inversão de papéis na minha relação com Z, depois de eu ter achado por tanto tempo que ele era inofensivo e eu é que era o matador.

Se quiserem saber o que foi dito pela direção da CUT e de outras centrais sindicais ali presentes, na boca de dignos representantes dos trabalhadores ou pela língua traiçoeira de pelegos a soldo dos patrões, vasculhem os arquivos da imprensa diária deste ano ou do ano passado, ou mesmo do retrasado. Podem recuar à vontade, porque, salvo uma ou outra gíria nova, os discursos já não mudam há longo tempo. Foi Z quem me chamou atenção para isso, ao ouvir os sonoros bocejos que o povo dava diante daquelas velhas cantigas:

— Nada de novo no *front*!

— Pois é, Seu Zé...

— Os sindicatos envelheceram e não se renovam, ao contrário, parece que têm Alzheimer, esquecidos do seu papel. Muitas categorias ficaram sem pai nem mãe, desarticuladas, e o que mais se vê é trabalhador sem contrato, porque os capitalistas destruíram o próprio contrato social. Ainda está no ovo um discurso diferente, que traduza a insatisfação geral e reagrupe as vontades, para mover as montanhas de dinheiro que obstruíram o caminho da humanidade. O pior é que não me ocorre nada para dizer que já não tenha sido dito. Hoje era para ser o grande dia, mas temo não ser capaz de injetar sangue novo nessa lenga-lenga dos companheiros...

— Ah, não acredito! O senhor passou o domingo estudando, está até com calo no dedo de tanto ler em braille. Deve ter algum ás na manga...

— Não se iluda. Até aqui deu certo porque reciclei os gênios da raça. Mas eles estão mortos e seus livros juntam poeira nos sebos do Josias, esquecidos...

— De qualquer forma, o senhor leu bastante. Qual foi a bola da vez?

— Andei relendo o Machado...

— Relendo ou afiando?

— Já disse, Julinho, sou um mísero intermediário. Só espero que a menina Alícia segure a onda, porque ela sim representa o futuro, o mundo interligado, um ser humano que pensa e age em segundos para enfrentar as forças da reação. Quando digo a Alícia, é ela, o Jonas, são os jovens Anonymous, é toda essa garotada capaz de amedrontar elefantes com o clique de um rato, contemporâneos do grande Julian Assange e do Movimento 15-M...

— Certíssimo, Seu Zé: o Assange é um gênio, o *hacker* global que entregou as merdas dos americanos para a mídia, pirata informático mais temido do que o Barba Negra. E esse 15-M, é o quê?

— Os garotos espanhóis que armaram acampamento no centro de Madri, na Porta do Sol, para protestar contra a crise e o desemprego, e depois se transformaram em movimento itinerante, levando o protesto para Barcelona e o resto da Espanha, além de contagiar todo o hemisfério ocidental, a exemplo do similar Occupy, que começou por Wall Street e também se espalhou. São esses e outros jovens ativistas, os mesmos que se veem nas várias edições do Fórum Social Mundial, quem ainda pode agitar o planeta, não este seu velho cliente caquético, nem o meu cuidador deprimido com crise de meia-idade. A juventude, meu caro, é que é A Vooz da esperança...

— Falou e disse, Seu Zé. Mas não gaste seu latim comigo, guarde para o microfone, que está chegando a hora...

53

As vozes do 1º de Maio, já cansadas, deram lugar ao evento da internet.

Alícia, ladeada pelo Jonas, fez um discurso breve e contundente, com o perene radicalismo juvenil, em que conclamava os manifestantes a matarem de fato os dias úteis, com uma greve geral, de segunda a sexta-feira, não para reivindicar nada, nem reajuste de salários, nem melhores condições de trabalho, nem coisa do gênero, mas para contestar a própria existência de patrões, sinal claro de desigualdade, demonstrando a indignação popular com as injustiças sociais do mundo globalizado, onde a maioria dos brasileiros estava inserida, sujeita à malfadada economia de longo alcance que só dá curto-cicuito:

— Afinal, os dias úteis são úteis para quem? — gritava, exaltada. — Para mim é que não, nem para vocês: a tal semana inglesa só tem utilidade para o sistema que nos oprime, o patrão que nos explora, o capital que cresce à nossa custa! Temos de acabar com essa escravidão branca e começar a viver sem correntes. Temos de matar as oito horas mal pagas de cada dia e estabelecer um novo fuso horário, em busca do nosso tempo perdido. Eu lhes digo, aqui e agora: matemos a segunda e ela vai virar domingo; matemos a terça e ela será um sábado; matemos a quarta e ela se tornará um dia santo; matemos a quinta e ela será declarada feriado; matemos a sexta e ela vai se transformar numa ponte para o fim de semana! Vamos gritar todos juntos... MORTE AOS DIAS ÚTEIS! VIVA OS DIAS INÚTEIS!

A multidão foi ao rubro, numa enorme algazarra, fazendo eco:

— MORTE AOS DIAS ÚTEIS! VIVA OS DIAS INÚTEIS!... MORTE AOS DIAS ÚTEIS! VIVA OS DIAS INÚTEIS!... MORTE AOS...

O coro só arrefeceu quando os manifestantes me viram levar Z pelo braço até a área dos microfones, após um gesto da Alícia. Nesse instante, as palavras de ordem deram vez a uma retumbante baderna: aplausos, gritos, bater de pés no chão, rufar de tambores, assobios, rojões, toques de corneta, recos-recos, apitos, como se a multidão, sabendo que de um cego se tratava, quisesse mostrar-lhe de forma indubitável seu apreço. Mas bastou o velho erguer o braço, como Moisés com o cajado diante do mar Vermelho, para se instalar uma súbita calmaria naquele mar de gente, unindo as águas em vez de dividir, irmanando operários e jovens anarcas num bloco único, o dos cidadãos livres:

— Aqui e agora, nós dizemos "Morte aos dias úteis!". — Z falou num tom de voz tranquilo, oposto ao da Alícia. — Mas no Centro Espírita Ariel, onde eu tive o privilégio de receber alguns espíritos iluminados que todos conhecem, é um fato consumado: os dias úteis já morreram...

Nesse ponto a multidão aplaudiu freneticamente, mas Z repetiu a mesma chave de braço, abortando a ovação:

— A segunda-feira e suas irmãs morreram, porque esses grandes espíritos as mataram, escrevendo seu obituário e indicando o caminho das pedras para um futuro melhor, quando o homem deixará de ser o lobo do homem para se tornar o irmão do homem. Mas convém lembrar que todos os mortos, até mesmo os dias úteis, e acima deles esses grandes mestres da literatura brasileira que agora escrevem no céu, Erico Verissimo, Jorge Amado, Monteiro Lobato, Castro Alves, Guimarães Rosa, Gonçalves Dias e tantos outros, do Padre Anchieta a Vinícius de Moraes, quaisquer mortos, dizia eu, ilustres ou sem lustro, merecem nossa consideração, pelo que proponho, a partir de agora, que nós façamos um minuto de silêncio...

Se havia ainda um certo rumor de vozes, uma corneta distante, um apito que estrilava, o volume baixou rapidamente como se Z tivesse girado o botão de um rádio. Fez-se um silêncio tão respeitoso e profundo que seria possível ouvir a distância o batuque numa caixa de fósforos. Foi comovedor. O povão não ficou insensível à grandiosidade da hora e manteve-se quieto, deixando o tempo girar com os ponteiros do relógio, à espera que o velho definisse o momento de voltar a falar. Até que Z, fechando os olhos, disse a frase que o YouTube tornara célebre:

— PoSSeSSão... SeSSão... SeSSão!

E tremeu inteiro, num estertor, chegando a dar a impressão de que ia cair do palanque. Mas não caiu. Foi e voltou como um João Teimoso, estacou e disse, numa voz que não era a dele, com forte acento carioca, de morro:

— Aí, mermão, sou o Machado de Assis e estou no limbo, tá ligado?

Grande Z! O que se seguiu foi uma de suas obras-primas:

"Morri de câncer, mas se lhes disser que foi menos o câncer do que uma ideia grandiosa e útil, a causa da minha morte, é possível que não me creiam, e todavia é verdade. Expirei às três e vinte da madrugada de uma terça-feira do mês de setembro de 1908, na minha bela casa de Laranjeiras, cercado de amigos íntimos como o Euclides da Cunha, que se serviu da pena para me chamar de 'querido mestre' no *Jornal do Commercio*, e homenageado por homens da estirpe do conselheiro Rui Barbosa, que escreveu o meu elogio fúnebre, ou do ministro Tavares de Lyra, que me dedicou um panegírico em nome do governo. Tinha eu sessenta e nove anos, não tão rijos e fortes como gostaria, mas lúcidos, tanto que me neguei a receber o padre chamado para me dar a extrema-unção, até porque ele não era nenhum Hélder Câmara nem Paulo Evaristo Arns. Em vida, fui cronista, contista, folhetinista, ensaísta, jornalista e, para fechar a lista, poeta, dramaturgo e crítico literário. O verme que primeiro roeu as frias carnes do meu cadáver ficou de tal modo inspirado que hoje, morto também, pertence à seção de invertebrados não artrópodes da Academia Celeste de Letras, que fundei e da qual sou presidente perpétuo, literalmente. É que o meu espírito volátil, após o velório (onde o meu corpo, como disse a querida Nélida Piñon, 'cercava-se de flores, círios de prata e lágrimas discretas'), decidiu conjugar na primeira pessoa um verbo impessoal e desse modo eu 'chovi' ao contrário, quero dizer, fiz o caminho inverso da chuva, subindo da terra para uma nuvem, onde funciona uma boate e se reúnem os acadêmicos da ACL, mas sem a obrigadoriedade do fardão, para não ferir as asas. Enfim, foi nessa nebulosa e grêmio literário que um anjo das altas esferas aeronáuticas, com a patente de Brigadeiro do Ar Condicionado, como o Torelli, incumbiu os acadêmicos de uma missão e, a mim em particular, de fazer um discurso para os participantes desta manifestação. Serei breve, prometo-lhes, pois ainda espero angariar as simpatias da opinião, por intermédio deste médium, e o meio eficaz para conseguir isto é fugir a um discurso explícito e longo, nimiamente extenso. Em poucas palavras, lá vai:

A natureza é uma grande caprichosa. Que o inverno estéril dê lugar à fértil primavera e a claridade do dia afaste a escuridão da noite, são coisas naturais que só um nabo questionaria. Na história do homem, não é diferente: à vida sucede-se a morte, e os mortos cedem a vez aos vivos, tal como as ideias velhas e emboloradas são substituídas por outras, que todas as manhãs saem do forno, quentinhas, para alimentar a humanidade. Por sinal, esse vocábulo vem do latim 'humanitas, humanitatis', que deu origem a uma ideia cá minha, o Humanitismo. Vou expor-lhes sumariamente o conceito para que o julguem por si mesmos: se as luzes do Renascimento deram um pé na Idade das Trevas, e no traseiro da Igreja, que era a mãe do obscurantismo, trazendo o Homem de volta para o centro do palco do mundo, sob os holofotes, não podemos deixar que ele agora retroceda oitocentos anos, cego pela teologia do mercado e pelo glaucoma neoliberal. Fome, pestes, guerras: eis os males medievais que o capitalismo reciclou. Ontem Deus, hoje o Dinheiro: onipotente, onipresente e onisciente. Não mais o Senhor, mas os grandes senhores que fizeram do planeta seu feudo e, das nossas pessoas, os servos de gleba do globo. O Humanitismo, meus amigos, contrariando o status quo, propõe outro renascimento na eterna maternidade do mundo, onde não haverá dias úteis, que só alimentam filhos de mãe solteira como esses financistas egoístas, mas dias úteros, que geram homens com H, herdeiros do que de melhor a história humana criou. Digo-lhes que é preciso dar à luz crianças cujas primeiras palavras, em vez de papai e mamã, sejam 'Eppur si muove', 'Derrubem a Bastilha', 'Igualdade, liberdade e fraternidade' ou 'Independência ou morte'. Posso ser finado mas sigo atualizado, por isso digo que é preciso dar voz ao Julian Assange e a ativistas de organizações como A Vooz, estimulando o uso da rede para informar, politizar e mobilizar as pessoas na defesa de seus direitos e liberdades. E nunca esquecer os excluídos, que hão-de se vingar: como a arraia-miúda, que se acolhia à sombra do castelo-feudal; caiu este e a arraia ficou. Com ou sem internet, temos muito para fazer, até porque a exclusão digital é só a mais moderna das exclusões, e antes de acabar com ela é preciso matar a fome que grassa em escala planetária, pois em alguns lugares do globo as criaturas humanas têm de disputar aos cães os ossos e outros manjares menos apetecíveis. O filósofo Pascal, um dos meus avós espirituais, dizia que o homem tem "uma grande vantagem sobre o resto do universo: sabe que morre, ao passo que o universo ignora-o absolutamente". Eu acrescentaria: o homem que disputa o osso a um cão tem sobre este a grande vantagem de saber que tem fome; e é isto que torna grandiosa a luta. Portanto, lutem! Sempre! Vida é luta! Vida sem luta é uma célula doente no organismo universal."

Neste ponto, o cego calou-se e deixou pender a cabeça.

54

Esse 1º de Maio, rejuvenescido pelo evento "Morte aos dias úteis!", se terminasse por aí, teria sido glorioso, exemplo de exercício democrático digno de entrar para a história do Brasil. Mas certos comandos da PM, da direita radical, tinham preparado uma manobra matreira, dispostos a desqualificar a manifestação e justificar uma intervenção das forças policiais: elementos infiltrados no meio da massa começaram a fumar ostensivamente cigarros de maconha, que exibiam para as câmaras de TV e ofereciam aos circundantes, gritando slogans a favor da erva, não pela liberação mas de clara incitação ao consumo, o que é um crime previsto por lei. Foi o bastante: os soldadinhos de chumbo receberam ordens imediatas para dispersar a multidão por todos os meios, desde tiros com balas de borracha às lacrimogênicas bombas de efeito moral, dando início a uma perseguição desenfreada, de cassetetes em punho, aos adolescentes "criminosos", onde se sobressaía um jovem de macacão, camiseta branca e sandálias havaianas, que devia estar drogado, pois corria às cegas, como se não soubesse para onde ir.

Para bom leitor, meia palavra basta.

Vocês já adivinharam que, na grande confusão armada, e digo armada nos dois sentidos, enquanto a Pat fugia com as meninas por um lado, a Alícia e o Jonas pelo outro, os espíritas debandavam e eu tentava ajudar Z a descer do palanque, fomos separados a fórceps pelos jovens em pânico, que passavam desarvorados, tropeçando uns nos outros, perseguidos por policiais que vinham como cães raivosos nos seus calcanhares. Perdi momentaneamente o cego de vista. Alguns meninos ainda tiveram sangue-frio para apelar ao sentimento de classe da guarda, aos gritos de "VOCÊ AÍ FARDADO... TAMBÉM É EXPLORADO!... VOCÊ AÍ FARDADO... TAMBÉM É EXPLORADO!...". Mas o slogan não comoveu ninguém, ou atiçou ainda mais os ânimos, pois também se ouvia a versão "VOCÊ AÍ FARDADO... É CORNO OU É VIADO!...", tanto que alguns soldados mais afoitos derrubaram o tal maconheiro em fuga, o mais lento e descuidado deles, aplicando-lhe uma rasteira, e uma vez no chão o cobriram de porrada por todos os lados: socos na cara, chutes no baixo ventre e golpes de cassetete nas costas e na cabeça, acabando por fraturar seu crânio. Os PMs andaram de tal modo tomados pelo êxtase da própria brutalidade que não se deram conta do estrago, continuando a malhar um Judas que já não se mexia. Só pararam com a aproximação dos repórteres televisivos, e ainda tentaram aplicar spray às lentes das câmaras, mas já era: o suposto jovem drogado, de fato um octogenário, cego e indefeso, jazia inconsciente no asfalto, numa catarata Iguaçu de sangue.

Fui eu o primeiro a me acercar de Z e constatar a gravidade da situação, a sangria desatada, o pulso que mal se sentia. Tentei conter o choro, enquanto gritava desesperadamente por ajuda, vinda pela mão de um jovem desconhecido, que chamou uma ambulância pelo celular. À espera do socorro, não sei dizer o que mais me consumia, se a tristeza sem forças ou a raiva inútil. Bem que eu tentara, minutos antes, avançar sobre os fascínoras que espancavam o Seu Zé, mas tinha sido repelido por outros soldados, e também levei minha dose cavalar de coices, que ainda se faziam sentir, doendo até os ossos, ou se faziam ver, numa profusão de hematomas. Nada, porém, que se pudesse comparar aos danos irremediáveis na combalida anatomia de meu cliente.

Menos mal que as gêmeas, sob as asas protetoras da mãe, tenham podido se emburacar pela escadaria do metrô, escapando à carga da tropa de choque, sem terem visto o avô ser agredido. De lá seguiram direto para casa, onde a ausência de uma televisão também foi providencial, pois as imagens da violência já estavam no ar. Foi só a meio da tarde, quando cheguei na Turiassu, que Pat ficou sabendo do acontecido, por mim, que me esforcei por lhe dar a notícia em doses homeopáticas. Mas foi ela a iniciar a inquirição:

— Cadê meu pai, Júlio?

— Está em boas mãos. Acabei de deixá-lo...

— Como assim, em boas mãos?

— Pat, fique calma. O Seu Zé levou um tombo na hora do corre--corre e se machucou um pouco. Felizmente a ambulância veio logo...

Ela ficou lívida.

— Ambulância? Mas onde é que está o meu pai, Júlio? Fale de uma vez!

— No Hospital das Clínicas.

Claro, tive de voltar para as Clínicas com ela, que não se rendeu aos meus argumentos contra uma saída atabalhoada: não era horário de visita; a burocracia do HC era rígida; não lhe seria permitido ver o pai, que estava em observação numa Unidade de Terapia Intensiva... Entraram-lhe por um ouvido e saíram pelo outro, enquanto ela ligava para o marido, contando o ocorrido e pedindo que ele viesse ficar com as meninas. Saímos assim que meu rival chegou, e, se me permitem um comentário frívolo em hora de transe, fiquei contente em ver que não se tocavam. Mas a ida ao hospital foi perda de tempo.

Tudo o que Pat conseguiu, depois de fazer fila e tomar chá de cadeira, foram cinco minutos com um médico, que não usou meias palavras: disse-lhe que Z tinha fraturado a clavícula e duas costelas, além de sofrer uma concussão cerebral, e que tivera uma hemorragia interna, razões pelas quais seu estado era delicado, com prognóstico reservado. Em seguida, indicou-lhe o balcão de atendimento, onde estavam afixados os horários de visita, que na UTI eram limitados a uma hora por dia e a uma pessoa de cada vez. Mas foi tal a expressão de desalento da filha que o médico enfim lhe pediu para ficar tranquila, garantiu que estavam fazendo tudo o que podiam e disse que, ao menos por enquanto, o melhor era esperar e ter esperança. Ela que fosse para casa tentar descansar.

Uma franja de nervos, eis o quadro clínico da pálida criatura que eu tinha a meu lado. Ela não quis ir para casa, como se ficar vagando pelos corredores do HC, aqueles poucos onde os utentes têm permissão de perambular, pudesse garantir a rápida recuperação do pai, não obstante seu estado crítico. Eu nunca tinha visto a Pat tão assustada, parecia que o mundo lhe tinha caído sobre a cabeça. Não que eu mesmo estivesse melhor, não pensem nisso, pois nem o fato de estar ao lado da mulher amada atenuava a dor que sentia: eu me considerava um outro filho de Z, adotivo, sim, porém sempre um filho que teme a perda do pai. Ocorreu-me uma forma honrosa de tirar a patroa daquele ambiente branco, frio e impessoal:

— Conheço uma casa de chá aqui perto, Pat, numa travessa da Angélica. Que tal se a gente fosse lá se aquecer um pouco e acalmar o coração?

Ela mirou-me com os olhos embaçados, mas gratos, cedendo à sugestão, que ficava *"nel mezzo del cammin di nostra vita"*: nem chegávamos a ir para casa, nem abandonávamos totalmente o hospital. E, de fato, eu não podia ter sido mais feliz, era um cantinho agradável, de luzes mansas, pacífico como Seu José.

— Tenho o coração apertado, Júlio! Será que o papai vai resistir?

— Claro que vai, Pat.

— Não estou tão certa... — Ela desmontou, caindo num choro convulsivo — Ai, meu Deus!... O meu paizinho não!... Que país é este?... Que loucura é essa?... Como é que a polícia bate num homem de oitenta anos?...

Duas horas atrás, no táxi que nos levara às Clínicas, eu já tinha contado para ela, de forma lenta e gradual, como a democracia do general Figueiredo, a agressão que Z tinha sofrido na Paulista, e a patroa reagira como boa filha de anarquista que era, indignada, jurando atirar uma bomba arrasa-quarteirão no quartel-general daqueles "animais" da PM, coisa que ela seria incapaz de fazer, digo eu, pois não era dada a revidar à violência com violência, mas precisava desabafar, deixar falar a raiva. E agora, que o rancor retornara às profundezas escuras de sua alma, sem ideologia ou cor política, para fazer emergirem os sentimentos da filha frágil e delicada, o que fazer para a consolar? Se fosse agir por impulso, eu a abraçaria com força, com a liberdade de um amigo íntimo, cheio de frases consoladoras como "Encosta a tua cabecinha no meu ombro e chora", o que quase fiz, mas contive-me, fugindo da precipitação, preferindo uma atitude discreta, menos invasiva, que a privou do gesto solidário:

— Não chore, Pat, por favor! Vai correr tudo bem, você vai ver. O seu pai é um resistente...

— Eu sei... — Ela assoou o nariz num guardanapo de papel, desamparada. — Mesmo assim, estou preocupada. Se não fosse grave, não o punham na UTI...

— Os médicos já tiraram raios X de tudo, sabem o que fazer. Só estão à espera que Seu Zé fique estável.

— Por isso mesmo eu não queria me afastar do hospital. Estas primeiras horas são as mais difíceis...

— Beba seu chá e tente não se preocupar demais, até porque há mais coisas para pensar. Você vai contar para as gêmeas?

Ela refletiu antes de dizer, secando as lágrimas com as costas da mão:

— Nem sei se será preciso. A esta altura, o Paulo já deve ter contado.

Esse aí vocês sabem quem é: o maridão com quem ela voltara a sair nos fins de semana, a pedra no meu sapato. Ainda que eu não me considerasse um tipo superficial, e que a saúde de Z fosse então a minha preocupação prioritária, admito que ouvir o nome dele me arrastou para questões menores, da esfera privada, sentimental, deixando-me desejoso de saber coisas que eu não podia perguntar, sob o risco de ser execrado. Tergiversei:

O espírito da coisa

— Ao menos vocês não têm TV em casa, e cada vez vejo melhor o bem que essa ausência faz. Antes ouvirem a notícia pelo pai do que pelo telejornal...

— Não sei, não...

Humm, será que estava para vazar alguma informação privilegiada? Fiz que não era comigo, deixei um hiato na conversa, e ela viu-se obrigada a completar:

— Eu e o Paulo não concordamos sobre muitas coisas, a maneira de educar as meninas é uma delas. Também tem sido uma briga a questão do divórcio, que ele não quer me dar, apesar de já termos discutido o assunto mais de mil vezes.

Ah, *Deo gratias*, tudo explicado! As frequentes saídas da Pat com o ex-marido, afinal, não eram luas de mel recicladas em orgias de fim de semana. Ela não queria voltar para os braços dele, e sim separar-se de uma vez por todas! Aleluia, Senhor! Mas... por outro lado, esta é mesmo uma porra de vida — a de vocês incluída, — porque o preço da dita informação, tão cara, no bom sentido, era caro no mau sentido: ver às portas da morte meu estimado cliente, o mesmo homem que tinha provado a minha inocência e trazido a Pat ao mundo.

O meu coração, no epicentro desse conflito, rachado ao meio, dividido entre o destino duvidoso de Z e a gloriosa revelação da Pat, não resistiu. Já que a minha bela se acalmara, quem caiu na choradeira fui eu, de modo vergonhoso. As lágrimas não escorriam, saltavam. Voavam em todas as direções. Eu parecia um bezerro desmamado. Não: uma criança indefesa. Não: um adulto-problema, deprimido, perdido, perturbado, doente da cabeça... E a Pat, sem se policiar, sem questionar se ia ser invasiva ou não, sem racionalizar demais, teve comigo o gesto impulsivo mais bonito do planeta: esticou o braço sobre o jogo de chá, enfiou a mão nos meus cabelos e me fez um afago, como quem consola um amigo íntimo.

— Você disse para eu não chorar, então não chore também...

299

Depois retirou discretamente a mão e ficou quieta, com os olhos nos meus olhos, à espera que eu me acalmasse.

— Já passou. — Disse eu, da melhor forma que pude, enquanto pegava um guardanapo para assoar o nariz.

— Posso te fazer uma pergunta pessoal?

— À vontade, Pat.

— Por que outro dia você me levou o café da manhã na cama?

Me deu uma pane. Comecei a responder sem saber onde ia terminar:

— Eu quis ser gentil...

A frase ia ficar por aí. Mas Pat, que não era boba nem nada, manteve-se firme, deixando um hiato na conversa, de modo que fui obrigado a completar:

— ... eu quis ser gentil, porque te amo.

Os olhos dela se arregalaram, a boca entreabriu-se e seu celular tocou.

Cacetete! Era o maridão, caindo de paraquedas na hora mais imprópria, metendo-se entre nós, para saber se estava tudo bem com Z, para dizer de forma alarmista que as meninas estavam inquietas, para perguntar quando a Pat ia voltar para casa. O anticlímax mais total, dando um corte na conversa, que ficou fadada a continuar futuramente, e ponham futuramente nisso, dadas as circunstâncias. A única vantagem é que a pedra finalmente saíra do meu sapato: o tipo já não era um rival, nem ameaça, nem nada. Se me desculpam a expressão imprópria, numa versão politicamente correta, eu estava fazendo as minhas necessidades fisiológicas e andando para o tal de Paulo.

De qualquer modo, já era. Voltamos de táxi para a Turiassu, num silêncio tácito, ficando o dito por não dito, até porque o pai da minha amada corria risco de vida numa UTI e o *timing* da minha declaração deixava muito a desejar.

55

Como na maioria das vezes em que uma avalanche de acontecimentos se dá num curto período de tempo, aquela semana passou voando. Teve de tudo um pouco. As imagens da polícia agredindo um velho cego, e logo um que vivia seus quinze minutos de fama, celebrizado pelo YouTube por reciclar os grandes mestres da literatura, povoaram a mídia e chocaram a população, recebendo críticas de todo lado, numa rara unanimidade, da direita inteligente à esquerda caviar, dos evangélicos mais conservadores aos setores progressistas da Igreja Católica, dos sem-terra à bancada ruralista. O próprio governador de São Paulo, notoriamente ligado à Opus Dei e às elites contestadas pelos manifestantes, desmarcou-se da violência policial, criticando a ação da PM, o que forçou a corporação a abrir sindicâncias para apurar as responsabilidades e, um dado risível, se tinha ou não havido abuso de autoridade. Seja como for, a situação de certos setores políticos e militares acusados de agir contra a liberdade de manifestação, um direito público, era tão precária como o estado de saúde de Z, que já recobrara a consciência, mas ainda permanecia na UTI.

Fomos visitá-lo, eu, Pat e as gêmeas, e a burocracia do HC obrigou-nos a entrar por etapas, separados: primeiro ela com as meninas, depois eu sozinho. Sei que a família se limitou a palavras doces, beijinhos acenados e ao toque das pequenas mãos na face enrugada do avô, as manifestações de afeto possíveis num espaço exíguo e asséptico, entre tubos de oxigênio e frascos de soro. Z fez questão de declarar seu imorredouro amor às três, num breve discurso emotivo, julgo que em tom de despedida. Mas comigo foi objetivo, empenhado em descobrir o que se passava no mundo, puxando pelo maratonista que corria dentro dele:

— O que aconteceu? — perguntou-me com a voz fraca.

— O senhor foi agredido pela polícia, Seu Zé...

— É mesmo? — ele parecia estar sendo irônico. — Não me diga...

— Foi uma agressão covarde.

Z tentou ser mais claro, com esforço:

— Meu caro Júlio, qual de nós levou na cabeça? Perguntei o que aconteceu DEPOIS que eu fui agredido...

— Ah! Um festim mediático, Seu Zé! Imagens da violência no ar, gritaria no rádio, polêmica nos jornais, indignação popular e nas redes sociais...

— Tudo isso?

— Fora os protestos de rua, que se multiplicam.

— Então, se eu morrer, vou virar um mártir? — Z fez a pergunta com uma cara feliz, completando a seguir — Seria fantástico!

Desconjurei, chocado:

— Nem fale uma coisa dessas, Seu Zé! Vire essa boca para lá...

— Você não entendeu: seria bom eu virar mártir, não morrer.

— Ah...

— Só que uma coisa está intimamente ligada à outra.

Mesmo no fim da reta o velho ainda tinha gás, tanto do tipo combustível como hilariante, fazendo-me rir naquela circunstância. Exemplo igual ao dele eu nunca vi:

— Descanse, Seu Zé. Volto amanhã...

— Não, não vá. Não sei se teremos outra oportunidade — ele profetizou, consciente da própria situação —, e preciso dizer uma coisa importante: acho que em pouco tempo me tornei líder de um movimento muito bonito, contra os dias úteis, que representam tudo o que sempre combati...

Sua voz parecia a chama da vela do Centro Ariel, apaga, não apaga.

— Que tal descansar um pouquinho, Seu Zé?

— Se eu morrer, o movimento ganha um mártir, o que é bom, mas perde um líder, o que é mau. O ideal era ter as duas coisas...

Eu estava tão preocupado com ele que perdi o fio da meada:

— Desculpe, Seu Zé. O ideal era o quê?

— A gente ter o mártir e o líder ao mesmo tempo, um para ser lembrado, o outro para lembrar...

Lá vinha meu cliente com suas balelas dialéticas! Z podia ser o rei da utopia, que ele julgava não utópica, da anarquia, que dizia não ser bagunça, e do mundo ideal, que acreditava realizável, mas já não estava em condições de falar. Suas pálpebras tremeram como asa de mariposa, fechando-se sobre os olhos brancos. Tentei sair de esguelha para que ele pudesse repousar, mas o velho estendeu o braço feito o cadáver de Carrie, a estranha, e agarrou o meu, puxando-me com as forças que lhe restavam, dando-me um afetuoso beijo no rosto. Quase chorei, pela primeira vez duvidando que o voltasse a ver vivo, mas consegui disfarçar o aperto que me deu no coração.

Depois da visita, Pat foi pegar um táxi; ela tinha um trabalho qualquer pendurado há dias, que não podia mais adiar, e lá se foi para a labuta, enquanto eu ficava com as gêmeas, pela primeira vez a sós, transformado em ama-seca por um dia. Felizmente, o papel não me assustava, pois as duas estavam habituadas ao "tio" Júlio, um membro oficioso da família Souza, equiparável à Sônia. Eu só não sabia o que fazer para entreter duas garotas de dez anos. Fui pouco original:

— Querem ir ao McDonalds?

— ARGHHH! — fizeram as duas, repelindo a sugestão com ar de nojo, e a Clarinha chegou a fazer o sinal da cruz com os dedos, apontando para mim como se eu fosse o Drácula. Depois disse, secundada pela Laurinha:

— É comida de plástico, cheia de gordura, pouco saudável.

— Coisa de americano.

— E lá tem um palhaço sem graça nenhuma.

Caramba, doutrinadíssimas! Submeti-me à vontade soberana do povo:

— Então para onde vocês querem ir?

— Leva a gente para comer pastel de queijo com caldo de cana?

— E banana-split de sobremesa!

Ué! Desde quando pastel não era gorduroso? Desde quando banana-split não era coisa de americano? Vai entender Seu Zé, doutrinador da infância, tão pouco ortodoxo e sem coerência. Mas talvez o cego tivesse razão ao adotar uma antropofagia seletiva, que engolia pastelarias chinesas miscigenadas com suco de cana e três bolas de Kibon cantando "Yes, nós temos banana", mas não aceitava os predadores da grande cadeia alimentar ianque, com as garras manchadas de ketchup, que assassinavam a complexa biodiversidade cultural do planeta e depois, para se livrar dos corpos, dissolviam no ácido da Coca-Cola.

Uma das salas do Belas Artes estava passando *Rio*, o animado desenho em 3D dirigido pelo brasileiro Carlos Saldanha, e se as meninas tinham crescido sem televisão em casa, para manter a pureza de seu cérebro pueril, isso não quer dizer que fossem privadas de bons filmes, ao contrário, a ida ao cinema era uma paixão cultivada pela família inteira, Z incluído, que não via, mas ouvia com igual prazer. Sendo assim, após os comes e bebes, fomos à sessão vespertina, eu tão feliz como as gêmeas, para quem os óculos de lente polarizada não eram novidade, visto que já tinham provado sensação parecida com os equivalentes em papel-vegetal, verde e vermelho, para ver em terceira dimensão os gibis que o avô guardava, desde os anos 50, nas caixas do porão.

Terminada a tarde, retornamos à Turiassu, onde deixei as duas a cargo da Sônia, enquanto Pat não chegava do trabalho, mas só depois de prometer, sob coação, que repetiríamos a dose em breve. Não foi promessa que me custasse fazer. Bancar a *baby sitter* era uma variante mirim da profissão de cuidador e, cá entre nós, eu tinha me divertido tanto quanto as meninas, se não mais.

56

No dia seguinte, o telefone tocou às seis da manhã, e um funcionário das Clínicas, cheio de dedos, notificou o óbito do paciente José Antônio de Souza (soubemos depois que o velho tinha sofrido uma trombose, não resistindo a um coágulo que se alojara em seu pulmão direito). O hospital, com o pesar técnico do departamento de RP, lamentava o fato e apresentava suas condolências para a família, confirmando que o corpo já estava liberado para as exéquias.

Que tristeza! Não era preciso mais nada para mostrar que a vida não tem sentido! Talvez o Camus esteja certo quando compara a existência do homem ao mito de Sísifo, que todo dia era obrigado a levar uma pedrona até o pico do Jaraguá da Grécia Antiga, para depois vê-la rolar de volta. Nossos gestos, grandes ou pequenos, são inúteis. Não há nada, ou quase nada, que justifique passar uma temporada neste vale de cebolas lacrimejantes. Eu já tinha perdido muitos clientes, mas Z...

Uma vez que este livro é sobre a vida dele, era de esperar agora que eu descrevesse sua morte em detalhes, desde o já referido anúncio, passando pelo velório, até o instante solene em que o coveiro jogou a última pá de cal sobre o caixão. Mas sou um narrador instável, com uma doença afetiva, e passei o dia todo ganindo "Mais uma perda, mais uma perda...", pelo que vou me poupar desse incômodo, recomendando aos leitores mais curiosos que revejam o capítulo sobre o enterro do Garcia do Bandolim, em tudo igual ao do cego, se não fosse, é claro, pelas setenta e tal mil pessoas que vieram prestar a homenagem saideira a Z e pelos cem policiais destacados para a segurança do cemitério. Houve mais uma diferença, mas esta na esfera privada: a Pat, em vez de chorar no ombro do ex, preferiu vir chorar no meu, enquanto as gêmeas se agarravam às nossas pernas. O maridão não entendeu nada mas, felizmente, respeitou o lance.

Um mal nunca vem só, diz o ditado, e o pior vem sempre depois, digo eu.

Não tive alternativa senão deixar a casa da família, que já não precisava de cuidador de cego, e saí na noite desse mesmo dia, constrangido pela situação insustentável que eu próprio criara: tendo já feito uma declaração de amor à Pat, e sem saber se meu sentimento era correspondido, ainda que os sinais fossem promissores, eu não podia impor a minha presença, que seria incompatível com o luto da casa e um mínimo de decência. Podem me chamar de retrógrado, tolo, fundamentalista, o que quiserem, mas recolhi as tralhas em tempo recorde e fui embora sem fazer alarde, só uma rápida despedida que apanhou todo mundo desprevenido, a própria Pat, as duas meninas e a Sônia, sem lhes dar tempo de reação. Saí, porém, com a viva esperança de que os recentes gestos da patroa, do cafuné na casa de chá às lágrimas no meu paletó preto, fizessem parte de um romance previsível, destinado a fazer de nós um daqueles casais de sessão da tarde que vive *happily ever after*.

Fui.

E fui parar num hotel caro, na mesma quadra do antigo Hilton do Centro, perto do Copan e do Edifício Itália. Sei lá o que me levou a pagar a diária desmedida, só acessível a deputados e senadores em exercício, talvez tenha sido o cansaço ou a necessidade de compensação por aquele dia de cão. Subconscientemente, podia ser também a proximidade do restaurante Almanara, que me lembrava alguns dos melhores momentos passados na companhia de Z, seu apetite pela vida, sua perene disposição para seguir andando, sempre em frente, fazendo o caminho ao caminhar, ainda que essa parte, só de lembrar, me deixe com urticária.

O quarto do hotel era compatível com o preço, tinha todos os confortos que um político em ascensão pode pagar. Tomei banho de imersão no jacuzzi, vesti um roupão felpudo e fui à varanda ver a cidade de cima, dando uma geral na noite paulistana, da Serra da Cantareira ao Pico do Jaraguá. Não vi nada: o horizonte era um negrume indefinido, imenso Mussum pontilhado de luzinhas. Sendo assim, fiz a minha *reentré* e abri o minibar, onde levei dois minutos para me decidir entre a água mineral Perrier e uma caipirinha em lata para arriar, escolhendo o destilado. Liguei a TV. Sentei-me no sofazão, dei um gole naquela zurrapa tecnoetílica e fui dedando o controle remoto, zap, zap, zap, atento aos canais de informação:

"...esta semana foi marcada pelo conturbado evento de 1º de Maio, onde os confrontos entre a polícia e os manifestantes resultaram em inúmeros feridos ligeiros e um em estado grave, o PM Saulo Silvestre, atingido por uma pedrada na nuca, além de um morto, José Antônio de Souza, o líder dos anarquistas, vítima de uma trombose na UTI do Hospital das Clínicas..."

"...os organizadores da marcha apontaram para um número de quatro milhões de pessoas presentes na avenida Paulista, enquanto a PM estimou um total de seiscentos mil. Já o serviço DataFalha, baseado em cálculos que levam em conta a ocupação do metro quadrado, fala em 1 milhão e 200 mil manifestantes..."

"...segundo o secretário de Segurança, é lamentável que um homem tenha morrido por tentar fugir da polícia, mas as forças da lei agiram bem em coibir os abusos dos radicais que tentavam subverter a manifestação..."

"...cada vez que os policiais dispersavam os jovens ativistas, eles voltavam a se reagrupar mais à frente, fumando cigarros de maconha..."

Putz! Desliguei a estúpida tela, irritado com a parcialidade com que certos jornalistas tratavam o assunto, puxando a brasa para a sardinha da PM, endossando a versão oficial e pintando Z como um Ravachol bombista, disposto a pulverizar a burguesia. Morreu de trombose? Mas, e as porradas que ele levou? Cigarros de maconha? Ó sacanas, reportem-se aos fatos: foi tudo armação de agentes infiltrados! Não sei o que era mais falso, artificial e homogeneizado, se o discurso dos âncoras televisivos ou a caipirinha enlatada que eu tinha nas mãos. Tanto os colegas como aquela aguinha de esgoto eram difíceis de engolir.

Pensei nas últimas palavras do cego, ditas na UTI, sussurradas aos meus ouvidos. A princípio, me pareceu que ele delirava. Mas agora, tendo em vista o zumzum em torno de sua morte, que o zapping na TV do hotel testemunhava, talvez Z estivesse lúcido como sempre: ter um mártir era bom para sua causa mas a falta do líder podia comprometer o movimento. Quem seria o substituto natural do cego: o Jonas, primeiro de sua turma na Fundação Getúlio Vargas? A namorada dele, musa e porta-voz da ONG A Vooz?

Eu é que não ia ser, como é óbvio.

Até que eu podia, *in extremis*, ficar nos bastidores, articulado com a ONG, e usar a minha tarimba de jornalista para escrever uma série de discursos para os dois jovens, enquanto eles davam a cara. Mas a questão era outra: nem eu, nem o Jonas, nem a sua namorada radical tínhamos o carisma de Z. O cego, com as suas atuações no Ariel, consagradas pela internet, e o discurso final machadiano no evento de 1º de Maio, tinha conquistado a simpatia irrestrita da população. Não tinha para ninguém: era ele o tal, o Grande Timoneiro. Z era um líder insubstituível.

57

O meu cliente mais uma vez tivera razão, a morte fez dele um símbolo da indignação nacional. No dia seguinte ao enterro, de forma espontânea, estourou uma greve geral em São Paulo, com reflexos em 23 estados da federação e cerca de sessenta municípios no país, de tal magnitude que, como disse alguém, citando outro alguém, o Seu José saía da vida para entrar na História.

Greve generalíssima, das bravas...

Ninguém fez nada a semana inteira, salvo um protesto monstro onde os dias úteis foram mortos a pauladas, desta vez para valer: em todas as ruas do país, bonecos de pano representando a segunda, a terça etc., foram amarrados aos postes, malhados como Judas e por fim queimados, enquanto os revoltosos se punham a cantar "agora é cii-iiinza, tudo acabado e nada mais!". Os estudantes que se matam de estudar, os aposentados que continuam ativos, o largo espectro de cidadãos em idade produtiva, os homens e as mulheres que não cabem nessas classificações, mas têm de dar duro do mesmo jeito, todo mundo cruzou os braços e, nalgumas áreas profissionais à margem da sociedade, também as pernas. De forma que os centros comerciais, escolas, oficinas, fábricas, mercados, bancos, até hospitais, ficou tudo vazio... uma cena jamais vista em Sampa, a megalópole com 20 milhões de habitantes conhecida como "a cidade que não pode parar".

Mas quem disse que não podia? Podia sim, tanto que parou: de segunda a sexta-feira, a população vestiu roupas de domingo e transferiu-se em peso para o Horto Florestal, o Ibirapuera, o Parque da Água Branca, o Jardim Botânico, e para lá do perímetro urbano, espalhando-se pela bacia de Santos, a Praia Grande e o litoral norte, subindo às alturas de Campos de Jordão e São Bento do Sapucaí e demais terras de montanha com ar respirável, se enfiando pelo interior do estado, nas fazendas, para beber leite quentinho recém-tirado da vaca, e nos sítios, para comer jabuticaba no pé, pitanga e outras frutas do pomar, e ainda pelo mato adentro, para acampar sob as copas das árvores, amar atrás da moita ou fazer piquenique com as formigas, ouvindo a cigarra. Sinal vermelho para o trabalho, verde para o lazer.

Eu estava entre os que foram gozar a calma da Água Branca, onde tinha um encontro marcado com a Pat, que veio num vestidinho amarelo "cheguei":

— O papai sempre disse que quando morresse não queria ninguém de luto — justificou-se, depois dos beijinhos e do meu "u-lá-lá!". — Ele dizia que bastava ser cego e que, depois de viver nas sombras, queria uma morte cheia de luz.

Estávamos na entrada lateral do parque, de modo que a levei até o banco onde eu e Z tomávamos o café nosso de cada dia. Mas a casinha de sapé estava fechada: a dupla caipira e a "tia Nastácia" gozavam o seu direito aos dias inúteis.

— Você está bem? — perguntei para a patroa, que tinha olheiras.

— Na medida do possível... — ela suspirou. — As gêmeas sentem muita falta do avô e eu sofro duas vezes, mas vamos levando, a Sônia tem sido incrível.

— Também sinto falta dele. A gente passava o tempo todo grudado.

— Você foi maravilhoso com o meu pai, Júlio. Nunca vou esquecer.

— E ele comigo. Mas eu era pago, ele não.

— Não seja bobo! Meu pai gostava de você como de um filho.

Que simpatia! Legítima herdeira de Z, família de gente gentil...

— Obrigado por dizer isso, Pat. Você tem fome?

— Ainda não...

Tínhamos marcado encontro ali porque tinha lago, passarinhos e tal, mas a ideia era escolher um restaurante qualquer para ir almoçar (mesmo nestas "férias coletivas" havia alguns abertos, com gente que ia para a cozinha só pelo prazer de cozinhar). Para avivar o apetite, a ex-patroa sugeriu que fizéssemos uma caminhada, e parecia ter muita energia acumulada nas pilhas amarelinhas daquele vestido, pois demos cinco voltas inteiras no circuito do parque, o mais longo, beirando os muros, antes de nos decidirmos por um bufê japonês ao lado do West Plaza, para onde fomos também a pé. No total, uma hora e vinte minutos batendo perna, costume que deve estar nos genes dos Souza desde que o primeiro primata adotou a vertical.

Muito bom, o japa de dia inútil, cujos pratos, servidos à base de troca, eu fiquei de pagar com um exemplar de *O templo dourado*, do Mishima. Entre outras delícias, preparavam um sushi de salmão que era dez, enrolado que nem rocambole e coberto com picadinho do próprio salmão, cebola e cebolinha. O qual, ainda falo do sushi, depois de mergulhado em shoyu com wasabi, parecia incendiar a garganta, num fogo que só se extinguia com chope gelado. Que coisa boa, meus amigos! E na companhia de quem? Pois é... A felicidade existe, pena Seu Zé não estar ali com a gente.

— O Pinto falou com você? — quis saber a Pat.

Todos os dias, pensando nela, eu falava com ele, mas a minha musa não se referia à mesma pessoa. Do velho garçom eu não tinha notícia desde o enterro:

— Não. Por quê?

— Ele estava querendo reunir o pessoal do Ariel para uma homenagem a meu pai. Me ligou para pedir seu celular...

— Se é para homenagear Seu Zé, é comigo mesmo.

— Acho que era para hoje...

— Hoje, já? Você vai?

— Não. Se eu não ia antes, quando o papai estava vivo, não vejo por que ir agora, que morreu. Ele é que gostava de brincar com os espíritos...

— Então me dê o celular do Pinto, que eu ligo para ele.

Almoçamos primeiro e disquei o número depois, após a sobremesa, um delicioso sorvete de chá verde com frutas da estação que faria qualquer freguês ficar repetindo arigatô, arigatô, até cansar, curvando a cabeça para o sushi-man como os camponeses do Kurosawa diante do samurai libertador...

— Fala, Pinto, aqui é o Júlio! Tudo bem?

— Ah, Júlio! Ainda bem que você me ligou: eu estava tentando falar com você, mas devo ter anotado o número errado...

— A Patrícia falou de uma homenagem.

— Pois é: hoje à noite. Uma reunião para atrair boas vibrações para o Zé, que Deus o guarde! O Luís Leite vai conduzir os trabalhos...

— A que horas vai ser?

— Lá pelas oito, como sempre. Podemos contar com você?

— Estou nessa, Pinto.

— Maravilha! Até mais, então...

— Até. A gente se vê por lá...

Acompanhei Pat até a Turiassu e só entrei para dar um "oizinho" para a Sônia e as meninas. Depois, área! Eu já tinha trocado o hotel de luxo por um quarto à base de troca, onde ensinava o bê a bá para uma dona de casa analfabeta e recebia cama, comida e roupa lavada. Dormi até o pôr do sol, tomei um banho e me vesti todo de branco para a cerimônia da noite, espécie de missa de Sétimo Dia de Z.

No ônibus Pompeia, o banco vazio ao meu lado foi-me dando uma tristeza daquelas, diferente das minhas manifestações depressivas e mesmo da sensação de perda que vem com a morte de entes queridos. Era uma dor funda que tinha a ver só comigo e com um novo impulso para a vida, pós-Z, que se apoderara de mim, mas que ainda precisava ganhar forças e um sentido. Não me bastava estar disponível para o que desse e viesse, uma vida inteira pela frente, como se diz. Nem era suficiente a perspectiva de um futuro amoroso com a Pat, por agora obscurecido pelo luto, mas no qual eu botava a maior fé. Era preciso mais do que isso, uma forma qualquer de autossuperação, um Júlio D'Ercole mais nobre, elevado e transcendente...

O buraco era mais em cima.

Entrei na vilinha da Pompeia, bati na porta do Centro e fui recebido por umas caras bem piores que a minha. Tristeza coletiva, a dos espíritas do Ariel, um banzo denominador comum que corroía a Didi, o Oliveira, o Pinto, o Tutia, o Luís Leite, o Jonas, todos os discípulos de Z, agora órfãos de mestre.

O grande Pinto adiantou-se:

— Bem-vindo, irmão Júlio! Muita paz e muita luz...

— Obrigado, amigo. Para você também...

A Didi veio cabisbaixa me dar dois beijinhos enlutados e eu tomei a iniciativa de cumprimentar os outros, um a um, apertando a mão deste, abraçando aquele, segundo o ânimo dos colegas, mais calor para os necessitados, um gesto simples para os conformados, um olhar amistoso para os reservados. Visto que já estavam todos lá, a minha chegada autorizou o Luís Leite a dar início à cerimônia, puxando a fila em direção à sala dos fundos, preparada para uma reunião espiritualista, não propriamente espírita, pois o pensamento positivo e as vibrações amorosas é que dariam a tônica da noite, em nome da alma de Seu José, nosso líder espiritual desencarnado.

O Luís Leite sentou-se na cadeira que era de Z e todos nós mantivemos o nosso lugar habitual, eu de frente para ele, a Didi a meu lado, e assim por diante, de forma que o mero fato de reproduzir a situação conhecida já nos deu uma sensação de conforto e cumplicidade, além da paz interior que sempre deve predominar nesses encontros. A vela no centro da mesa estava acesa, e até sua chama parecia compreender a delicadeza do momento, beirando a imobilidade, apontando para o céu. Por outro lado, nunca era demais ouvir a oração de Davi, que o Luís fez questão de dizer pausadamente, dando peso às palavras:

— O Senhor é o meu pastor, Nada me faltará, Em verdes pastagens me faz repousar, Para fontes tranquilas me conduz, E restaura as minhas forças, Conduzindo-me no caminho da justiça por amor do seu Nome. Mesmo que eu ande pelo vale da Morte, Nenhum mal temerei pois estás junto de mim, O teu bordão e o teu cajado me protegem, Preparas a mesa para mim à vista dos meus inimigos, Unges a minha cabeça com óleo, E a minha taça transborda. A bondade e a misericórdia acompanham-me todos os dias da minha vida, e para sempre a minha morada será a casa do Senhor.

Enquanto eu ouvia o salmo conhecido, pela primeira vez em meses parei para pensar naquelas palavras, libertando-as da sua função hipnótica, o som para boi dormir, e trazendo-as para o terreno da significação literária. Imaginei o rei Davi, também ele um súdito, de joelhos diante de uma autoridade maior, o Rei dos Reis. Vi esse Davi sem coroa, um servo em tudo igual a seus próprios servos, cuja vida estava na mão de Deus, ou então do Acaso, como preferimos nós, os ateus, cujas descrenças religiosas também merecem respeito, e podia ser tirada assim, pluft!, a qualquer momento, sem que ninguém pudesse fazer nada para o impedir. Pensei nesse homem, Davi, como um herói da Bíblia, o livrão escrito a sabe-se lá quantas mãos por espíritos iluminados, os Nelson Werneck Sodré, Sérgio Buarque de Holanda, Caio Prado Júnior e Celso Furtado de sua época, a quem o Todo-Poderoso conferira uma missão na terra, escrever uma história em conjunto que desse sentido à vida. E, de repente, vi que esse Davi era eu e o Criador era Z, de quem eu ouvira a palavra sagrada meses a fio, enquanto fui seu cuidador e fiel secretário. O último desejo de meu cliente — ser um mártir e um líder ao mesmo tempo — tornou-se subitamente a Vontade Divina, a que o meu livre-arbítrio, temperado pela ética petersingeriana, sugeria obedecer. Devia estar aí o ambicionado sentido da minha existência. Devia ser esse o novo Júlio D'Ercole das candongas.

Antes que o Luís Leite retomasse a palavra, deixei pender a cabeça, tremi, babei e expeli todo o ar que tinha nos pulmões, num sonoro suspiro:

— SSSSSssssssss!...

A vela tremeluziu, apagou, reacendeu, e os espíritas do Ariel viraram-se em bloco para mim, sem saber o que pensar. Houve quem, incomodado, pusesse o dedo nos lábios, num "psiu!". Mas, assim que comecei a falar, a perplexidade tomou conta da sala. Os meus colegas esqueceram-se completamente de quem eu era, arrepiados, mais interessados em ouvir aquela boa alma que acabava de chegar ao bar do céu, com a sua voz grave, amistosa, inconfundível:

— SoUu o SEu JoSéÉ e EstOou nO LiMmBo, mMMano!

A BIBLIOTECA DO Z

Como narrador emérito da história que acabam de ler, sinto-me no dever de deixar aqui a lista dos livros que tirei da caixa de Seu Zé, com os nomes dos autores, editoras, datas de publicação, etc. Faço-o por uma questão de ética, na ótica do Peter Singer (ou uma questão de ótica, na ética do próprio), mas também espero com isso facilitar a vida dos leitores que porventura queiram encontrar as obras citadas nalgum sebo ou livraria. Sei que o cego, no bar do céu, está vendo esta iniciativa com bons olhos, enquanto lá de cima verte gotas de pinga sobre as nossas cabeças. O fato de ser contra a propriedade privada, e especialmente contra a propriedade intelectual, nunca impediu o velho de reconhecer o mérito de ninguém nem de dar crédito a quem de direito. Segue-se, em desordem alfabética...

SARAMAGO, José. *O evangelho segundo Jesus Cristo*. São Paulo: Companhia das Letras, 2005.
Espírito combativo, Saramago era tão conhecido por suas obras e estilo original como pelas posições políticas que adotava, sendo filiado ao partido comunista do seu país, o que lhe causou vários dissabores com o poder constituído e o levou a optar por um autoexílio na ilha de Lanzarote, na Espanha, onde viveu até desencarnar. Ganhou o Prêmio Nobel de Literatura de 1998, fato festejado por todos os falantes do português, entre eles seu amigo Jorge Amado, que disse do lado de cá do ultramar: "a língua portuguesa acaba de perder a virgindade". Há quem tenha dificuldade quando lê Saramago pela primeira vez, mas, como diria Fernando Pessoa, seu texto "primeiro estranha-se, depois entranha-se".

VERISSIMO, Erico. *Incidente em Antares*. São Paulo: Editora Globo, 1994.
Espírito prolífico, Erico Verissimo tornou-se um dos autores mais populares do Brasil, assim como um dos mais traduzidos pelo mundo afora, notabilizando-se pelo romance de cunho histórico, a exemplo da sua trilogia O tempo e o vento. Intelectual engajado, sem travas na língua, já na publicação do segundo livro, Caminhos cruzados, nos anos 30, foi alvo da ira da Igreja e do Departamento de Ordem Política e Social, que o tacharam de subversivo, tendo de prestar declarações à polícia por suas posições contrárias à ditadura de Getúlio Vargas. Não hesitou em tirar do ar seu programa infantil "O Clube dos Três Porquinhos", na rádio Farroupilha, quando o viu ameaçado pela censura do Estado Novo.

AMADO, Jorge. *Capitães da Areia*. São Paulo: Livraria Martins Editora, 1969.

Espírito incansável, Jorge Amado construiu uma vasta obra que fez dele um dos escritores de maior sucesso da literatura brasileira, permitindo-lhe viver só dos seus direitos autorais. Mas era um homem preocupado com as más condições de vida do povo – a gente humilde que sabia tão bem retratar, como no romance Gabriela, cravo e canela, *marco da sua carreira, – e sua generosidade levou-o a candidatar-se a deputado federal pelo Partido Comunista Brasileiro. Eleito, enfrentou fortes pressões dos poderosos de plantão mas exerceu o cargo com lisura e dignidade, duas qualidades raras na nossa classe política, tendo sido o autor da emenda que garantiu a liberdade religiosa em território nacional.*

MELO NETO, João Cabral de. *Morte e vida Severina e outros poemas em voz alta*. Rio de Janeiro: Livraria José Olympio Editora, 1981.

Espírito construtivo, João Cabral de Melo Neto foi um poeta original que se servia da razão para provocar sensações nos seus leitores, construindo poemas com palavras que designam objetos concretos, como "faca", e afetam os sentidos, como "corte", ligadas ao homem e à vida do nordeste, à árida realidade da sua região. Além das preocupações de ordem estética, são evidentes na obra de João Cabral o interesse pelas questões sociais e um olhar crítico sobre as injustiças da terra, a ponto de o acusarem de ser comunista. O advogado que fez sua defesa repeliu a acusação "por figurar torpeza, com que a vilania dos intrigantes interesseiros o quer enlear, ferir e prejudicar na carreira que abraçou".

BARRETO, Lima. *Triste fim de Policarpo Quaresma*. Rio de Janeiro: Mérito, 1948.

Espírito crítico, e pode-se até dizer de porco, Lima Barreto foi um autor de talento que atacou com grande mordacidade a sociedade de sua época, por ele considerada profundamente hipócrita e preconceituosa (sentia o drama na própria pele, sendo mulato, num Brasil que acabara de abolir a escravidão). Jornalista e escritor, simpatizante anarquista, militante da imprensa socialista, viveu em constante braço de ferro com as forças conservadoras da capital e mesmo com os seus próprios pares, que torciam o nariz para as suas inovações, pois ele não queria pôr em sua narrativa os espartilhos da moda nem criar personagens a partir dos moldes que circulavam na praça. Bebeu todas, desencarnando aos 41 anos de idade.

LOBATO, Monteiro. *Caçadas de Pedrinho*. São Paulo: Editora Brasiliense, 1957.

Espírito polivalente, Monteiro Lobato foi promotor público e fazendeiro, mas a paixão pelos livros o levou para outro campo, o da literatura. Escritor, tradutor, ensaísta, editor e livreiro, tornou-se mais conhecido pela obra infantil, o Sítio do Pica-pau Amarelo, onde as crianças aprendem desde gramática até mitologia e extração de petróleo. Lobato fez mais

317

pela educação no Brasil do que muitos ministérios com esse nome, sendo criticado pela Igreja, preso pelo Estado Novo e perseguido por ser simpatizante do partido comunista. O grande escritor, porém, não foi perfeito: sabe-se de cartas onde ele, iludido pela ciência da época, defendeu a "eugenia", a teoria da raça pura, mas isto só antes de ver os seus trágicos resultados na Alemanha nazista.

ANDRADE, Mário de. *Macunaíma. O Herói sem nenhum caráter.* São Paulo: Livraria Martins Editora, 1970.

Espírito moderno, Mário de Andrade foi um "homem dos sete instrumentos", entre eles o piano, mas também a máquina fotográfica e a de escrever, com que compôs sua polifônica obra de poeta, romancista, musicólogo, folclorista, ensaísta e crítico de arte. Foi um dos pais da Semana de 22 e escreveu na Revista da Antropofagia com Oswald de Andrade, que dizia dele, devido às suas supostas inclinações, que "parecia o Oscar Wilde por detrás". Mário teve desavenças com o governo Vargas mas decidiu embrenhar-se na política, criando o Departamento de Cultura e Recreação da Prefeitura Municipal de São Paulo, cujo objetivo era "conquistar e divulgar a todo o país, a cultura brasileira". Mais nacionalista, está para nascer.

ROSA, Guimarães. *Grande Sertão: veredas.* São Paulo: Nova Fronteira, 2006.

Espírito loquaz e poliglota, Guimarães Rosa falava mais de 20 línguas, mas preferiu escrever na sua própria, espécie de português do Brasil profundo, que aprendeu de ouvido, no convívio com os sertanejos, no interior de Minas. Contando as histórias desses matutos, Rosa reinventou no papel o seu falar regional e acabou por criar aquilo que se convencionou chamar "obra de gênio". Participou da vida pública como Cônsul-adjunto em Hamburgo, em plena II Guerra, quando concedeu aos judeus mais vistos do que a cota legal permitia. Agiu assim em confronto com o próprio governo que representava, pois o ditador Vargas fez o inverso, enviando para morrer em Bernburg, a jovem Olga Prestes, de origem judaica.

DIAS, Gonçalves. *I-Juca Pirama.* Porto Alegre: L&PM Pocket, 1997.

Espírito refinado, Gonçalves Dias estudou Direito em Coimbra, mas foi nas Letras que fez fama, como poeta, jornalista, etnógrafo e teatrólogo. Sofreu em Portugal com saudade da terra e escreveu a "Canção do Exílio"; sofreu por amor e escreveu o poema "Ainda uma vez – Adeus!"; sofreu quando foi rejeitado como "imoral" pelo Conservatório Dramático do Brasil, mas deixou o texto "Beatriz de Cenci"; e é pena não ter sofrido mais, porque a dor era a sua musa inspiradora. Fez pesquisas na Europa para a Secretaria dos Negócios Estrangeiros e na volta participou da Comissão Científica de Exploração, percorrendo todo o norte do país. Nacionalista, acreditou na beleza de uma literatura com palmeiras, onde pousa o sabiá.

ASSIS, Machado de. *Memórias Póstumas de Brás Cubas*. São Paulo: Ática, 1992.
Espírito iluminado, Machado de Assis é considerado o maior nome da literatura brasileira de todos os tempos, sendo reconhecido internacionalmente, pela extensão e qualidade da sua obra, como um gênio à altura de Shakespeare, Dante e Camões. É interessante notar que, tal como Lula da Silva, que passou de engraxate a operário e a Presidente da República, Machado também veio de baixo e subiu por seus próprios méritos: mulato, de família pobre, nasceu no Morro do Livramento, Rio de Janeiro, e nunca frequentou uma faculdade, mas obteve notoriedade na vida pública, passando pelos ministérios da Agricultura, do Comércio e das Obras Públicas, além de ter fundado a Academia Brasileira de Letras, de que foi, por votação unanime, o primeiro presidente.

PESSOA, Fernando. *Antologia Poética*. São Paulo: Moderna, 1994.

STADEN, Hans. *Duas viagens ao Brasil*. Trad. Guiomar de C. Franco. São Paulo: USP; Belo Horizonte: Itatiaia, 1974.

SCHMIDT, Afonso. *Colônia Cecília. Romance de uma experiência anarquista*. São Paulo: Editora Brasiliense, 1942.

MATTEUCCI, Henrique. *O Galo de Ouro: a vida romanceada de Eder Jofre*. São Paulo: Livraria Francisco Alves, 1962.

KHAYYAM, Omar. *Rubaiyat*. São Paulo: José Olympio, 1948.

WOODCOCK, George. *Os grandes escritos anarquistas*. Porto Alegre: L&PM, 1981.

BUENO, Silveira. *Vocabulário Tupi Guarani Português*. São Paulo: Editora Gráfica Nagy, 1983.

FERNANDES, Florestan. *A organização social dos Tupinambá*. São Paulo: Editora Hucitec, 1989.

VILA-MATAS, Enrique. *Perder teorias*. Lisboa: Teodolito, 2011.

ECO, Umberto. *Arte e beleza na estética medieval*. Lisboa: Editorial Presença, 1989.

ALMEIDA, Napoleão Mendes de. *Gramática latina: curso único e completo*. São Paulo: Saraiva, 1978.

TUFANO, Douglas. *Estudos de literatura brasileira*. São Paulo: Moderna, 1975.

BURROUGHS, Edgar Rice. *Tarzan, o filho das selvas*. São Paulo: Terramarear, 1956.

RAMOS, Graciliano. *Vidas secas*. São Paulo: Livraria Martins Editora, 1973.

VENTURA, Zuenir. *68, o ano que não terminou*. São Paulo: Editora Planeta do Brasil, 2008.

Este livro foi composto em fonte Arno Pro e impresso pela
Orgrafic Gráfica e Editora Ltda. para a Editora Prumo Ltda.